Lach dich gesund

über

Geschichten die das Leben schreibt

humoristische Kurzgeschichten und Anekdoten
von und mit Manfred Koch

Impressum

ISBN: 978-3-7494-4670-4

© 2019 Manfred Koch, Oberweißbach
Herstellung und Verlag: BoD – Books on Demand, Norderstedt"
Layout, Satz: DTP-Studio Koch
Grafik: Manfred Koch, Oberweißbach

Inhaltsverzeichnis

I Einführung

Wie kommt man eigentlich dazu, so einen Blödsinn in einem Buch zu schreiben.

Man stelle sich einfach mal den Alltag in einem ganz normalen Leben vor. Dieser beginnt mit dem lästigen Klingeln des Weckers, Hektik bei der Morgentoilette und dem hineingeschlungenen Frühstück, was nicht gut für den Magen ist. Dann der Sprint zum Bus, der Straßenbahn oder der Kriechverkehr im Auto zur Arbeitsstelle. Es folgen 8 h Stress auf der Arbeit und letztendlich der ganze Spaß rückwärts bis zum Abendessen. Nun folgt der Griff zur Fernbedienung und die Flimmerei beginnt mit Krimi, Ärzteserienstress, Familientragödien, Politik usw. Jetzt ein paar Stunden Schlaf, dabei die Träume über den durchlebten Alltag, man ist wie gerädert und am nächsten Morgen beginnt das gleiche Theater von vorn.

Welch ein Leben, Blackout, Nervenzusammenbruch oder gar Herzinfarkt sind vorprogrammiert. Ärzte, Apotheken und die Pharmaindustrie können das Lachen nicht erhalten. Apropos „Lachen", abgesehen von anderen sinnvollen Freizeitbeschäftigungen, scheint das eine Lösung zu sein. Man denke nur mal an eine lustige Party. Da wird gelacht, Storys zum besten gegeben, egal ob die stimmen oder nicht und so werden alle bei guter Laune gehalten. Gute Laune ist gesund, Lachen demzufolge auch und man landet in einer ganz anderen Welt, abseits von Alltag und Stress.

Also warum nicht diese Dinge in sein normales Leben holen.

Zurück von einer solchen Party gingen mir die verschiedensten Gedanken durch den Kopf. Kleine Pannen, lustige Details oder auch Missgeschicke die mir selbst oder jemandem in meinem Umkreis einmal widerfahren sind und ich musste schmunzeln.

Einen Tag später passierten mir wieder mal ein paar Missgeschicke, über die ich mich normalerweise geärgert hätte. Dieses mal nicht, ich dachte an gestern und konnte über alles lächeln, ganz ohne Stress. Das war ein viel besseres Gefühl und ich sagte mir, warum schreibst du solche Sachen nicht einfach mal auf. Als ich das dann auch tat und so nachdachte, fielen mir eine Unmenge kleiner Episoden ein, die mir so in meinem mittlerweile etwas betagten Leben widerfahren sind.

Natürlich waren das alles keine spektakulären Geschichten. Aber man konnte ja welche daraus machen. Alle Schriftsteller, Romaneschreiber und wie sie alle heißen mögen, tun das mitunter sogar ohne dass ein Fünkchen Wahrheit darin steckt und ich malte mir zu den verschiedensten Episoden aus, „was wäre denn wenn?".

So waren schnell die ersten netten Geschichten entstanden, die irgendwo mehr oder weniger ein Fünkchen Wahrheit enthalten.

Auf keinen Fall sollte eine Autobiografie entstehen, damit würde ich mich ja voll zum Affen machen. Wer allerdings in meinem Büchlein eine Autobiografie sieht und mit dieser Ansicht glücklich ist, dem sei dies gestattet. Glückliche Menschen sind wichtiger, als sich zum Affen zu machen.

Also wie das mit dem Fünkchen Wahrheit und der erfundenen Geschichte aussieht, dazu hier mal ein kleines Beispiel und hier zum ersten die wahre Geschichte:

Wir waren Schulkinder. Ein Freund und ich bastelten ein Futterhäuschen für die Vögel, waren also mit Nägeln, Brettern und Hammer bewaffnet.

Es kam ein weiterer Junge dazu. „Wo kommst du denn her?", fragten wir ihn. „Meine Mutter hatte etwas vergessen und schickte mich zum Einkaufen." „Was hast du in deinem Beutel?", wollten wir wissen. „Brot", antwortete er. Na dann kann ja nichts passieren", antwortete mein Freund, nahm den Hammer und schlug zu. Es schepperte, die Essigflasche welche sich außerdem im Beutel befand war kaputt.

So das war die wahre Geschichte.

Was der Junge zu Hause erlebte, wie es also weiter ging, weiß ich nicht. Eine Pointe ist zwar da, aber das ganze könnte man ja noch ausbauen und so findet man eben in meinem Büchlein dazu eine „gesponnene" Geschichte.

So ist in jeder meiner Storys zumindest ein Fünkchen Wahrheit enthalten, in der einen weniger, in der anderen mehr und manche entsprechen sogar voll der Wahrheit.

Die Leser oder Leserinnen können jeder Zeit für sich selbst entscheiden, was für sie der Wahrheit entspricht oder in Münchhausens Reich gehört.

Um irgendwelche Personen nicht zu verletzen, also Menschen, die dazu neigen sich in der einen oder anderen Story wieder zu erkennen, verwende ich für die Namen immer Pseudonyme und bleibe unkonkret, was den Ort der Handlung betrifft. Sollte sich doch jemand auf den Schlips getreten fühlen, so versichere ich, dass es sich lediglich um einen dummen Zufall handeln kann.

II Aus meiner Kindheit

Egal in welchem Alter, Kinder sorgen immer wieder für Stimmung in der Familie. Zuerst trifft es immer die Eltern, wenn sie z. B. nach Hause kommen und das angerichtete Chaos in der Wohnung sehen. Dann trifft es die Kinder, die im Normalfall nicht begreifen, warum sie ausgeschimpft werden oder gar den Hintern versohlt bekommen.

Das war bei mir nicht anders.

1. Als Vorschulkind macht man wahrscheinlich alles falsch

Schimpfend und über die Spielsachen stolpernd kam Mutter in mein Zimmer. „Jetzt räumst du mal dein Zimmer auf. Packe alles ganz ordentlich in die Schubfächer der Spielzeugkommode, dort wo es hin gehört," sagte sie. „Oh je, welch ein Arbeitsaufwand, und was ist überhaupt ordentlich. Das klingt jedenfalls kompliziert," dachte ich und überlegte was zu tun wäre.

„Eigentlich habe ich die ganzen Sachen sowieso über und könnte mal wieder neues Spielzeug gebrauchen. Wenn die Kommode ganz leer ist, sieht sie auf alle Fälle ganz ordentlich aus. Außerdem würden sich meine Eltern bestimmt über die Ordnung freuen und wenn sie den ganzen Plunder los wären," schlussfolgerte ich weiter. So packte ich das ganze herumliegende Zeug zu den anderen Sachen in den Kommodenfächern, buxierte sie zum Fenster und schüttete sie aus. So eine Ordnung herrschte noch nie in meinem Zimmer. „Wenn meine Mutter vom Einkaufen zurück kommt und mein Vater von der Arbeit, sind sie bestimmt ganz stolz auf die Ordnung in meinem Kinderzimmer.

Aber was sollte ich nun machen, meine ganzen Spielsachen waren ja weg. Da fiel mein Blick auf den vollen Kohleneimer in der Küche (eine Zentralheizung hatten wir damals noch nicht). „Man könnte ja Eisenbahn spielen", überlegte ich. So schleppte ich dann den gefüllten Kohleneimer ins Wohnzimmer, legte auf der Auslegware eine Kohle an die andere und so entstand ein wunderschöner Eisenbahnzug, der sich durch das ganze Wohnzimmer schlängelte. Ein paar Kohlen hatte ich noch übrig. Ich legte sie erst einmal in einen Sessel. Vielleicht konnte ich sie ja noch gebrauchen. Den leeren Kohleeimer stellte ich wieder zurück in die Küche, denn es musste ja alles seine Ordnung haben, wurde mir durch meine Mutter beigebracht.

Jetzt kamen auch meine Eltern nach Hause.

Meine Mutter schaute nur kurz ins Kinderzimmer und sagte zu mir, „das hast du aber fein gemacht, alles ordentlich aufgeräumt." Ich fühlte mich geschmeichelt und dachte gar nicht mehr an meine Eisenbahn im Wohnzimmer. Indessen meckerte mein Vater in der Küche, „der Kohleneimer ist ja schon wieder leer, ich gehe in den Keller und hole Kohlen." „Aber doch nicht in der hellen neuen Hose", wetterte meine Mutter. „Ich passe schon auf", antwortete er.

Irgendwie musste er auf seinem Weg in den Keller meine Spielsachen entdeckt haben, bzw. das was davon übrig war.

Als er wiederkam, hatte er endlich mal eine gesunde Farbe im Gesicht und ich glaubte nicht, dass das vom Treppensteigen war. „Was hast du dir dabei nur gedacht?", donnerte er los. Meine Mutter stammelte, „was soll nur aus dem Jungen werden, wenn er älter wird." Ich sagte besser gar nichts, denn so dicke Luft hatte ich lange nicht eingeatmet und plötzlich dachte ich auch wieder an die Eisenbahn im Wohnzimmer. Mein Vater schimpfte weiter auf mich, schnappte den Kohleneimer und begab sich damit zum Ofen im Wohnzimmer. Meine Mutter schimpfte auf meinen Vater, er solle endlich die neue helle Hose ausziehen. Mein Vater stolperte über meine Eisenbahn und die ging dadurch kaputt. Ich fing laut an zu schreien, wegen der kaputten Eisenbahn und mein Vater ließ sich mit der neuen hellen Hose entnervt in den Sessel fallen, allerdings nur kurz, denn darin lagen die restlichen Kohlen.

Aber jetzt war die Kacke am Dampfen.

2. Logik kontra Mathematik

Eigentlich war mein Leben schon als kleiner Junge von reiner Logik geprägt. Damit hatte ich allerdings nichts als Ärger.

Als mich der Lehrer zu Beginn der zweiten Klasse fragte: „Wie viel kommt bei 1 + 1 heraus?" antwortete ich: „Mindestens drei".

Lehrer: „Das ist falsch, wie kommst du denn darauf?"

„Bei meiner Mutter und meinem Vater waren wir zusammen mit meiner kleinen Schwester sogar vier.

Wenn das falsch ist und irgendwas muss ja dabei rauskommen, war es bei Ihrer Frau und Ihnen dann wahrscheinlich 0. Aber die Note die ich erhielt war super, denn da stand als Antwort sogar eine 6. So fragte ich den Lehrer: „Wenn diese sechs richtig ist, dann hatte ich ja doch recht, denn das ist mehr als drei. Außerdem ist sechs doch viel besser als die Null in Ihrer Familie."

Jetzt musste ich den Klassenraum verlassen. Wer sollte das verstehen.

3. Die neue Gartenfrucht

Es war ein altes Problem, meine Mutter wusste wieder mal nicht, was sie kochen sollte. „Dann mache doch wieder mal Nudeln, so leckere Makkaronichips", sagte mein Vater. „Eine gute Idee", antwortete meine Mutter, „aber die sind ja schon wieder alle", klagte sie. „Dann vielleicht eine Nudelsuppe", so mein Vater. „Suppennudeln haben wir auch nicht im Haus", antwortete meine Mutter. „Warum kaufst du denn das Zeug nicht auf Vorrat, Nudeln werden doch nicht schlecht", bemerkte mein Vater.

Ich dachte mir, dass da doch Abhilfe geschaffen werden musste. Natürlich hatte ich auch gleich eine gute Idee.

Am nächsten Tag hatte meine Mutter gleich am Morgen jede Menge der verschiedensten Nudelsorten eingekauft. Da mein Vater an diesem Tag zum Essen nicht da war und es eh nur eine Kleinigkeit gab, wurden die Nudeln erst mal nicht gebraucht und übermorgen konnte meine Mutter ja wieder neue Nudeln kaufen. Also borgte ich mir diese Dinger aus um meine Idee zu verwirklichen.

So kam dann der Tag „übermorgen".

Meine Mutter strahlte, als mein Vater nach Hause kam, natürlich hatte sie nicht in den Schrank geschaut und auch keine neuen Nudeln gekauft, was ich überhaupt nicht verstand.

„Heute gibt es Nudeln", sagte sie zu meinem Vater. Sie fand aber keine.

Eines großen Lobes sicher, meldete ich mich zu Wort und sagte zu meiner Mutter: „Du hast immer gesagt, das Unkraut im Garten müsse raus, ich habe alles Unkraut entfernt." Meine Mutter schaute aus dem Küchenfenster in den Garten. „Wo ist denn meine Petersilie, der Dill, das Gurkenkraut, die Bohnenpflanzen und der grüne Salat hin? Da ist ja außer den Erdbeeren nichts als Erde. Warst du das?", fuhr sie mich an. Jetzt war ich etwas irritiert, aber immer noch der Meinung, etwas Großes geschaffen zu haben. So antwortete ich ganz stolz: „Natürlich habe ich das ganze Unkraut entfernt und nur die leckeren Erdbeeren stehen gelassen. Links davon habe ich die Suppennudeln und rechts die Makkaronichips gesät. Wenn alles gewachsen ist und die Nudeln reif sind wird sich Papa bestimmt freuen und braucht sich nie wieder über fehlende Nudeln zu beschweren." Aber Papa freute sich überhaupt nicht und Mama noch viel weniger. Wieder einmal hatte ich alles falsch gemacht und wusste nicht warum.

4. Der Maulwurf oder mein kleiner Lenin

Als ich wieder mal die ländliche Gegend durchstreifte, fand ich einen Maulwurf, der noch lebte. „Maulwürfe gehören doch unter die Erde um Hügel zu machen", dachte ich mir. „Bestimmt war er durch die bereits herrschende herbstliche Kälte krank und ich könnte ihm vielleicht helfen." So überlegte ich, was denn hier zu tun wäre. Da fielen mir unsere Zimmerpflanzen ein. Eine größere steckte in einem riesigen Topf voller lockerer Erde. Wenn ich den Maulwurf dort hinein steckte, ging es ihm bestimmt bald besser, denn bei uns war es ja warm und er konnte sich in der lockeren Erde auch gut verstecken. Also nahm ich den Maulwurf mit nach Hause, nahm den Besen und bohrte mit dem Besenstiel ein tiefes Loch in den riesigen Blumentopf. Ich tat den Maulwurf hinein und ebnete die Erde wieder ein, damit nichts mehr von dem Eingriff zu sehen war. „Jetzt geht es dem Maulwurf bestimmt wieder gut", dachte ich. Das war sicher auch der Fall, denn bereits am Nachmittag war wieder ein Loch in der Erde und diese zierte weit verstreut den Fußboden.

Natürlich schimpfte meine Mutter mich aus, was ich denn mit dem Blumentopf wieder angestellt hätte. Mir fiel nichts besseres ein, als die ganze Schuld auf mich zu nehmen und sagte, ich hätte Maulwurf gespielt.

„Der Maulwurf hatte bestimmt Hunger und deshalb hat er so gewühlt", ging es mir durch den Kopf. In einem meiner Bücher war auch der Maulwurf beschrieben und darin stand, dass Maulwürfe Regenwürmer fressen. So begab ich mich am späten Nachmittag noch einmal in den Garten. Dort war es kein Problem eine Anzahl an Regenwürmern auszubuddeln. Ich nahm die Regenwürmer mit ins Haus, bohrte mit dem Finger Löcher in die Erde des Blumentopfes, tat die Regenwürmer hinein und strich die Erde wieder schön glatt.

„So jetzt hatte der Maulwurf ja was zu fressen, brauchte nicht mehr zu wühlen und alles ist in Ordnung", dachte ich mir.

Doch am nächsten Morgen war schon wieder alles voll Erde. „Jetzt wird es ernst und ich bekomme Ärger", dachte ich. Aber zum Glück kamen mir die Regenwürmer zu Hilfe. Denn diese tummelten sich an der Oberfläche des Blumentopfes. „Die haben ja ganze Arbeit geleistet, du hättest beim Umtopfen besser aufpassen sollen", sagte mein Vater lachend zu meiner Mutter. Meine Mutter sammelte die Regenwürmer ein und beförderte sie nach draußen, denn davor ekelte sie sich nicht, weil sie das von den Gartenarbeiten ja gewohnt war. Ganz anders sah das bei ihr allerdings mit Mäusen und ähnlichem Getier aus.

Ich überlegte, wie ich den Maulwurf denn füttern solle, ohne weiteres Aufsehen zu erregen.

Das brauchte ich aber nicht mehr, denn als meine Eltern am späten Nachmittag nach Hause kamen, ging alles ganz schnell. Meine Mutter wollte ihre Hausschuhe anziehen, die nicht allzu weit weg von dem Maulwurfblumentopf standen. Mit dem linken Schuh klappte das aber nicht. Als sie ihn untersuchte, fiel der mittlerweile tote Maulwurf heraus. Mit einem lauten Aufschrei taumelte sie zurück, stolperte über meinen Vater und schlug der Länge nach auf den Boden. Dadurch verlor auch mein Vater das Gleichgewicht und landete mit dem Gesicht in dem Blumentopf, der daraufhin umfiel und beide unter sich begrub. Als erstes rappelte sich mein Vater wieder auf und entfernte aus einem Ohr und der Nase jeweils einen vergessenen Regenwurm, wobei er gar nicht mehr über die Würmer lachte. Außer ein paar blauer Flecke und der Blumenerde im Gesicht war ihm aber nichts ernstliches passiert. Meine Mutter hatte auch Glück gehabt, denn wie der Arzt später sagte, war der Arm nur angebrochen.

Als sich die Lage wieder einigermaßen normalisiert hatte, schwante mir nichts gutes. Hätte ich selten dämliches Rindvieh doch nur nicht für meine Mutter gesagt, ich hätte Maulwurf gespielt, dann wäre vielleicht noch irgendwie etwas zu retten gewesen. Aber die blödeste war meine Mutter ja nun wirklich nicht und so verfinsterte sich ihr Gesicht immer mehr. Das Donnerwetter, dass ich nun über mich ergehen lassen musste, brauche ich wahrscheinlich nicht weiter zu beschreiben.

Und der tote Maulwurf? Der landete erst mal auf dem Komposthaufen.

Allerdings ging mir mein Maulwurf nicht aus dem Sinn.

Am nächsten Tag besuchte ich zusammen mit meiner Schwester die Urgroßmutter. Diese wohnte in einem kleinen Hotel, welches ihr Sohn, also mein Großonkel betrieb, ganz oben unter dem Dach. Die Treppen dort hinauf zierten einige ausgestopfte Tiere, welche mich immer wieder beeindruckten. Da fiel mir wieder der Maulwurf ein und ich hatte eine Idee. Und so fragte ich meine Urgroßmutter, wie denn das Ausstopfen von Tieren funktioniere. Gern erklärte sie mir die komplette Vorgehensweise.

Wieder zu Hause angekommen, holte ich den Maulwurf vom Komposthaufen. Als nächstes benötigte ich ein scharfes Messer. Ich überlegte, und dabei fiel mir der Kuchen ein, den meine Mutter gestern gebacken hatte. Es war ein flacher Hefeteigkuchen, der mit Fett eingestrichen und mit Zucker bestreut war. Wir nannten das Striezel, der blieb lange Zeit frisch und wir aßen damals jeden Nachmittag davon. Der Striezel lag, teilweise schon in Stücke geschnitten, auf einem runden Holzbrett, der „Kuchenschenne" und das scharfe Kuchenmesser lag daneben. So nahm ich denn das Messer und rückte damit dem Maulwurf zu Leibe. So gut wie ich das eben hin bekam, schnitt ich ihn am Bauch auf und entfernte alles, was sich in ihm befand, also Eingeweide, Fleisch und Knochen, bis nur noch Kopf, Beine und das Fell übrig waren. Nun strich ich den restlichen Maulwurf mit dem Messer glatt. Jetzt musste er nach Uromas Anleitungen gut trocknen. Dafür erschien mir die Kuchenschenne der geeignetste Ort, denn der Kuchen war bereits halb aufgegessen und so war dort genug Platz. Ich drehte die Kuchenschenne so, dass sich der Kuchen vorn befand und breitete meinen präparierten Maulwurf ganz hinten darauf aus. Zur Tarnung nahm ich ein Stück Kuchen und bedeckte damit den Maulwurf. So war der Maulwurf gut abgedeckt und das Kuchenstück ganz hinten würde meine Mutter sicherlich erst einmal nicht beachten, denn sie nahm die Kuchenstücke immer zuerst von vorne weg. Peinlichst säuberte ich das Kuchenmesser und beging dann aber einen folgeschweren Fehler, denn ich legte das Messer wegen Platzmangels auch nach hinten neben das Maulwurfkuchenstück, weil sich ja wegen des Drehens der Kuchenschenne der Kuchen vorn befand.

Wie jeden Tag wurde der Kaffeetisch gedeckt. Doch dann klingelte es und hereinspaziert kam meine Tante, die im Nachbarhaus wohnte. Mein Vater verdrehte die Augen. Meine Schwester sagte, „die schon wieder". Ich zog eine Grimasse und hätte beinahe noch die Zunge herausgestreckt, nur meine Mutter, die meine Tante begrüßte, bewies ihr schauspielerisches Talent.

Statt eines Grusses, sagte die Tante, sie wisse ja, dass wir sie nicht gerade ins Herz geschlossen hätten, aber in der Verwandtschaft müsse man sich doch öfters mal ganz familiär unterhalten. Sie setzte sich ohne Aufforderung an den Kaffeetisch, meckerte erst mal kräftig an uns allen herum, um dann ihre Einsamkeit zu beklagen, denn sie war schon einige Jahre Witwe und auf der Suche nach einem neuen Mann. Eigentlich war alles so wie immer, wenn sie uns besuchte. Aber diesmal sollte es anders kommen.

Mein Mutter bat mich, ihr beim Tischdecken zu helfen. So folgte ich ihr mit einem großen Teller bewaffnet zu dem Kuchen. „Wer hat denn das Kuchenmesser ganz nach hinten gelegt, brummelte sie vor sich hin, nahm das Messer und das daneben liegende große Stück Kuchen, an dem aber ja unten der Maulwurf klebte.

Ich erstarrte, während mir meine Mutter den Teller voll Kuchen packte, das größte mit dem Maulwurf legte sie in die Mitte. Geistesgegenwärtig legte ich noch ein paar Stücke Kuchen darüber. „Wer soll denn den ganzen Kuchen essen", sagte meine Mutter. „Du weißt doch, dass unsere dicke Tante etwas mehr braucht, als wir", antwortete ich. „Trage den Teller jetzt bitte rein", entgegnete meine Mutter. Ich hoffte, dass ich damit das Problem gelöst hatte, denn niemand konnte so viel Kuchen essen, um an das Maulwurfstück zu gelangen. Ich musste eben nur aufpassen, dass ich den Teller mit dem restlichen Kuchen auch wieder hinaus trug.

Während die Tante weiter an uns herummeckerte, begannen wir zu essen. Jetzt nahm das Schicksal eine harte Wendung. Meine Tante schaute auf den Kuchenteller und schimpfte, „habt ihr den Kuchen etwa wegen mir kleiner geschnitten?" Offenbar hatte sie das größere Stück unten in der Tellermitte entdeckt. Sie legte die oberen beiseite und angelte sich das unten in der Mitte, unter dem ja immer noch mein Maulwurf klebte. Nachdem sie nun den ersten Bissen mit der Kuchengabel geangelt hatte, grinste uns der Kopf des Maulwurfs an.

Meine Mutter kippte zu Tode erschrocken den Kaffee über den Tisch. Meine Schwester sagte nur, „i'git, was ist mit dem armen Vogel passiert." Mein Vater musste ganz laut lachen. Und meine Tante? Die wurde zum Chamäleon. Erst wurde sie ganz weiß. Dann lief sie blau an, anschließend beschimpfte sie uns mit hochrotem Kopf laut kreischend mit Worten, die ich hier nicht wiedergeben möchte und rollte dampfwalzenähnlich aus unserem Haus.

Das Nachsehen hatte mein Maulwurf, denn der landete wieder auf dem Komposthaufen.

Im Haus unterbringen konnte ich ihn wohl vorerst nicht mehr. Das war zu gefährlich. So packte ich ihn erst mal in die Schultasche, vielleicht fand sich ja noch eine Lösung, wie es mit ihm weitergehen könnte.

Am nächsten Tag gleich früh in der ersten Stunde hatten wir Geschichtsunterricht. Wie so oft in unserer schönen DDR, ging es natürlich wieder mal um die Geschichte unseres großen Bruders, der Sowjetunion. „Wieso eigentlich Bruder?", ging es mir durch den Kopf, denn niemand dort war mit mir verwandt. „Vielleicht liegt es ja doch irgendwie daran, dass man sich Geschwister nicht aussuchen kann und vielleicht gar nicht alle kennt", dachte ich mir.

Natürlich ging es wieder mal um Lenin. Aus früheren Geschichtsstunden wusste ich: „Das ist der Mann der die Sowjetunion erfunden hat. Nachdem er alle erschießen ließ, die seine Sowjetunion nicht mögen, blieben nur noch die übrig, die seine Sowjetunion mochten. Alle die nannte er dann seine Brüder, obwohl sie gar nicht mit ihm verwandt waren. Bestimmt aus diesem Grund wurden wir alle Brüder der Sowjetunion, auch die Mädchen und so entstanden dann die Genossen". Einen anderen Grund konnte ich mir jedenfalls nicht vorstellen.

Heute erzählte uns der Lehrer, dass dieser Lenin wegen seiner großen Taten nicht beerdigt wurde, sondern in einem Maulfsoleum, oder so ähnlich aufgebahrt wurde. „Also wurde er ausgestopft" schoss es mir durch den Kopf, „genauso wie ich es ja mit meinem Maulwurf vor hatte". Da wir ja alle Brüder der Sowjetunion und gute Genossen sein sollten, hatte ich plötzlich eine Idee, wie es mit meinem Maulwurf weitergehen könne. Als uns der Lehrer fragte, welche guten Taten uns einfielen, um später einmal gute Genossen und Brüder der Sowjetunion zu werden, meldete ich mich stürmisch zu Wort. Der Lehrer, der über meine Anteilnahme am Geschichtsunterricht hocherfreut war, was ansonsten bei mir ja nur selten vorkam, bat mich auch gleich ums Wort.

„Also", begann ich meine Rede, „wie wäre es, wenn wir im Klassenzimmer zu Ehren von Lenin ein kleines Maulfsoleum einrichten?"

Der Lehrer strahlte, „eine bemerkenswert gute Idee, aber wie stellst du dir das denn nur vor?", fragte er mich. „Den Maulf habe ich hier, wir brauchen ihn nur noch wie den Lenin auszustopfen und ein Soleum wird sich auch noch finden", antwortete ich. Triumphierend holte ich meinen „kleinen Lenin", wie ich den Maulwurf der Klasse gegenüber nannte, aus der Schultasche. Die Mädchen kreischten, als sie den toten Maulwurf sahen. Die Jungen waren begeistert, als sie die Mädchen kreischen hörten. Alle Jungen sprachen nur noch vom kleinen Lenin, wollten ihn aus der Nähe sehen und einer machte sogar den Vorschlag, man müsse ihm am Kopf die Haare etwas abrasieren, dann sähe er Lenin noch ähnlicher. Jedenfalls herrschte ein großes Durcheinander in der Klasse.

Und der Lehrer? Der konnte froh sein, dass es zur Pause klingelte, denn so war er in der Lage, das Klassenzimmer ohne weitere gesundheitlichen Probleme wegen des penetranten Duftes, den mein kleiner Lenin inzwischen ausstrahlte, mit hochrotem Kopf zu verlassen.

Bei den Jungen zumindest, war ich der Held des Tages und fühlte mich fast wie der große Lenin.

Allerdings nicht lange, denn nach dem Unterricht führte mich der Geschichtslehrer zum Schuldirektor. Außer meinem Lehrer und dem Direktor waren dort noch zwei Männer. Die waren eigenartig gekleidet. Der eine trug eine dicke Pelzjacke und der andere einen dünnen Ledermantel. Alle machten ganz ernste Gesichter.

Jetzt folgte erst einmal eine belehrende Moralpredigt, dass der Lenin doch nicht ausgestopft wäre, warum ich denn im Unterricht nicht richtig aufgepasst hätte und letztlich, wie ich auf die Idee gekommen wäre, Lenin mit einem Maulwurf zu vergleichen. Vor allem wollte man wissen, ob denn das Ganze von meinen Eltern stammte.

So sagte ich denen, „von meinen Eltern mit Sicherheit nicht, mit ihnen hatte ich deshalb nur Ärger und sie haben mich ganz schön ausgeschimpft. Schuld an allem hat eigentlich meine Tante. Wäre sie nicht gewesen, hätte ich den Maulwurf zu Hause behalten. Ohne sie wäre ich nicht einmal auf die Idee gekommen, den Maulwurf mit in die Schule zu nehmen und als kleinen Lenin auszustopfen."

Mein Lehrer sagte nur ich solle in der Schule besser aufpassen. Der Direktor wiegte bedenklich mit dem Kopf und die beiden Männer schrieben etwas in ihr Notizbuch.

Ich durfte nach Hause gehen und war froh, dass beim Direktor alles so glimpflich ausgegangen war.

Als ich einige Zeit später aus dem Fenster blickte, sah ich meine Tante in Begleitung der beiden Herren aus dem Schuldirektorzimmer. „Na prima", dachte ich, „sie wünschte sich immer einen Mann, jetzt hat sie sogar zwei. Mal sehen für wen sie sich entscheiden wird, für den in der dicken Pelzjacke oder den im Ledermantel."

Offentsichtlich entschied sie sich aber wieder mal für keinen von diesen beiden, denn als ich sie nach ein paar Tagen wieder sah, war sie wieder allein. Besuchen tut sie uns seit dem auch nicht mehr. Ob es an dem Maulwurf lag, weiß ich nicht, denn dieser landete nun endgültig auf dem Komposthaufen.

Wenn ich heute an meinen kleinen Lenin zurück denke, fällt mir ein Ausspruch des im 19. Jahrhundert lebenden Anatonus Friedrich Tiedemann ein. Etwas modifiziert könnte er auch so lauten: „Politiker sind wie Maulwürfe. Beide agieren im Dunkeln und das Produkt sind Erdhügel." – nur dass bei den Maulwurfshügeln das Kreuz fehlt.

Ob Pharaonen im alten Ägypten, Kaiser im Römischen Reich oder ein Lenin, Hitler, Stalin und alle Machthaber der Neuzeit, der Spruch besitzt zumindest im übertragenen Sinn volle Gültigkeit.

Aber sind die Politiker wirklich die einzigen Schuldigen, oder obliegt die politische Verantwortung bei allen Menschen, weltweit.

Der brave Soldat Schwejk traf den Nagel auf den Kopf, „es gäbe keine Kriege, wenn keiner hinging." (Zitat, Jaroslav Hašek)

5. Ich habe einen Vogel – den Kreuzschnabel

Wieder einmal besuchte ich einen meiner Freunde.

Das Hobby seines Vaters und auch das meines Freundes waren Singvögel, die bei ihnen in großen Volieren herumschwirrten und dabei ihren zwitschernden Gesang zum Besten gaben.

Auch ich stand immer wieder begeistert vor den Volieren. So kam es an diesem Tag, dass der Vater meines Freundes mit einem kleinen Käfig erschien. „Das ist ein Kreuzschnabel," erklärte er mir. „Wenn du möchtest, kannst du ihn haben. Allerdings musst du mir versprechen, dass du ihn immer gut fütterst, pflegst und vor allem zu Hause in einen großen Käfig setzt."

Und wie ich wollte. Ich versprach alles und begab mich mit meiner neuen Errungenschaft postwendend nach Hause.

Zuerst blickte ich in entgeisterte Gesichter. Aber mein Vater, Kumpel wie er eben manchmal war, versprach mir, noch am nächsten Tag einen geeigneten Vogelbauer zu besorgen. So brachte er denn auch einen großen Käfig angeschleppt. Er war nicht mehr der neueste und die Sache hatte einen Haken. Das Türchen am Käfig ließ sich nicht mehr verschließen. Mein Vater nahm ein dickes Stück Strick und nachdem ich den Vogel in den Käfig gesetzt hatte, band er damit die Tür zu und sagte, „bis mir etwas besseres eingefallen ist, wird es schon halten". Ihm fiel aber nichts besseres ein.

So wurde der Kreuzschnabel zum neuen Familienmitglied, das letztendlich sogar meine Mutter akzeptierte. Nur meine kleine Schwester schmollte. Sie wolle auch ein Haustier. „Was soll es denn sein?", fragte meine Mutter. „Vielleicht ein Pferd, oder notfalls tut's auch ein wuschliger Esel", antwortete sie. Nach einigem Gezeter war sie dann mit einem Meerschweinchen einverstanden. Und wieder war es mein Vater, der nach einigen Tagen einen alten Käfig mit einem Meerschweinchen angeschleppt brachte. Auch hier war offensichtlich der Türverschluss kaputt und wurde mit einem Strick verschlossen.

Anfangs ging auch alles gut und bald hatten wir uns an die neuen Mitbewohner gewöhnt.

Doch insbesondere der Kreuzschnabel war ein pfiffiges Kerlchen und lernte schnell dazu. In nur kurzer Zeit hatte er den Strick an der Käfigtür durchgebissen. Dass man durch ein geschlossenes Fenster nicht durchfliegen kann, begriff er nach einigen Schlägen gegen den Kopf auch.

Mein Vater versprach, sich um den Türverschluss zu kümmern, was er aber wieder mal nicht tat und so eroberte der Kreuzschnabel mein komplettes Zimmer. Natürlich war ich darüber alles andere als böse. Nur hatte ich damit einigen Aufwand, da meine Eltern darauf bestanden, die Ordnung und Sauberkeit in meinem Zimmer aufrecht zu erhalten.

Aber auch mit dem Meerschweinchen gab es Probleme. Es ist nunmal ein Gesellschaftstier und wenn das Meerschweinchen allein im Zimmer war, beschwerte es sich mit lautem Pfeifen, was ganz schön auf die Nerven gehen konnte.

Die Tür zwischen meinem Zimmer und dem meiner Schwester war oft nur angelehnt.

Dem Kreuzschnabel gefiel das Pfeifen im Nachbarzimmer offensichtlich auch nicht und er wollte unbedingt erkunden, was dort los war. Fliegend schaffte er es nicht, durch die angelehnte Tür in das Nachbarzimmer zu gelangen. Er lernte aber sehr schnell, dass man sich zu Fuß unterwegs, durch die Tür zwängen kann und so in das Zimmer meiner Schwester gelangte. Dort angekommen beäugte er den Störenfried von allen Seiten. Der Störenfried wiederum befand sich ja jetzt in Gesellschaft und hörte auf mit Fiepen. Das wiederum gefiel nicht nur dem Vogel, sondern auch meinen Eltern. So durfte nun der Kreuzschnabel zur Freude von uns Kindern beide Zimmer durchstreifen. Zur Zufriedenheit aller ging das auch eine Weile gut, bis der Vogel auf die Idee kam, seinen Spielkameraden aus dem Käfig zu befreien und den Strick am Türverschluss des Meerschweinkäfigs auch durchzubeißen.

Weil mein Vater immer noch nichts bzgl. der Türverschlüsse unternommen hatte, tollten sie jetzt beide durch die zwei Zimmer, natürlich wieder zur Freude von uns Kindern, denn mein intelligenter Vogel hatte dem Meerschweinchen schnell beigebracht, wie man durch die Käfigtür kam.

Eigentlich waren sie wie meine Schwester und ich auch. Untereinander stritten sie mitunter bis aufs Messer. Nach außen aber waren sie wie ein Herz und eine Seele und eins verteidigte das andere.

Einmal, als meine Schwester ihr Spiel mit dem Meerschweinchen zu arg trieb, pfiff dieses lauthals offensichtlich um Hilfe. Prompt stürzte sich der Kreuzschnabel auf den Kopf meiner Schwester und im Nu fehlten ihr ein paar Haare, worauf sie das Meerschweinchen laut schreiend los ließ. Meerschweinchen und Kreuzschnabel suchten schnell das Weite und verkrümelten sich in ihren Käfigen. Was blieb, war der Groll meiner Schwester und meiner Mutter auf den Kreuzschnabel. Der sah in Haaren offensichtlich eine gute Möglichkeit, sich Respekt zu verschaffen.

Es kam das Wochenende und meine Mutter buk eine Obsttorte mit vielen großen Brombeeren darauf, so wie sie mein Vater liebte. Ich mochte den Brombeerkuchen eigentlich nicht, wegen der vielen kleinen Kerne in den Beeren. Wie immer stellte meine Mutter den fertigen Kuchen in eine Ecke auf den gefliesten Küchenboden zum Auskühlen und natürlich war die Küchentür, auch wie immer, nur angelehnt. Als mein Vater nach Hause kam, wollte ihm meine Mutter seinen Lieblingskuchen präsentieren und wir begaben uns alle in die Küche.

Doch oh je, was war denn hier los? Der Küchenboden war über und über mit Tortenguss und jeder Menge Kuchenkrümeln eingesaut. Und wie erst sah der Kuchen aus! Rundum war er total zerfetzt und der Brombeerbelag ähnelte einem Schlachtfeld, in das mehrere Bomben eingeschlagen hatten. Eigentlich war die Erklärung ganz einfach. Für das Meerschweinchen war der Kuchen eine leckere Mahlzeit, deswegen war der Kuchen so zerfetzt. Kreuzschnäbel mögen Körner und um an die kleinen Brombeerkerne heranzukommen, müssen die Brombeeren erst mal durchgewühlt werden. Die Tür war nur angelehnt und das Versprechen, die Käfigtür ordentlich zu verschließen, hatte mein Vater wohl ganz vergessen. Aber meine Eltern sahen das anders. Schuld hatten natürlich die Tiere. Aber wo waren die eigentlich? Die Spuren aus Kuchenkrümeln und Brombeerbrei führten in das Wohnzimmer, denn auch dort war die Tür nur angelehnt.

Als wir das verdreckte Wohnzimmer betraten, meldete sich das erfreute Meerschweinchen mit lautem Fiepen unter der Couch. Das störte aber den Kreuzschnabel, der sich hinter einem Sessel immer noch mit den an ihm klebenden Brombeeren beschäftigte. So kroch er auch unter die Couch und setzte seine Waffe ein – Haare ausrupfen. Jetzt quiekte das Meerschweinchen erbärmlich in einer anderen Tonlage. Fast war das Chaos perfekt. Als meine Mutter und mein Vater endlich die Couch beiseite getragen hatten, bot sich uns ein bemitleidenswerter Anblick. Der Kreuzschnabel war mit Brombeerbrei zugekleistert wo überall auch noch Meerschweinchenhaare klebten und das Meerschweinchen hatte eine Glatze. Ich heulte wegen meines Kreuzschnabels, meine Schwester schrie wegen ihres Meerschweinchens. Mein Vater warf das Meerschweinchen gegen die Wand und eine Porzellanfigur ging zu Bruch. Meine Mutter schnappte sich den verkleisterten Vogel, trug ihn zum Fenster und warf ihn mit den Worten „flieg von mir aus wohin du willst" aus dem Fenster. Fliegen konnte er aber in diesem Zustand nicht, er fiel zu Boden und brach sich das Genick. Das Meerschweinchen schüttelte nur mit dem Glatzkopf, nahm noch eine Glasvase mit, gab der kaputten Porzellanfigur den Rest und verkrümelte sich in seinem Käfig. So kam es, dass nur meine Schwester noch ein Haustier hatte.

Über mich und meinen Kreuzschnabel, der zu dieser Zeit nicht einmal mehr unter den Lebenden weilte, erging ein Donnerwetter. So war es denn wie immer: Meine kleine Schwester wurde in Schutz genommen und ich war der Böse.

„Aber was ist mit meinen Eltern?", ging es mir durch den Kopf. „Hätte meine Mutter den Kuchen hoch gestellt und die Türen verschlossen und hätte mein Vater sich an sein Versprechen gehalten und die Käfigtüren richtig verriegelt, wäre all das nicht passiert und der Kreuzschnabel würde noch leben. Wer hält nun meinen Eltern eine Moralpredigt?"

„Wenn ich einmal erwachsen bin, werde ich das alles anders machen", nahm ich mir vor. Getan habe ich es wahrscheinlich aber auch nicht.

6. Tante Kaktus

Da hatte sich meine Mutter ja was in den Kopf gesetzt, als sie auf die Idee kam, ihren geliebten Kaktus umzutopfen. Diesen Akt interessiert und sarkastisch zu verfolgen, ließ ich mir natürlich nicht entgehen. Obwohl sie dicke Handschuhe trug, schrie sie hin und wieder auf, denn die offensichtlich recht intelligenten Stacheln scheinten die Handschuhe nicht daran zu hindern, meine Mutter zu ärgern.

Am Abend musste mein Vater meine Mutter verarzten, indem er mit der Pinzette die Stacheln aus ihren Händen entfernte, was ich natürlich auch wieder ganz interessant fand.

Einige Tage später war wieder mal so ein hässlicher Sonntagnachmittag, an dem man nicht spielen durfte und eine Ewigkeit am Kaffeetisch herumhängen musste. Die Familienstimmung war auf dem Nullpunkt, denn meine dicke Tante hatte wieder einmal ihren Besuch angesagt, deren Anwesenheit eigentlich niemand von uns gern ertragen mochte. Aber was soll's, sie war eben meine Tante. Überpünktlich und laut vor sich hin plappernd kam sie dann zusammen mit meinem neuen Onkel, denn sie hatte erst kürzlich wieder geheiratet, auch hereingeweht.

Am Kaffeetisch kam natürlich auch das Kaktusumtopfen zur Sprache. Meine Tante lachte nur, schaute meine Mutter mitleidig an und protzte damit, dass sie ein paar solche Stacheln nicht umhauen könnten.

Da kam mir eine blendende Idee, wie wir die Tante vielleicht schnell wieder los würden.

Mir fiel nämlich unsere total verdorrte und verholzte Aloe ein, die immer noch in der Sonne auf dem Komposthaufen lag. Ich schlich mich aus dem Zimmer, begab mich zum Komposthaufen und schnitt mit meiner kleinen Säge die obere Rosette des distelähnlichen, aber knochenharten, verdorrten Gebildes ab. „Hat die aber kräftige und feste Stacheln", dachte ich mir und verbarg sie unter meiner Jacke.

Ich begab mich wieder in das Wohnzimmer und lenkte das Thema wieder auf den Kaktus. „Ich denke Mutter hat das Umtopfen gut hingekriegt, denn jetzt bekommt der Kaktus sogar eine Blüte", sagte ich.

Alle schauten nach dem Kaktus, an dem natürlich keine Blüte zu sehen war. Meine Tante sagte, „ich sehe nichts". „Dann steh doch mal auf und schau genauer hin", entgegnete ich. Während sie das tat, und alle anderen immer noch zum Kaktus schauten, schob ich die Aloerosette auf den Sessel der Tante. „Na dann eben keine Blüte", sagte ich, spielte die beleidigte Leberwurst und begab mich schleunigst in die Küche. Dort hielt ich mir erst mal die Ohren zu und lunste verstohlen ins Wohnzimmer in Erwartung der Dinge die da kommen müssten.

Normalerweise ließ sich die Tante mit Wucht in den Sessel fallen. Aber wohl wegen der Kaktusblüte war das heute anders. Denn immer noch nach der vermeintlichen Kaktusblüte schauend, setzte sie sich mit hin und her bewegtem Hinterteil nur langsam in den Sessel. Es geschah gar nichts. Sicherheitshalber wartete ich noch ein Weilchen und begab mich dann, als ob nichts gewesen wäre, wieder in das Wohnzimmer.

Leider war ja auch nichts gewesen. Laut pries meine Tante den richtigen Umgang mit Kakteen an und kritisierte die gärtnerische Arbeit meiner Mutter. Ich war stink sauer. Doch als die Tante dann endlich gehen wollte und sich erhob, ergab sich ein Lichtblick, in Form der Aloerosette, die fest verankert ihr Hinterteil zierte.

Bevor jemand diesen Umstand bemerken konnte, holte ich schnell den Sommermantel meiner Tante und hielt ihn hinter sie, so wie es die Erwachsenen gelegentlich tun. Ich erntete großes Lob von meiner Tante, indem sie bemerkte, dass sie beeindruckt sei, weil ein Lausbub wie ich, solch einen Anstand entwickeln konnte. Artig wünschte ich der Tante und dem neuen Onkel noch einen schönen Abend zu Hause, natürlich in der Hoffnung, dass meine Aloerosette noch Wirkung zeigen würde.

Nach ein paar Tagen, als ich die Geschichte schon fast vergessen hatte, läutete es an der Haustür. Es war mein neuer Onkel. Als er mich sah, konnte er sein Lachen nicht verkneifen. Er lud meinen Vater zu einer Flasche Bier ein, wovon er reichlich mitgebracht hatte. Mich fragte er, ob ich nicht noch etwas anderes zu erledigen hätte, lachte wieder ganz verschmitzt und wies zur Tür. Also verließ ich erst mal den Raum. Aus Erfahrung wusste ich, jetzt wird es interessant. So war ich denn ganz Ohr mit dem Kopf an der Zimmertür. Nach einigem Pla Pla, wie es denn so ginge und was der eine oder Andere so mache, kam mein Onkel auf den Punkt und erzählte meinem Vater die folgende Geschichte:

„Das war ja wieder ein tolles Ding, was dein Sohn bei unserem letzten Besuch losgelassen hat. Na ja, eigentlich geschah es meiner Frau ganz recht, so wie sie seine Mutter mit dem Kaktus heruntergeputzt hatte. Da ja alles gut ausging, fand ich das was dann passierte recht amüsant. Als wir an jenem Tag nach Hause kamen, ließ sie sich wie immer krachend in den Sessel fallen, sprang aber im nächsten Moment schreiend wieder hoch. So schnell hatte ich sie noch nie aufstehen sehen. Zu meinem Erstaunen befand sich an ihrem Hinterteil ein rosettenartiges Etwas mit riesigen Stacheln. Um mich nicht auch noch zu stechen, stülpte ich mir ein paar dicke Handschuhe über und zog kräftig an diesem verholzten Ding, aber außer dem Geschrei meiner Frau, ohne Erfolg. So holte ich denn eine Beißzange und zwickte erst einmal alle in ihr steckenden Stacheln einzeln ab. Jetzt gelang es mir, sie ihrer Kleidung zu entledigen. Als nächstes versuchte ich es mit einer Pinzette den in ihr steckenden Stacheln zu Leibe zu rücken, was aber misslang. Ich entnahm der Werkzeugkiste eine Kombizange und nun gelang es mir unter ihrem weiteren Geschrei, die Stacheln der Reihe nach zu entfernen. Ich beklebte sie mit einer Unmenge Heftpflastern und atmete auf. Als ich allerdings mein Werk an ihrem Hinterteil anschaute, musste ich den Raum erst einmal schnell verlassen, denn ich konnte mich vor Lachen nicht mehr halten. Geschlafen hat sie wohl dann auf dem Bauch. Jedenfalls würde ich deinem Sprössling dringendst raten, seiner Tante für eine Weile aus dem Wege zu gehen. Bring es ihm also irgendwie vorsichtig bei". So erzählte es der Onkel meinem Vater.

Natürlich begegnete mir gleich am nächsten Tag Tante Kaktus, wie wir sie zu Hause inzwischen alle nannten. Aus sicherer Entfernung fragte ich sie, wie es denn ihrer Rückseite ginge. Nur gut, dass ich viel schneller laufen konnte als Tante Kaktus.

7. Die neue Brotsorte, das Essigbrot

Wir waren noch Schulkinder, gingen aber schon in die 7. Klasse. Mein Freund Bodo und ich bastelten ein Futterhäuschen für die Vögel, waren also mit Nägeln, Brettern und Hammer bewaffnet. Da kam Toni, ein weiterer Junge in unserem Alter, mit seinem Einkaufsbeutel dazu.

„Wo kommst du denn her", fragten wir ihn. „Meine Mutter hatte was vergessen und schickte mich zum Einkaufen". „Was hast du in deinem Beutel?", wollten wir wissen. „Brot", antwortete er. „Na dann kann ja nichts passieren", erwiderte Bodo, nahm den Hammer und schlug zu. Es schepperte, die Essigflasche, welche sich außerdem im Beutel befand war kaputt.

„Warum hast du uns das nicht gesagt?", fragte Bodo. „Ihr habt mich nicht nach allen Sachen in meinem Beutel gefragt und wegen des Brotes hat mich meine Mutter zum Einkaufen geschickt. Der Essig ist nicht so wichtig. Nur ohne das Brot haben wir heute Abend keines zum Essen. Was mache ich nur. Ein neues bekomme ich jetzt nicht mehr." Uns rauchten die Köpfe. Doch bald hatte ich eine Idee. „Erinnert ihr euch an das Ostwald'sche Verdünnungsgesetz aus dem Chemieunterricht", fragte ich. „Ja" sagte der eine, „nein", der andere.

„Wenn wir das Brot in eine Wanne mit sehr viel Wasser legen und gut durchkneten, müssten wir durch den Verdünnungseffekt den Essiggeschmack rauskriegen", bemerkte ich. So begab ich mich in den Keller um eine geeignete Plastewanne zu suchen. Vor der alten kaputten Waschmaschine, an der mein Vater immer noch herumbastelte, wurde ich fündig und in der Wanne war auch noch Wasser drin. Ich schnappte mir das Ding. Wir taten das Brot hinein und kneteten es ordentlich durch. Wir kippten das Wasser weg und leckten der Reihe nach mal am Brot. „Na ja, schon viel besser", bemerkte der Brotbesitzer, „aber es schmeckt immer noch nach Essig und irgendwie nach Seife". Natürlich war ich es wieder, der da eine zündende Idee hatte. „Also", belehrte ich die beiden fachmännisch, „wir deklarieren das Ganze als eine neue Brotsorte und du sagst zu Hause, dass es im Geschäft nur noch diese neue Brotsorte gab. Jetzt müssen wir nur noch dein Brot zu einem richtigen neuen Produkt machen. Den restlichen Essiggeschmack gleichen wir aus, indem wir eine Tüte Zucker darüber kippen. Außerdem gibt es da ja solche Sachen wie Brötchen mit Körnern drumrum. Am besten, wir verfeinern alles mit unserem Vogelfutter, denn das passt eh nicht alles in unser neues Futterhäuschen hinein". Die Idee wurde mit Begeisterung aufgenommen. Also schütteten wir einen Teil des Vogelfutters über das Brot, arbeiteten alles gut ein und wälzten es noch in dem Zucker. So richtig zufrieden waren wir aber mit unserem neuen Brot immer noch nicht und Toni gab zu bedenken, „wer soll nur von diesem labrigen Ding essen, wie sollte man es schneiden, und braun ist es überhaupt nicht mehr." „Das bekommen wir auch noch in den Griff", antwortete ich, „wir bestreichen das Ding von allen Seiten mit Öl, tun es in die Röhre des Herdes und backen es schön braun und knusprig. Das restliche Wasser, das ja immer noch aus dem Brot herausläuft, sollte dann auch verdampfen. Meine Eltern sind eh auf der Arbeit und so sollte uns niemand bei der Backerei stören."

Wir schoben das Brot in die Herdröhre und sahen ganz gespannt zu, was nun passieren würde. Und tatsächlich, nachdem der Wasserdampf aus der Röhre entwichen war, wurde unser Brot schön braun und auch wieder etwas größer, denn es war ganz schön zusammengeschrumpelt. „Das hat ja wunderbar geklappt", stellten wir alle drei fest. Der penetrante Geruch nach Seifenpulver, wahrscheinlich wegen des Wassers aus der Wanne vor der Waschmaschine, störte uns wenig und nach dem Abkühlen unseres Brotes bemerkte man davon nichts mehr.

Das Brot sah wirklich ganz lecker aus und Bodo bemerkte: „Am liebsten würde ich es mal kosten". „Ich wohl lieber nicht", antwortete Toni, „wahrscheinlich lasse ich das Abendessen heute ausfallen, aber die Ausrede mit der neuen Brotsorte sollte eigentlich funktionieren. Ich taufe es Essigbrot, wenn ich nach Hause komme."

Und ich? Ich sagte gar nichts, fühlte mich aber als großer Erfinder.

* * *

Am nächsten Tag:

Zunächst wurde ich erst mal zum Einkaufen geschickt, weil durch unsere Aktion der Zucker fast alle war. Natürlich war mir von vornherein klar, dass ich aus strategischen Gründen keinen Zucker kaufen würde, sondern zum Beispiel Mehl. Das stand direkt neben dem Zucker und man konnte sich mal vergreifen.

Die Strategie dabei war folgende:

Wenn ich statt Zucker, Mehl nach Hause brachte, wurde ich zwar ausgeschimpft, aber das nächste Mal würde meine Schwester zum Einkaufen geschickt. Im Grunde bedeutet das, desto blöder man sich bei übertragenen Arbeiten anstellt, um so weniger muss man letztendlich tun.

Na ja, so begab ich mich zu der Verkaufsstelle und dort traf ich Toni, unseren „Brotmenschen". Natürlich fragte ich ihn, wie denn die Essigbrotsache ausgegangen sei. Und so erzählte er mir die folgende Geschichte:

„Anfangs lief eigentlich alles ganz gut. So wie wir das abgesprochen hatten, sagte ich, dass es im Geschäft nur noch die neue Sorte, das Essigbrot, gegeben hätte. Zuerst kostete mein Vater. Er bemerkte, dass es zwar nicht ganz seinem Geschmack entspräche, aber es wäre ja mal etwas anderes und lobte den Einfallsreichtum der Bäckerei. Tatsächlich aßen alle von dem Brot, außer mir, denn ich kannte ja das Herstellungsverfahren.

Nach dem Abendessen passierte erst mal eine ganze Weile gar nichts und ich frohlockte schon, denn ich hatte ja doch so meine Bedenken. Diese sollten berechtigt sein, denn nach einer halben Stunde überstürzten sich die Ereignisse. Meine Mutter rannte ins Badezimmer. Meine Schwester lief zum Waschbecken in der Küche und meinem Vater blieb nur noch übrig, einen Eimer vor sich hin zu stellen. Nachdem er endlich wieder Luft holen konnte, wollte er sicherlich mit hochrotem Kopf über die Bäckerei losschimpfen. Das gelang ihm aber nicht, denn beim Ausatmen produzierte er jede Menge Seifenblasen. Auch bei meiner Mutter im Bad und meiner Schwester in der Küche waren auf einmal jede Menge Seifenblasen. Was sollte ich nur tun? Ich rief erst mal den Notdienst an und sagte denen, dass sich meine ganze Familie über irgend welche Gefäße bückte und offensichtlich große Probleme hätte. Als der Krankenwagen dann endlich eingetroffen war, fragte mich der Sani, ob die denn alle Seifenwasser getrunken hätten? Ich sagte besser gar nichts und so wurden sie mit Blaulicht erst mal ins Krankenhaus transportiert. Aber als ich heute im Krankenhaus nachfragte, sagten die mir, dass es allen wieder gut ginge und sie heute noch nach Hause kämen, nur die Bäckerei könne was erleben."

„Na dann ist ja doch nochmal alles gutgegangen", antwortete ich dem Brotmenschen, wie ich Toni mittlerweile nannte. In seiner Haut stecken möchte ich trotzdem nicht, denn die Sache hatte bestimmt noch ein Nachspiel. Die Bäckerei war jedenfalls erst mal geschlossen, ob es am Essigbrot lag, weiß ich nicht.

III Studienzeit – schönste Zeit

Jede Sache im Leben hat seine Vor- und Nachteile. Der Eine ab-
solviert eine Lehre, um schnell sein Geld in einem ordentlichen
Beruf zu verdienen. Der Andere lernt überhaupt nichts und geht
auch keiner Arbeit nach, lebt aber ganz gut auf Staatskosten. Wie
langweilig muss das alles sein, sagte ich mir und beschloss erst
einmal ein paar Jahre zu studieren. Mit den finanziellen Mitteln
sieht es bei dieser Variante erst mal ganz mau aus. Aber was soll
es. Entweder man hat Geld oder man hat es nicht. Hat man es
nicht, braucht man sich wenigstens keine Gedanken darüber zu
machen, wie lange es reicht oder wofür man es sinnvollerweise
ausgibt.

Nun ist das ja mit dem Studieren so eine Sache. Viele denken, die Studienzeit besteht nur aus Unterricht und ständiger Büffelei, um sich das entsprechende Fachwissen rein zu ziehen. Für Einige mag das ja sogar zutreffen, aber für mich wäre das auch nicht das wahre Leben. Wichtig ist es, das richtige Verhältnis zwischen Lernen und Freizeit zu finden.

An so einer Uni oder Hochschule lernt man viele gleichaltrige junge Menschen kennen, denn die gibt es dort ja jede Menge. Immer ist irgend etwas los, sei es in der Stadt oder in einem der zahlreichen Studentenclubs, wo man die Abende verbringen kann. Lange Weile ist hier ein Fremdwort, im Gegensatz zum Leben zu Hause. Außerdem sind keine Eltern da, die immer alles besser wissen und einem im Leben herumfummeln.

Das ganze Studentenleben reduziert sich eigentlich nur auf drei Dinge. Zum Ersten muss man sich möglichst effektiv das erforderliche Wissen aneignen, um einen möglichst grandiosen Abschluss hinzulegen. Zum Zweiten sollte man sich ein maximales Maß an Freizeit verschaffen. Und zum Dritten muss man dafür sorgen, dass man in Anbetracht der fehlenden finanziellen Mittel nicht verhungert, oder was noch schlimmer wäre, an den Abenden verdurstet. All das ist aber eine reine Organisationsfrage, sagte ich mir und habe damit eigentlich recht behalten.

So bleibt die Erinnerung an eine der schönsten Zeiten meines Lebens, die ich nicht mit anderen teilen möchte. Demzufolge sind es auch nur einige Geschichten, die ich hier zum Besten geben will.

1. Wir haben Hunger, haben Durst – doch kein Geld und keine Wurst

Die Studienzeit mag ja ganz schön, angenehm und lustig gewesen sein, aber Gleichaltrige verdienten ihr Geld bereits mit Arbeit. Wir Studenten dagegen sahen alt aus. Das bisschen Geld, das wir zur

Verfügung hatten, reichte mit Ach und Krach, um den abendlichen Durst zu stillen, denn wie sollte man sich am nächsten Tag auf das Lernen konzentrieren, wenn man sich am Abend vorher nicht die genügende Bettschwere verschafft hatte. Ein bisschen etwas essen musste man ja aber auch noch. Zum Frühstück tat es ein altbackenes Brötchen, das man beim Bäcker kostenlos ergatterte. Das Mittagessen war auch kein Problem. Eine Essenmarke in der Mensa kostete 90 Pfennig. Nachschlag konnte man sich holen soviel man wollte, bis auf das Fleisch oder Ähnliches. Wir waren vier Kumpels. Also kauften wir eine Essenmarke und aßen der Reihe nach auf diese Marke, indem wir dreimal Nachschlag holten. Die Reihenfolge wurde ständig gewechselt, damit jeder einmal in den Genuss des Fleisches kam. Wir wurden sogar die Lieblinge unserer Küchenfrauen, denn die freuten sich in Anbetracht des vielen Nachschlages über unseren Appetit und dass uns ihr Fraß so gut schmeckte. Dafür gab es manchmal auch beim Nachschlag noch etwas Fleisch extra, also eine perfekte Lösung. Problematisch war es mit dem Abendessen. Dafür musste eine möglichst kostenfreie Variante her.

Unser Studienort lag am Rand der Magdeburger Börde, eine recht fruchtbare Gegend, wo die Landwirtschaft reiche Ernten versprach. Als sich die Geschichte zutrug, war gerade Erntezeit, für uns Studenten natürlich auch. Die landwirtschaftlichen Flächen waren im damaligen Sozialismus „genossenschaftliches" Eigentum und gehörten damit unserer Meinung nach allen, also auch uns. So sahen wir das zumindest.

Als die ersten Frühkartoffeln im August geerntet wurden, machten wir uns im Trabi von Ulli, einem Studienkollegen, bewaffnet mit einem großen Kartoffelsack, auf den Weg zum nächstgelegenen Kartoffelacker, um unseren Anteil einzusacken.

Am anderen Ende des Feldes war die maschinelle Kartoffelernte voll im Gange. Nun sahen die Genossen Kartoffelbauern das aber etwas anders, was unseren Anteil an der Ernte betrifft. Laut schimpfend bestiegen sie einen Traktor und ratterten auf uns zu. Wir ließen uns erstmal bei unserer Sammelei überhaupt nicht stören. Als sie dann etwa die reichliche halbe Strecke zurückgelegt hatten, düsten wir mit unserem Trabi, dem Feldweg um das Kartoffelfeld herum folgend, zum anderen Ende des Ackers und setzten dort unsere Kartoffelernte fort. Weiterhin laut schimpfend kehrten unsere Genossen mit dem Traktor um. Da unser Kartoffelsack noch nicht ganz gefüllt war, begann das Spiel von vorn, nur dass die Bauern diesmal versuchten, uns den Weg abzuschneiden, indem sie quer über den Acker auf den Feldweg fuhren. Jetzt saßen wir in der Falle, denn wir fuhren ja direkt auf sie zu und eine Wendemöglichkeit gab es nicht. Plötzlich hatte ich eine Idee. Ich schrie „Stopp, wir sind vier Mann und der Trabi ist ein Leichtgewicht." Die drei Anderen Ulli, Benno und Tom verstanden sofort meinen Plan. Wir hielten an, hoben den Trabi an allen vier Enden anpackend herum und suchten das Weite. Bliebe noch zu erwähnen, dass wir beide Nummernschilder mit mehreren Putzlappen schon zu Beginn unserer Kartoffelernte zugehängt hatten.

Letztendlich hatten wir genug Kartoffeln für das nächste halbe Jahr und so gab es denn erst einmal jeden Tag Bratkartoffeln zum Essen. Natürlich ging das nicht lange gut und wir brauchten irgendetwas zur Ergänzung der Kartoffelmahlzeiten.

* * *

Benno erzählte beim abendlichen Bierchen von einem Blumenkohlfeld, welches er in den buntesten Farben beschrieb. Natürlich waren wir sofort Feuer und Flamme über die neue Nahrungsquelle und gleich am nächsten Tag nach dem Unterricht düsten wir mit Ullis Trabi los zum Blumenkohl. Das Feld war zwar wesentlich kleiner als das mit den Kartoffeln und auch schon halb abgeerntet. Es war aber dennoch groß genug, damit es sich offensichtlich um genossenschaftliches Eigentum handeln müsse. Also wurde es höchste Zeit, damit zu beginnen, den uns zustehenden Anteil zu ernten.

Glücklicherweise war gerade niemand da und wir begannen zügig ein paar Blumenkohlköpfe abzuschneiden und in unserem Sack zu verstauen. Allzuviele Köpfe brauchten wir ja nicht, da das Zeug nunmal nur eine begrenzte Haltbarkeit besitzt.

Während wir mitten bei der Arbeit waren, änderte sich allerdings die Situation, derweil zwei genossenschaftliche Blumenkohlbauern erschienen. An Flucht mit dem Trabi war überhaupt nicht zu denken und so wurden wir erst mal erwischt und natürlich zur Rede gestellt. Das ging bis zur Androhung von Körperverletzung, indem man uns Lausbuben kräftig wohin treten und die Ohren langziehen wollte. Weil ich nunmal keine Tritte mag, egal wohin und auch fand, dass meine Ohren lang genug waren, beflügelte sich mein Denkvermögen, um die Gefahr abzuwenden. Weil nun die beiden Typen nicht gerade wie Antialkoholiker aussahen kam mir eine Idee.

Jetzt muss ich es aber so machen, wie die Autoren der Krimis. Wenn es spannend wird, wechseln die das Thema. Zum weiteren Verständnis mache ich das jetzt auch.

Ulli, unser Studienkollege, der den Trabi fuhr, hatte einen Verwandten, der unter Tage in einem Bergwerk arbeitete. Diese Bergmänner bekamen regelmäßig eine Flasche mit hochprozentigem Schnaps gratis vom Betrieb. Allgemein war das Zeug als „Bergmannsschnaps" oder auch „Grubenfusel" bekannt. Natürlich war es nicht jedermanns Geschmack, aber auf alle Fälle schaffte es „Umdrehungen", wie wir sagten. Weil nun dieser Bergmann nicht viel von harten Drogen hielt, verschenkte er seinen Schnaps, und er hatte reichlich davon. Wir mochten das Gesöff zwar auch nicht, aber es ließ sich an Studenten, die einen triftigen Grund zum Betrinken hatten, gut verkaufen, wenn man es nur recht billig machte. So trug dieser Verkauf zu unserer Haushaltskasse bei, denn jeder von uns hatte da seine Kunden.

Jetzt wieder zurück zur eigentlichen Geschichte:

Wie es der Zufall wollte, befand sich gerade ein Karton mit sechs Flaschen an Bord des Trabis. Es genügte ein kurzer Blick mit entsprechender Gestik, damit Ulli zum Auto lief und mit zwei Pullen Schnaps zurück kam. „Wir haben das genossenschaftliche Eigentum vielleicht etwas falsch interpretiert", sprach er mit den Flaschen winkend. „Wie wäre es erst mal mit einem Versöhnungsschluck, ist doch besser, als sich über Volkseigentum zu streiten", bemerkte er weiter. Die Gesichtszüge unserer beiden Blumenkohlspezialisten änderten sich. Sie verstanden das mit dem Schluck genauso falsch, wie wir das mit den Eigentumsverhältnissen, denn sie nahmen gleich viele Versöhnungsschlückchen. Wir redeten über Gott und die Welt und wurden dabei fast so was wie Freunde. Nachdem wir noch eine dritte Flasche geköpft hatten, versicherten sie uns sogar, dass wir die restlichen Blumenkohlköpfe, die nach der Ernte immer noch übrig waren auch noch holen könnten.

Wir packten noch ein paar von den Dingern in unseren Sack und unsere beiden neuen Freunde schwankten nach Hause, ohne auf dem Feld irgendwelche Arbeiten verrichtet zu haben.

An diesem Abend brauchten wir kein Essen, nur noch unser Bett, abgesehen von Ulli, dem Trabifahrer.

Am darauffolgenden Abend, als der Rausch überwunden war, gab es Blumenkohl mit Bratkartoffeln, welch eine Abwechslung.

* * *

Jetzt kam das Wochenende und wir begaben uns am Samstagabend zu einer Tanzveranstaltung. Natürlich hatten wir wiedermal viel zu wenig Geld, um den Eintritt zu bezahlen.

Im Tanzlokal gab es eine kleine Bar. Tom hatte dort manchmal ausgeholfen, um sich ein paar zusätzliche „Kröten" zu verschaffen. Er sagte uns, dass er die Bardame gut kenne und man mit ihr Pferde klauen könne. In der Bar gab es eine Hintertür. Wenn es klappte, würde sie uns diese bestimmt öffnen und wir gelängen so hinein.

Wir klauten zwar keine Pferde, weil außer der Bardame wahrscheinlich auch keine da waren, aber es klappte und wir sparten schon mal das Eintrittsgeld.

Während wir dann zu einem späteren Zeitpunkt mit der Bardame etwas herumalberten – das waren wir ihr ja schließlich schuldig – fiel mir was auf:

Viele Cocktails, welche die Gäste bestellten, mixte sie mit Eigelb. Das Eiweiß flog in einen Behälter. Da kam mir eine Idee, die unseren Speiseplan bereichern könnte. So wandte ich mich an Tom, der die Dame kannte. Ich deutete auf das Eiweiß und sagte zu ihm: „Eiweiß, Blumenkohl und Kartoffeln, dazu vielleicht noch ab und an etwas Milch für Rührei, daraus ließe sich einiges Essbare zaubern", bemerkte ich. „Keine schlechte Idee, dass könnte klappen", antwortete er, „aber dafür erwartet sie sicherlich eine Gegenleistung, so wie ich sie kenne. Schaut sie euch doch nur mal an."

Ich schaute sie mir an und oh je. Wer so eine übergewichtige Dame erwischt, der braucht viel Kraft und Kondition – nie und nimmer. „Hat die ein Glück, dass sie mit ihrem Vorbau nicht die Cocktailgläser zerdeppert oder mit ihrem Fahrwerk gar die gesamte Bar demoliert. Nicht mit mir!", antwortete ich.

Während wir so mit der Bardame herumschäkerten und auch das Eiweißproblem ansprachen, verdünnisierten sich langsam meine Kumpels. Der Ulli ging Tanzen, Benno musste plötzlich zur Toilette, kam aber nicht wieder und Tom sah plötzlich eine alte Bekannte, so dass ich letztendlich mit der Bardame allein am Tresen stand.

Mit einem über ihre beiden kullerrunden Schweinebäckchen breitem Lachen kam sie auf das Eiweißproblem zurück.

„Aber wie willst du das ganze Zeug transportieren, wir haben nur Schraubgläser und deine Kumpels sind alle weg. Ich würde dir ja gerne helfen, wenn der Abend für mich zu Ende geht, kannst du auf mich zukommen. Nur zu so später Stunde käme ich anschließend nicht mehr in den Nachbarort nach Hause, weil kein Bus mehr fährt. Kann ich bei dir übernachten?", bemerkte sie gekünstelt schüchtern und naiv wirkend.

Jetzt hatte ich ein Problem. Ich hatte weder die Kraft, noch die Kondition für eine solche Masse an Frau. Aber was sollte ich machen? Mir lief das Wasser im Mund zusammen, nicht wegen der Frau, aber wegen des Eiweißes. „Ich denke, ich werde versuchen meine Freunde zu finden, komme aber später gern auf dein Angebot zurück", antwortete ich, während eine Gänsehaut eiskalt meinen Rücken attackierte. So suchte ich erst einmal krampfhaft nach meinen drei Studienkollegen. Ich fand Ulli und Tom, die im Internat mit mir zusammen eine Bude teilten. „Habt ihr unseren Kumpel gesehen? Wir brauchen ihn für den Eiweißtransport.", fragte ich sie nach Benno. „Der ist mit einer alten Bekannten schon gegangen. Den können wir für heute abhaken", wurde mir geantwortet. „Was ist nun eigentlich aus der Eiweißgeschichte geworden?", wollte man von mir wissen. Ich informierte sie über den Stand der Dinge. „Na dann muss sie eben mit uns kommen, irgendwo werden wir sie schon unterbringen", teilte man mir mit.

Gesagt, getan, und so marschierten wir dann zu später Stunde schon leicht schwankend in Richtung Studentenbude. Jeder von uns war mit einem Eiweißglas bewaffnet. Ich nahm sogar zwei, damit ich keine Hand für die Dame frei hatte. Allerdings war die Sorge unberechtigt, weil sie sich mehr und mehr für Ulli interessierte. Der hatte nur ein Glas in der Hand.

In unserer Studentenbude angekommen, stellten wir das ganze Zeug erst einmal auf den Tisch.

„Was wollt ihr denn nur mit dem vielen Eiweiß machen?", fragte sie uns kopfschüttelnd. „Na ja, da wäre zum Beispiel Blumenkohl mit Eiweiß überbacken, oder Bratkartoffeln mit Ei, auf alle Fälle wird es eine Bereicherung unserer Speisekarte", bemerkte Ulli, auf den sie es inzwischen ganz offensichtlich abgesehen hatte. „Ihr könntet euch auch Rührei machen, das klappt auch ohne Eigelb. Ihr bräuchtet nur noch etwas Milch." „Nicht schlecht, die Idee", kam die Antwort von Ulli, „aber da müssten wir ja wegen ein bischen Milch eine ganze Flasche kaufen und trinken tun wir nunmal lieber Bier." „Kein Problem", antwortete ich, „ hier latschen soviel Rindviecher auf der Weide herum, melken wir eben eine Kuh. Wie das geht, habe ich zu Hause schon als Kind von meinem Großvater gelernt."

Nun war es allerdings so, dass Ulli, das männliche Wesen auf das es die Dame abgesehen hatte, diese mit aller Gewalt loswerden wollte und so begann die Situation langsam zu eskalieren. „Warum erst zu 'ner Kuhweide gehen? Wir haben doch ein Prachtexemplar von einer Kuh hier. Wir stellen sie einfach auf ihre vier kräftigen Hinter- und Vorderläufe, dann kannst du dich darunterlegen und sie melken", bemerkte er.

Unsere Lady lief puderrot an, so dass ihre Apfelbäckchen glühten. Sie schnappte sich ein Eiweißglas, schraubte den Deckel herunter und sprach zu dem Provokateur: „Wenn ich dich damit untenherum massiere, wirst du vielleicht deine sexuellen Probleme los. Das kann aber etwas weh tun. Wegen der Geschmeidigkeit und damit du für diese Prozedur die Hose leichter runter bekommst, fange ich besser erst mal ganz oben mit deiner hohlen Rübe an," sprach sie. „Wow", dachte ich, das Mädel hat Schneid, hätte ich ihr nicht zugetraut", und sie wurde mir gleich viel sympatischer.

Sie jedenfalls kippte Ulli das Eiweiß über den Kopf und stellte das Glas wieder zurück auf den Tisch, dabei eine Eiweißspur auf dem Boden hinterlassend, da ja alles an einem wappligen Faden hing. Sie drehte sich um und ging immer noch wütend wieder zurück, allerdings nur zwei Schritte, um dann in der Eiweißspur auf dem Rücken zu landen.

Es ergab ein herrliches Bild: Ulli besudelt von oben bis unten mit Eiweiß und sie lag ihm mit den Beinen strampelnd zu Füßen. Tom und ich konnten uns vor Lachen nicht mehr halten. „Ihr zwei ergebt ein perfektes Paar, am liebsten würde ich gleich die Hochzeitsglocken läuten", bemerkte ich. Der Eiweißbesudelte allerdings gab nicht nach. „Wenn das Euter eines Rindviehs gemolken werden soll, muss es nach unten hängen, also drehe dich doch bitte um", belehrte er sie in ironischem Ton. Sie rappelte sich auf und lief wutentbrannt in Richtung Tür. „Jetzt reicht es", rief ich. Tom, der unsere Lady schon von früher kannte und uns das Ganze eigentlich eingebrockt hatte, war schneller. Er postierte sich vor der Tür und rief: „Jetzt ist aber endlich Schluss mit diesem Affentheater! Sie hat uns geholfen und wir werden sie nicht im Regen stehen lassen." „Er hat recht", entgegnete ich. „Wir werden jetzt alle zusammen die Eiweißsauerei beseitigen. Dann wird ordentlich geduscht. Anschließend nehmen wir die Lady in unseren Kreis auf, falls sie das möchte und begießen das Ganze noch mit einem kräftigen Schluck Grubenfusel, denn für was ist denn das Zeug schließlich da. Natürlich kann sie entscheiden, in wessen Bett sie mit schlafen möchte. Die nötige Bettschwere haben wir alle und morgen sehen wir, wie es weitergeht." Alle waren einverstanden, auch unsere Lady. Dennoch war ich froh, dass sie sich nicht für mein Bett entschied. Bei dem Übergewicht wäre mir wohl nur eine ganz kleine Nische zum Schlafen geblieben.

So kam denn der nächste Morgen. Fast alle hatten wir den Vorabend einschließlich Grubenfusel ganz gut überstanden, zumindest bis auf einige Teufelchen, die offensichtlich in der Birne Fußball spielten. Nur Ulli nicht, er war wie gerädert und lag durchgefroren neben dem Bett auf dem Fußboden, während aus seinem Bett das laute Schnarchen unserer Dickmadame ertönte. Als wir sie aus „Morpheus Armen" befreiten, waren ihre ersten Worte: „Gibt es denn hier auch ein Frühstück?". „Warum nicht", bemerkte mein Kumpel Tom. „Wir haben jede Menge Kartoffeln, Blumenkohl, Eiweiß und dazu Leitungswasser oder Grubenschnaps zum Trinken". „Na gut", antwortete sie. „Dann nehmen wir also zur Regenerierung des Magens noch einen Schluck Grubenschnaps, holen uns etwas Milch und dann gibt es wenigstens Rührei zum Frühstück. Ich weiß sogar, wo die richtigen Kühe weiden. Das sind keine der üblichen Fleischrinder, die keinen Tropfen Milch hergeben, sondern solche die Kälbchen haben und demzufolge prall gefüllte Euter." Wir staunten nicht schlecht über ihre Fachkenntnisse, die Rindviecher betreffend. Sie wurde uns immer sympathischer. „Rein theoretisch musst du mit denen verwandt sein, wenn ich so deinen Vorbau anschaue, und woher wüstest du auch sonst so gut bescheid", meinte Ulli, der neben dem Bett auf dem Fußboden geschlafen hatte, immer noch leicht frustriert. „Sicherlich", antwortete sie ganz cool, „wenn ich an die letzte Nacht denke, du dagegen eher mit einem kastrierten Ochsen". „Wow", dachte ich wieder, „die gehört zu uns".

So begaben wir uns zu den Mutterkühen. Es war ein herrliches Erlebnis und ergäbe sogar eine weitere Geschichte, wie ich zwecks Melkerei zwischen den Kühen herumpurzelte. Diese Geschichte erzähle ich aber hier nicht. Ich würde zu schlecht dabei abschneiden.

Im Endeffekt hatten wir alle unsere Dickmadame so lieb gewonnen, dass wir noch viele unserer selbst eingebrockten Abenteuer und Schabernacke mit ihr als unseren Kumpel teilten.

Während wir eigentlich keine Mauke auf eine feste Bindung hatten, fand sie irgendwann die Liebe ihres Lebens. Natürlich hatten wir keine Ahnung, wo sie diesen langweiligen Trottel aufgegabelt hatte. Jedenfalls tat es weh, unsere Dickmadame zu verlieren. Auf alle Fälle halfen wir bei der Hochzeitsvorbereitung tüchtig mit, insbesondere aber auf dem Polterabend, wo wir hungrig wie wir nunmal immer waren, uns kräftig durchfutterten und im Anschluss ziemlich volllaufen ließen.

2. Die Anwesenheitskontrolle im Hörsaal

Für Nichtstudierende muss ich erst mal zum Verständnis der folgenden Geschichte kurz erklären, wie der Unterricht an einer Universität so abläuft, denn das kann man nicht mit der Schule vergleichen.

Hier gibt es zum Ersten die Vorlesungen, die in Hörsälen stattfinden. In so einem Hörsaal sitzen bis zu mehrere hundert Studenten, die sich das durch den Dozenten Vorgetragene anhören, weil sie das Wissen für ihren Studienabschluss brauchen. Dabei wird, zumindest so gut es geht, alles Wichtige aufgeschrieben, oder besser gesagt, in ein Heft oder auf einen Zettel geschmiert, weil man so schnell wie der Dozent mit der einen Hand fast unleserlich an die Tafel schreibt und mit der anderen Hand alles gleich wieder weg wischt, gar nicht ordentlich mitschreiben kann. Danach beginnt das eigentliche Studieren, nämlich die Entzifferung des eigenen Gekritzels und die Zuordnung des gehörten Wissens, was man alles in sich hineinfressen muss. Anschließend wird dieses Wissen dann in der Seminargruppe (ca. 20 Studenten ähnlich einer Schulklasse) wie im Schulunterricht vertieft.

Das Ganze passiert so oder ähnlich an allen Universitäten, schon seit es diese gibt.

Natürlich interessiert es den Dozenten, der die Vorlesungen im Hörsaal hält in der Regel kaum, wer anwesend ist und wer nicht, zumal er ja die einzelnen Studenten überhaupt nicht kennt. Letztendlich müssen die Studenten die Prüfungen bestehen.

Nun war es da aber während meiner Studienzeit im tiefsten Sozialismus so, dass es eine Fachrichtung gab, die sich wie ein rotes Tuch durch das gesamte Studium zog. Diese je nach Studienfortschritt etwas anders benannten Fächer befassten sich alle nur mit einem Thema, dem „Siegeszug des wissenschaftlich begründeten Sozialismus und Kommunismus". Glücklicherweise machte dieses sinnlose Palaber aber nur etwa 4 Stunden in der Woche aus. In jeder anderen Beziehung entsprach die Ausbildung durchaus dem anderer Länder, zumindest mal abgesehen von den Leuten, die sich als Hauptstudienrichtung den Sozialismus auserkoren hatten, wie z. B. die kommunistisch orientierten Philosophen oder auch die zahlreichen Ingenieurökonomen, die letztendlich in ihrem späteren Berufsleben die Betriebe zu Grunde richteten.

Es ist nicht verwunderlich, dass z. B. in naturwissenschaftlichen, technischen oder auch medizinischen Fachrichtungen dieses sinnlose Palaber kaum interessierte, nur Zeit fraß und auf die Nerven ging. Man musste allerdings auch dort eine Endprüfung absolvieren, um letztendlich den gewünschten Studienabschluss zu erhalten. Um sich das benötigte Wissen in dieser Fachrichtung zu verschaffen, brauchte man nur mit einem Fanatiker für diese Fachrichtung einen Deal abzuschließen, damit dieser von seinen Mitschriften in den Vorlesungen mittels Pauspapier eine Kopie anfertigte. Diese Kopien überflog man dann vor der jeweils anstehenden Klausur oder Prüfung. Man merkte sich dabei ein paar sozialistich orientierte Phrasen und ein bischen Drumherum. Das reichte aus, um zumindest ausreichend erfolgreich zu sein.

So war es also auch kein Wunder, dass die Vorlesungen im Hörsaal recht schlecht besucht waren.

Nach dieser langen Vorrede nun zur eigentlichen Geschichte.

Es war im letzten Studienjahr und das Teilfachgebiet in der „Rotlichtbestrahlung", wie wir diese Fachrichtung nannten, war „der wissenschaftliche Kommunismus". Mein Studienkollege der ansonsten immer die Durchschriften für mich anfertigte war krank und so musste ich, quasi als Gegenleistung, die Vorlesung besuchen, um ihm eine Mitschrift zu verschaffen, was ich in diesem Fall auch gerne tat.

Sehr rechtzeitig begab ich mich zur Vorlesung, denn die Plätze waren sehr gefragt, zumindest die in den letzten Reihen, weil man dort bei allzuviel unsinnigem Geplapper auch mal ein Nickerchen machen konnte. Eigentlich war alles noch genauso wie ich es aus der Anfangszeit meines Studiums in Erinnerung hatte, als ich solche Vorlesungen noch regelmäßig besuchte. Im Vorderfeld des Hörsaales herrschte gähnende Leere und ansonsten waren von ca. 250 Studenten keine 50 anwesend.

Der Dozent begann mit seiner Vorlesung, dieses Mal aber doch etwas anders. So sprach er: „Wie Sie alle selbst sehen, sind die Vorlesungen über den wissenschaftlichen Kommunismus recht schlecht besucht. Diese Fachrichtung ist aber für die Herausbildung einer sozialistisch geprägten Persönlichkeit sehr wichtig. Es liegt also in Ihrem eigenen Interesse, diese Vorlesungen zu besuchen, um sich das erforderliche Wissen anzueignen. So haben wir beschlossen, alle diejenigen von der Abschlussprüfung und damit von einem erfolgreichen Studiumabschluss auszuschließen, die in den Vorlesungen mehr als fünfmal gefehlt haben. Wir beginnen also heute damit, eine Anwesenheitsliste herumzureichen, in die sich bitte, zwecks Nachweis, ein jeder mit Vor- und Zunamen eintragen möchte."

„Das kann doch nicht wahr sein. Warum sollte ich zu einer sozialistisch geprägten Persönlichkeit werden? Ich möchte der bleiben der ich bin. Das ist ja Erpressung, denn letztendlich zählt doch in der Prüfung das Wissen und nicht wie und wo man sich dieses aneignet. Und überhaupt, das stellt doch das gesamte Universitätsgeschehen seit dessen Beginn auf den Kopf!", waren meine ersten Gedanken. Schnell wurde ich allerdings aus diesen Gedanken gerissen und da ich ja ganz hinten saß, wurde mir die leere Liste zuerst vor die Nase geknallt. Ich starrte auf die Liste und überlegte, „es muss doch eine Möglichkeit geben diese Frechheit zu unterlaufen und zu verhindern." Ein Geistesblitz – und ich hatte die Lösung, zumindest wenn alle Anderen mitspielten. So trug ich mich denn in die Liste ein, nicht einmal, sondern gleich dreimal und zwar unter Emil Engels, Fritz Marx und Werner Ulbricht .

Ich gab die Liste weiter und sah das lachende Gesicht meines Nachbarn, dem gleich noch ein paar mehr lustige Namen einfielen. Damit war das Ding eigentlich schon gelaufen. Denn wenn jetzt jemand seinen eigenen Namen auf die Liste setzte, musste er damit rechnen, dass er zumindest fast der Einzige war und eine Vorladung mit nervigem Gespräch wäre ihm gewiss. Also würde das keiner tun.

So wanderte die Liste bis nach vorn zum Letzten der Anwesenden. Dort saß aber bei Weitem keiner, den die Vorlesung interessierte, sondern Egon, der zuletzt erschienen war und weiter hinten keinen Platz mehr ergattert hatte. Ich kannte den schalkhaften Egon nur zu gut und wie er mir später berichtete, amüsierte er sich über die zahlreichen idiotischen Namen und war sofort bei dieser Sache dabei. Da einige Anwesende aus Angst erst einmal gekniffen hatten und gar nicht unterschrieben hatten, bemerkte Egon laut hörbar für alle, gegenüber dem Dozenten: „Die Liste ist zwar jetzt durch, aber ich denke, da fehlen noch ein paar Unterschriften, weil sich die Studenten zu sehr auf Ihre Vorlesung konzentrierten. Ich schicke die Liste besser nochmal reihenweise zurück."

So kam denn die Anwesenheitsliste wieder zu mir. Wow, sogar Hannibal, Friedrich der Große und selbst der Papst waren in der Vorlesung anwesend. Ich zählte die Unterschriften, es waren über 300 und es gab nie wieder eine Anwesenheitskontrolle.

3. Erlebnisse mit unseren vietnamesischen Studienfreunden

Zu Beginn meiner Studienzeit teilte ich das Internatzimmer mit einem deutschen und zwei vietnamesischen Studienkollegen. Es war zu einer Zeit, als in Vietnam noch Krieg herrschte. Alle Vietnamesen die hier studierten, kamen aus dem damaligen Nordvietnam und waren linientreue Kommunisten. Sie verfügten über ein hervorragendes Schulwissen. In der damaligen DDR studieren zu dürfen, weitab von kriegerischen Auseinandersetzungen, war für sie eine Auszeichnung. Das merkte man auch im Umgang mit ihnen. Man kann sie in keinster Weise mit den späteren gesamtvietnamesischen Gastarbeitern nach Kriegsende vergleichen und schon gar nicht mit einer Vietnamesenmafia, wie sie nach der deutschen Wiedervereinigung immer wieder durch die Medien geisterte.

Diese Vietnamesen waren immer hilfsbereit und zugänglich. Lernaufgaben bewältigten wir oft gemeinsam mit ihnen. Unsere nicht gerade kommunistische Verhaltensweise tolerierten sie zwar, aber von einigen besonders fanatischen Typen wurden wir auch schon mal zur Rede gestellt, was wir dann sehr belustigend fanden.

Alle hatten ein Vorbereitungsjahr hinter sich, in dem sie nicht nur die deutsche Sprache einigermaßen erlernten, sondern auch mit deutschen Umgangsformen und Alltagsdingen in den Industrienationen vertraut gemacht wurden. Das war auch unbedingt nötig. Immerhin kamen die meisten von ihnen aus irgendwelchen Dschungeldörfern, weit hinter dem Mond liegend. Einer meiner Zimmerkollegen z. B., sein Vorname war Tan, musste in der Heimat jeden Tag etwa 20 km auf verschlungenen Dschungelpfaden mit seinem vorsintflutlichen Fahrrad zurücklegen, um zur Schule zu gelangen.

So blieb es nicht aus, dass manche Dinge hier in Deutschland trotz Vorbereitungsjahr zu unserer Belustigung auch mal völlig daneben gingen.

Der Vorname des zweiten Vietnamesen auf unserem Zimmer war Nien. Er war als Mitglied des Vorstandes der kommunistischen Partei der Vietnamesen, mit besonderer Vorsicht zu genießen.

Schon kleine Fehltritte konnten zum Ausschluss vom Studium und damit zur Rückreise nach Vietnam führen. Weil nun doch einige unserer vietnamesischen Kumpels wenigstens ein bisschen eigenes Lebensgefühl entwickeln wollten, deckten wir sie, wo wir nur konnten.

Als absolut linientreuer Kommunist hat mich Nien manchmal gefragt: „Du sagen mir, was sein das Wichtigste im Leben". Meine Antwort: „Jede Menge Geld, gutes Essen und Trinken und die Mädels im Bett." „Nein, das seien falsch. Das seien Kapitalismus. Das Wichtigste seien studieren und leben für kommunistische Heimat. Warum du hier, wenn du so denken?" „Na wegen Saufen, Spaß haben und am besten jede Nacht ein anderes Mädchen im Bett", gab ich zum besten. Nur gut, dass ich kein Vietnamese bin. Ich hätte postwendend nach Hause fahren müssen.

Und wieder einmal war es Nien, der meine Nerven kitzelte. Ich musste zur Toilette. Bereits als ich die Haupttür öffnete, kam mir eine ziemlich kräftig riechende Wolke entgegen. Als ich in Richtung der einzelnen Kabinen ging, dachte ich, ich traue meinen Augen nicht. Da saß Nien friedlich auf dem Töpfchen, die Kabinentür bis zum Anschlag geöffnet und grinste mich an. Ziemlich empört rief ich ihm zu, „warum schließt du nicht die Tür, wie alle anderen auch?" „Hier kein Himmel oder Laub über meinen Kopf, ist wie im Gefängnis und stinkt, ich brauchen Luft", kam prompt die Antwort.

Um seine deutschen Sprachkenntnisse zu vertiefen, las Nien vor dem Einschlafen gern noch in einem Buch. Das klang vernünftig, so wie alles bei Nien von Vernunft, aber auch in erster Linie von seiner Ideologie geprägt war. Ich kannte kein einziges Buch, was die Auswahl seiner Lektüre betrifft. Es interessierte mich auch gar nicht. Ich weiß nur, dass es Bücher waren, die ich mir in der Stadtbibliothek nie ausgeliehen, geschweige denn gelesen hätte. Eines Abends sagte er zu mir: „Du erklären mir, was seien Nachttopf." „Warum willst du das wissen?, fragte ich leicht irritiert. „In diesem Buch steht, dass Mann und Frau im Bett über Partei streiten. Sie hat ihm Nachttopf an den Kopf geworfen. Was macht Topf neben dem Bett? Also sage mir, was sein Nachttopf." Natürlich konnte ich mir wegen der offensichtlichen Fehlinterpretation das Lachen kaum verkneifen. Aber ich erklärte ihm: „Ein Nachttopf ist ein Topf, den man unter dem Bett stehen hat. Wenn man in der Nacht ganz dringend einmal austreten muss und die Toilette ist weiter entfernt, wie vielleicht auch bei euch in Vietnam, dann benutzt man diesen Topf wie eine Toilette."

Nien schaute mich ganz entgeistert an und antwortete: „Und dann schimpfen du, wenn ich auf Toilette Tür aufmache. Ihr sitzen auf Topf am Bett. Ihr schüttet Topf aus und dann wieder darin kochen? Das seien deutsche Kultur? Vietnam viel mehr Kultur. Ich nicht verstehen". Jetzt war ich geschockt. Ich wusste nicht, ob ich nur lachen, oder ihm das Ganze noch einmal erklären sollte. Ich winkte einfach nur ab. Das war eben Nien.

* * *

Ganz anderer Natur dagegen war Tan. Er redete nicht viel und hielt vermutlich auch nicht viel von kommunistischem Palaber. Bei ihm hatte man immer das Gefühl, er wolle ein bisschen sein wie wir. Rauchen zum Beispiel war den Vietnamesen zwar nicht verboten, aber man sah es nicht gern. Das interessierte Tan überhaupt nicht.

Genau wie wir uns in dieser Zeit gern aus Geldmangel für Zigaretten mal eine Zigarette selbst drehten oder eine Pfeife rauchten, tat er das auch.

Irgendwann interessierte er sich für die Spitzstiftmaschine meines deutschen Mitstreiters auf unserem Zimmer. Es war das damalig typische Gerät, dass man zum Anspitzen der für den technischen Zeichenunterricht benötigten Bleistifte verwendete. Man steckte den Bleistift in die dafür vorgesehene Öffnung, drehte an der gegenüberliegenden Kurbel und die Holzspäne landeten in einem durchsichtigen Behälter darunter. Offensichtlich kannte Tan nur die kleinen Anspitzer in Rechteckformat, die vereinzelt hier auch noch in Gebrauch waren. Eine solche „Spitzstiftmaschine" hatte er offensichtlich noch nie gesehen.

Die Abfallspäne erweckten Tan's Neugierde. Wir merkten das und prompt kam seine Frage, was das denn sei. Mein deutscher Mitstreiter malte ihm die Funktion dieses Wundergerätes in den buntesten Farben aus: „Man steckt zusammengerollte Tabakblätter vom Tabak, den unsere Eltern selbst anbauen, in die Öffnung der Maschine, betätigt die Kurbel und im Behälter darunter sammelt sich ganz kurz geschnittener grober Tabak, der sich besonders für die Tabakspfeife eignet." „Möchtest du einmal probieren?", fragte ich Tan. Meinen Kumpel aus Deutschland wurde das Ganze denn doch zu viel und er schaute mich kopfschüttelnd an. Ich war aber in Hinblick auf den zu erwartenden Joke nicht zu bremsen und natürlich mochte Tan probieren. Wegen meines alten Feuerzeuges hatte ich noch ein Fläschchen Brennspiritus. Während Tan seine Tabakspfeife hervorkramte, holte ich das Fläschchen. Ich erklärte Tan, dass der deutsche selbstgemachte Tabak bei Weitem nicht so gut sei, wie der Vietnamesische. Zum Entzünden wäre es sinnvoll, etwas von dieser Flüssigkeit darauf zu gießen, dann funktioniert alles wunderbar. So schüttete ich also einen gewaltigen Schluck Feuerzeugbenzin auf die Pfeife. Tan steckte sie in den Mund und ich zündete sie an. Es gab eine wunderschöne Stichflamme und die angesengten Holzspäne fabrizierten eine schwarze Dreckwolke. Mit leicht angesengten Augenbrauen sah Tan aus wie der Gevatter des Teufels. Glücklicherweise war weiter nichts passiert. Wir mussten bei dem Anblick von Tan laut loslachen, er dagegen nicht. Mein Kumpel sagte zu ihm: „Dummheit muss bestraft werden, lautet ein altes deutsches Sprichwort." Jetzt erwarteten wir das Tan explodierte. Das tat er aber nicht. „Ihr haben Recht. Ich seien dumm und wollte Tabak. Ich haben nicht nachgedacht. Von euch kann ich lernen mehr Deutschland, als Nien in seinen Büchern. Ich gehen mit euch Bier trinken in Gaststätte heute abend."

Wir schauten uns verdutzt an, denn Alkohol war ihnen seitens ihrer kommunistischen Partei streng verboten.

„Bist du dir sicher, dieses Risiko einzugehen?", fragte ihn mein Kumpel. „In Vietnam wir trinken auch Alkohol. Ich werden aufpassen, dass Nien nicht merken und ihr auch helfen und aufpassen", antwortete er.

So begaben wir uns am Abend in ein abgelegenes Gartenlokal, in dem keine Studenten verkehrten, die Tan hätten verpfeifen können. Weil es in dieser Zeit hier nur wenige Ausländer gab, war Ausländerfeindlichkeit völlig unbekannt. Es war kein Grund dafür vorhanden und so dominierte die Neugier und das Interesse an exotischen Ländern, deren Besuch für uns Ostdeutsche ja völlig unmöglich war. Deshalb dauerte es auch nicht lange und wir saßen in einer gemütlichen Runde zusammen, die Tan jede Menge Löcher in den Bauch fragte. Er stand im Mittelpunkt, was er offensichtlich genoss. Während wir uns in diesem Trinkgelage bewusst zurückhielten, tat das Tan natürlich nicht. Er wollte es den an Alkohol gewöhnten Stammgästen gleich tun und hielt kräftig mit. Das konnte nicht lange gutgehen. So sagte ich zu Tan: „Komm mal besser mit zur Toilette, was rein geht muss auch wieder raus." „Ich muss aber nicht auf Toilette, ich bleiben hier und trinken weiter", antwortete er. „Komm besser mit," bemerkte ich, „sonst geht das ganz schnell in die Hose und du merkst es erst, wenn es zu spät ist, glaube das einen erfahrenen Biertrinker." So konnte ich Tan letztendlich dazu bewegen, mit uns zur Toilette zu gehen. Es war ein gewaltiges Stück Arbeit, ihn davon zu überzeugen, dass es besser wäre, uns schnellstens auf den Heimweg zu begeben.

Als wir ihm versprachen, noch ein paar Flaschen Bier mitzunehmen, die wir ja dann in unserem Clubraum trinken könnten, willigte er endlich ein.

Eigentlich machte er noch einen ziemlich soliden Eindruck, obwohl er an den Alkohol ja überhaupt nicht gewöhnt war. Das änderte sich aber schnell, als wir an die frische Luft kamen. Tan verwechselte die Beine, setzte sich auf die Treppe vor dem Lokal und lachte sich über sich selbst erst mal halb tot. So schnappten wir unseren Kumpan rechts und links an der Seite und schleppten ihn zum Internat, wo er dann auch noch anfing, irgendwelche Lieder zu singen, von denen wir kein Wort verstanden. Es war unmöglich, ihn in diesem Zustand auf sein Zimmer zu bringen, denn dort war ja sicherlich Nien. „Was ist mit dem Clubraum?", fragte mein Kumpel. „Ich schaue mal nach", antwortete ich und begab mich dort hin. Da saßen aber noch einige Vietnamesen vor dem Fernseher und schauten Fußball. Wir überlegten, was wir für Tan tun könnten.

„Erst mal müssen wir mit ihm hier wieder weg. Mit seinem Singsang trommelt er womöglich noch alle seine Genossen zusammen und dann wird's für ihn gefährlich. Wenn er doch nur endlich damit aufhören würde", sagte ich. „Gehen wir erst mal rüber zum Park, setzen ihn auf eine Bank und sehen dann weiter. Wir haben doch noch die mitgenommenen Bierflaschen. Vielleicht wird er ruhiger, wenn wir ihn damit noch etwas abfüllen", antwortete mein Kumpel.

Das zumindest funktionierte und nach einer weiteren Flasche Bier fing Tan an, laut zu schnarchen. Aber wie brachten wir nun Tan unbemerkt in sein Bett und dann noch so, dass seine Alkoholfahne Nien nicht auffiel? Jetzt kam mir eine Idee, und so sagte ich zu meinem Kumpel, „im Fernsehraum ist Chung, du weißt ja, mit ihm kann man Pferde klauen. Nien dagegen ist nicht da, obwohl er ja fußballbegeistert ist ohne Ende. Offensichtlich ist er auf seinem Zimmer und lernt noch. Dort muss er aber weg. Das wird Chung für uns erledigen. Wir buchsieren dann Tan in sein Bett. Die Alkoholfahne ist auch kein Problem, wenn wir uns mit den restlichen beiden Flaschen Bier davor an den Tisch setzen und die leeren Flaschen einfach dort stehen lassen." So blieb denn mein Kumpel mit dem schlafenden Tan erst einmal auf der Bank sitzen, während ich Chung aus dem Fernsehraum holte, ihm die Situation erklärte und ihn um Hilfe bat. Chung begab sich in unser Zimmer, wo Nien noch fleißig lernte und schrie, „Tor, Tor, Tor". Natürlich stürzte Nien zum Fernsehraum und Chung bemerkte: „Irrtum, kein Tor, seien wohl abseits", und alle anderen Fernsehzuschauer sahen Chung nur blöde an. Nien dagegen hatte erst mal das Fußballfieber gepackt. Wir hatten also genug Zeit, um Tan in unser Zimmer zu buchsieren, ihn zu entkleiden, in seine Schlafsachen zu stopfen, in sein Bett zu schmeißen und uns mit der Bierflasche in der Hand am davorstehenden Tisch zu plazieren. Das half, wie geplant, seine Alkoholfahne zu vertuschen. Es dauerte nicht lange und Nien kam zurück. Das war knapp. So wie es seine Art war, belehrte er uns gründlich wegen unserer Verhaltensweise: „Ihr nur Alkohol und nicht studieren, sehen Tan an. Er sagen, müssen ganzen Abend in wissenschaftliche Bibliothek und dort Bücher studieren und lernen. Jetzt er kaputt und schlafen wie Toter. Er seien guter Kommunist und nicht Alkohol".

* * *

Die Vietnamesen waren absolut anspruchslos. Während wir unser Stipendium in Alkohol und andere „lebenswichtige Dinge" umsetzten, hatten sie am Monatsende noch einiges übrig. Dieses Geld nutzten sie, um sich Sachen anzuschaffen, die es in Nordvietnam einfach nicht gab. Oft schickten sie diese dann containerweise im Sammeltransport sogar nach Hause. Tan war da anders, er hatte höhere Ziele. Neidvoll sah er uns zu, wenn wir mit unseren MZ-Motorrädern durch die Gegend kurvten. So etwas wollte er auch. Tatsächlich schaffte er es, dass Geld zumindest für ein gebrauchtes

Simson-Moped Marke „Star" zusammenzubringen. Der „Star" war das modernste Moped, dass es damals bei uns gab. Ausgerüstet mit Sitzbank für 2 Personen und Kickstarter kam es immerhin auf eine Spitzengeschwindigkeit von 65 km/h. Natürlich waren unsere MZ-Motorräder wesentlich leistungsstärker und brachten es auf über 100 km/h, obwohl sie grob gesehen auch nicht viel anders aussahen, als dieses Moped. Das alles wusste aber Tan nicht. Wie man mit dem Ding fährt, brachten wir ihm bei, und Tan lernte schnell. Mit den wenigstens grundsätzlichen Verkehrsregeln hatten wir dagegen schon mehr Probleme mit ihm. „Du musst eine Fahrerlaubnis machen, sonst darfst du mit dem Moped nicht auf die Straße", sagte einer zu ihm. „Das ich nicht brauchen. Moped fahren doch wie ich lenken", war seine Antwort. Natürlich dauerte es nicht lange, bis ihn die Polizei eines besseren belehrte und Tan machte nach einem speziellen Lehrgang für Ausländer seine Mopedfahrerlaubnis, die er auch mit Bravur bestand. Von nun an machte er offiziell die Straßen unsicher. Einige von uns konnten es nicht lassen, ihn mit ihren Motorrädern zu ärgern. Immer wieder fuhren sie an Tan vorbei und zeigten ihm ihr Rücklicht. Das verstand Tan überhaupt nicht. Er fragte mich, „warum ich langsam und die anderen schnell? Ich denken haben schlechtes und kaputtes Moped." Jegliche Erklärung meinerseits war sinnlos. Er besorgte sich ein Buch über sein Moped mit dem Titel „Wie helfe ich mir selbst". Nachdem er nur kurz darin gelesen hatte, öffnete er die Seitenverkleidung, die das Werkzeug enthielt und begann damit, die Kiste erst mal gründlich zu zerlegen. Nun gab es ja auch Studenten, die waren anders als wir. In ihrer Gemeinheit und Gehässigkeit gaben sie Tan weitere Tipps, was er noch alles auseinander nehmen und ändern müsse. Glücklicherweise und aus Erfahrung mit diesen Brüdern ignorierte das Tan und richtete sich nur nach seinem Buch. Ansonsten hätte er das Ding wahrscheinlich auch gleich wegschmeißen können.

So vergingen ein paar Tage, dann kam Tan freudestrahlend auf uns zu. „Ich werden zeigen euch, wie schnell Moped jetzt fahren." „Was hast du getan?", wollte ich wissen. „Haben Vergasereinstellung ändern. Jetzt bekommen Moped viel mehr Benzin. Haben Zündung neu einstellen. Jetzt Zündung auch schneller. Haben Zündkerze von großem Trabi an Tankstelle kaufen und einbauen." „Oh, oh", sagte ich, „die Zündkerze im Trabi ist auch nicht anders als die im Moped. Da hat man meinen vietnamesischen Freund an der Tankstelle wohl ganz schön übers Ohr gehauen. Hoffentlich funktioniert das Ding nach deiner Herumschrauberei überhaupt noch." Kopfschüttelnd begab ich mich mit Tan zum Moped. Siegessicher betätigte er den Kickstarter, immer und immer wieder. Aber da tat sich gar nichts. „Die Kiste sieht zwar immer noch aus wie ein Moped, ist aber offensichtlich keines mehr", bemerkte ich.

Tan war verzweifelt. Immerhin hingen seine ganzen Ersparnisse daran. „Moped nichts taugen, Werkstatt sehr teuer, mein Geld seien weg, ich scheißen auf Kommunismus, gehen jetzt Bier trinken." Ich haute ihm eine runter und schrie ihn an: „Jetzt reiß dich erst mal zusammen. Wir trinken jetzt ein Bier, damit du wieder klar denken kannst. Wir nehmen dein Buch mit und ich erkläre dir an Hand des Buches noch einmal, was der Unterschied zwischen einem Moped und einem Motorrad ist. Gleich Morgennachmittag beginnen wir dann, dein Moped wieder in Gang zu setzen."

So gelang es mir nicht nur Tan zu beruhigen, sondern auch, ihm die Zusammenhänge noch einmal zu erläutern. Da wir in der damaligen Zeit mit unseren Fahrzeugen notgedrungener Maßen auch nur nach dem Motto „do it your self" handelten, kannten wir uns mit der Funktionsweise ganz gut aus und haben uns Tan's Moped vorgenommen. Was hatte der alles für Schaden angerichtet. Wir brauchten fast eine Woche, bis alles wieder funktionierte. Tan jedenfalls strahlte: „Ihr seien gute Kommunisten". Wir dagegen verzogen nur unsere Gesichter.

Allerdings war das noch nicht alles. Es dauerte nicht lange und wir sahen Tan wieder mit dem Werkzeug und schlauem Buch in der Hand am Moped herumfummeln. Den herumliegenden Teilen nach ging das schon eine ganze Weile. „Was ist denn nun wieder los?", fragte einer meiner Kumpels. „Licht gehen nicht. Ich muss lernen Moped selbst zu bauen, wie ihr", brummelte Tan vor sich hin. „Wahrscheinlich ist nur die Glühlampe kaputt, die hat nunmal nur eine begrenzte Lebensdauer und dein Moped ist ja nicht das Neuste. Was fummelst du denn an den Kabelanschlüssen herum?", fragte ich ihn. „Im Buch stehen, am Wichtigsten seien Schaltplan. Ich müssen am Schaltplan korrigieren". „Das hast du doch wieder mal völlig falsch verstanden", antwortete ich und wäre wegen soviel Dummheit am liebsten an die Decke gesprungen. Das hätte allerdings auch nichts genützt. Also schaute ich mir die Scheinwerferlampe an und die Birne war natürlich hinüber. Ich gebot Tan zwar Einhalt, aber wie zu erwarten, hörte er nicht auf mich und schraubte an den Kabelverbindungen lustig weiter, während ich eine neue Glühlampe organisierte. Zurückgekehrt setzte ich unter Tan's Protest die Birne ein. Tan schaltete das Licht ein. Es brannte aber nicht und Tan triumphierte. „ Na du großer Techniker sehen, Tan haben recht. Wo brennt denn nun neue Lampe?" Natürlich guckte ich erst mal ziemlich bedeppert, aber dann bekam ich einen Lachanfall. „Na dann schau mal zum hinteren linken Blinklicht und als ich das Fernlicht abblendete, ging ohne zu blinken das rechte Blinklicht an. Jetzt betätigte ich den Blinklichtschalter nach links und schon meldete sich die Hupe. Als ich auf die Hupe drückte, fing das Fernlicht an zu blinken. Auch das Abblendlicht funktionierte blinkender Weise, nämlich wenn ich den rechten Blinker betätigte. Ich hatte keine Lust mehr Tan bei der Lösung dieses Puzzles zu helfen. Erstaunlicherweise hat er es nach einigen Wochen weiterer Fummelei selbst geschafft, alles wieder in Ordnung zu bringen.

Ich habe Tan zwar seit dem Ende des Studiums nicht wieder gesehen, aber andere vietnamesische Studienkollegen, die noch länger in Deutschland verweilten, sagten mir, er würde in Hanoi eine Zweiradreparaturwerkstatt betreiben. Ob das stimmt, weiß ich aber nicht.

4. Verkuppelt und missbraucht

Auch erlebte ich in meiner Studentenzeit die tollsten Frauengeschichten, darunter sehr schöne (die sind aber langweilig), weniger schöne (noch langweiliger) und solche, die alles andere als
schön sind. Hier eine der letzteren Sorte:
Wie fast jeden Abend begab ich mich in einen der Studentenclubs.
Hier konnte man außer den Genuss von alkoholischen Getränken
auch immer wieder neue Leute kennenlernen, dumm quatschen
und vieles mehr.
Auch hübsche Mädels gab es recht viele hier und man war ja
schließlich jung und stark am anderen Geschlecht interessiert.
So kam es dann auch an diesem Abend zu einem ziemlich belang-
losen Geplapper mit einer für mich sehr reizenden langhaarigen
brünetten Schönheit. Mit zunehmendem Alkoholkonsum wurde
das Gespräch zwar immer sinnloser, aber ich war von ihr immer
mehr begeistert, quasi hin und her gerissen. Noch mehr hingeris-
sen war ich, als sie mir noch einige Cocktails spendierte, natürlich
alles schön durcheinander und mir fiel überhaupt nicht auf, dass
sie nicht mit trank.
Und dann der ersehnte Augenblick, wir begaben uns in Richtung
ihres Studentenwohnheimes. Eigentlich begab sie sich dorthin, mir
musste sie beim Laufen schon etwas helfen.
Dort angekommen, platzierte sie mich im Aufenthaltsraum mit der
Begründung, dass ihre Zimmermitbewohnerin ja schon schliefe
und sie wolle schnell noch unter die Dusche. Ich dachte, „vielleicht
ja doch nur eine Verarsche und sie kommt nicht wieder?" Aber jetzt
noch mehr duftend, tauchte sie nur leicht bekleidet wieder auf und
begeistert wankte ich hinter ihr her.
Auf leisen Sohlen begab sie sich in ihr Bett, gebot mir, mich ebenfalls zu duschen und ihr dann möglichst leise zu folgen, weil ihre
Zimmerkollegin doch schon schliefe. Auf keinen Fall sollte ich das
Licht anmachen, denn wenn die Mitbewohnerin aufwache, führe

das zur Katastrophe. Viel half mir die Dusche nicht. Ich war noch genauso benebelt wie vorher.

Jetzt kam mir aber doch etwas komisch vor. Sie stand auf einmal wieder neben mir, führte mich leise zum Bett und als ich mich in das Bett legte, war sie schon drin. „Der blöde Alkohol", dachte ich und legte mich zu ihr. Was dann passierte erzählt man nunmal nicht. Außerdem weiß ich es selbst nicht mehr so genau.

Jedenfalls habe ich den Rest der Nacht tief und fest geschlafen.

Als mich am Morgen die ersten Sonnenstrahlen kitzelten – und nicht nur die – ließ ich alles mit mir geschehen und öffnete, mich im siebten Himmel wähnend, die Augen.

Doch was war das?

Jedenfalls war es keine brünette Schönheit. Da waren kurze blondierte strähnige Haare (die mussten mit Zuckerlösung eingeschmiert sein). Da war keine herkömmliche Nase, sondern eine Art verstümmelte Mohrrübe. Ihr Antlitz erinnerte mich an einen Streuselkuchen. Das Gewicht, das auf mir lastete, war nicht das eines grazilen Rehs, sondern – äh „wie heißt doch das Tier mit dem Rüssel?" Über die Beschaffenheit weiterer Körperteile möchte ich aus ästhetischen und Loyalitätsgründen besser nicht reden, denn schließlich kann niemand etwas für sein Aussehen, ich für das ihre aber auch nicht.

Nun endgültig hellwach, sprang ich aus dem Bett und fragte: „Aber wo ist denn das langhaarige brünette Mädel, mit dem ich gestern hergekommen bin?" „Ach die, nachdem sie dich zu mir gebracht hatte, zog sie sich wieder an und ging in die Stadt zu ihrem Freund, denn der kam mittlerweile von der Spätschicht.

IV Auch Kochen will gelernt sein

Eigentlich zählte ich nie zu den Personen, die Bockwürste beim Heißmachen anbrennen lassen oder eine Stunde vor dem Kochtopf darauf warten, dass die Eier endlich weich kochen würden.

Als ich wieder Single wurde, war mir eines klar: „Etwas Warmes musste jeden Tag auf den Tisch." Irgendwelches „Dosenfutter" kam für mich nicht in Frage, denn schließlich bin ich ja kein Hund oder eine Katze. Vielleicht ein Kater, aber wenn schon, dann einer, der keinen Fertigfraß mag.

So entwickelte ich mich mit der Zeit zu einem leidenschaftlichen Hobbykoch. Allerdings hatte ich anfangs doch so einige Probleme mit der Zubereitung meiner Leibgerichte.

1. Die Senfsoße

„Gebratener Fisch, Senfsoße und Salzkartoffeln, ein gutes Essen, das eigentlich ganz einfach hinzubekommen wäre", sagte ich mir. Fisch und Kartoffeln waren überhaupt kein Problem. Was die Senfsoße betraf, dafür gab es ja ein Kochbuch. Man nehme also Wasser, Senf, Essig, Salz, Zucker und was zum Andicken. Einfacher geht es ja wohl nicht. Das klappte auch alles hervorragend. Allerdings sah mein Gebräu gar nicht richtig gelb aus. Also gab ich noch ein paar Esslöffel Senf dazu und jetzt war die Soße richtig schön gelb. Ich kostete und war überhaupt nicht zufrieden. Das schmeckte zu sehr nach Senf und dann war da zu wenig Zucker. So schaufelte ich noch ein paar Löffel Zucker dazu. Jetzt war alles viel zu süß und ich korrigierte mit Essig und Salz. Nun schmeckte alles ganz furchtbar. Offensichtlich war von allen Zutaten viel zu viel an der Soße. Ich kippte etwas Wasser dran, kostete, kippte noch mehr Wasser dran und da die Senfsoße nun nicht mehr in den Topf passte, nahm ich einen größeren. Ich kostete wieder, aber irgend wie fehlte da Salz und Essig. Also gab ich beides zu und kostete wieder. Jetzt schmeckte ich gar nichts mehr und das Zeug war viel zu dünn. Ich dickte die Soße weiter an, in der Hoffnung, dass ich jetzt besser schmecken würde, was eigentlich los ist. Aber irgendwie fehlte jetzt wieder Senf.
Jetzt wurde es langsam besser, aber die Soße war wieder zu dick. So holte ich den größten Topf, den ich hatte und schmeckte alles nur noch sehr sorgsam ab.
Als dieser Topf dann auch fast voll war, beschloss ich, alles so zu lassen. So kam es, dass ich am späten Nachmittag endlich mein Mittagessen fertig hatte. Eigentlich hat es ganz gut geschmeckt und so gab es am nächsten Tag Senfsoße mit Eiern, dann wieder Senfsoße mit Fisch und das alles abwechselnd über eine Woche lang. Dann gab es bei mir das ganze Jahr lang keine Senfsoße mehr.

2. Meine Gräupchensuppe

Die Gräupchen, genauer gesagt „Gerstengraupen", das sind die aus Gerstenkörnern rundgeschliffenen kleinen Dinger, die es in jedem Markt zu kaufen gibt. Angequollen, durchgekocht, mit Geflügelfleisch und Kartoffelstücken verfeinert, ergibt das Ganze einen Eintopf, der mir schon in meiner Kindheit, also zu Mutters Zeiten, ans Herz gewachsen war. So etwas musste also unbedingt auf meinen Speiseplan. Also ging ich Gräupchen und Hähnchen kaufen. Natürlich tat ich wieder etwas, was man eigentlich nicht tun sollte. Ich ging zum Supermarkt und hatte großen Hunger. Dagegen sah so ein Plastebeutel mit Gräupchen ziemlich mickrig aus. So nahm ich denn zwei, und letztendlich wegen meines großen Hungers drei, und dazu ein ganzes Hähnchen. Zu Hause angekommen, tat ich die Gräupchen alle in einen Topf, um sie ordentlich anzuquellen. Doch oh, oh, als ich nach einer Stunde die Küche wieder betrat, lag der Topfdeckel auf dem Fußboden und ein großer Teil der Graupen auch.

Also nahm ich einen größeren Topf, sammelte alle meine Graupen wieder ein, spülte sie in einem Sieb ab und kippte alles in den größeren Topf. (Ich musste an die Senfsoße denken). Jetzt allerdings würden meine Kartoffeln nicht mehr reichen und das Hähnchenfleisch kam mir auch recht dürftig vor. So begab ich mich wieder in den Supermarkt und kaufte noch ein Hähnchen und einen Beutel Kartoffeln. Als ich nach Hause in die Küche kam, lag wieder ein Teil der Gräupchen auf dem Herd und dem Fußboden. Weil ich keinen größeren Topf hatte, musste ein zweiter her.

Anfangs schmeckte mein Gräupcheneintopf hervorragend, nach einer Woche Gräupchengenuss allerdings nicht mehr so richtig.

Ich musste wieder an die Senfsoße denken, als nach 2 Wochen Gräupchengenuss der Rest in der Mülltonne landete.

3. Die Würmer und die Beutelsuppe

Es war Mittagszeit und ich, wie so oft noch in vollem Stress. Eine fixe warme Mahlzeit musste trotzdem her. Also entschied ich mich wieder mal für eine einfache Beutelsuppe, „Rindfleischsuppe mit Fadennudeln", las ich auf der Tüte, das passte.

Der Kochprozess war mir ganz gut bekannt. So stand ich am Herd und kochte 10 min lang unter öfteren Umrühren meine Suppe. Das war langweilig. Also schaltete ich meinen kleinen Küchenfernseher ein und schaute mir einen Dokumentarfilm an. Es ging um ein Naturvolk. Die Menschen stopften („wahrscheinlich halb am Verhungern", dachte ich mir) mit Begeisterung irgendwelche lebenden Würmer in sich hinein. Ich fand das zwar eklig, aber irgendwie interessant. Die Würmer hingen an denen überall. Sie streiften sie von sich ab und verschlangen diese ekligen Dinger offensichtlich mit Genuss.

Inzwischen war auch meine Suppe fertig. Also nahm ich einen Teller und griff – noch immer gebannt von der Fernsehsendung – nach einer Schöpfkelle, um die Suppe auf meinen Teller zu befördern. Dabei verfolgte ich die armen hungrigen Geschöpfe im Fernsehen. „Da wird einem ja ganz warm ums Herz", dachte ich so bei mir. Aber warm wurde mir um die Beine. So schaute ich an mir herunter und geriet in Panik. Da waren ja überall Würmer! Vor lauter Ekel machte ich einen Satz beiseite, rutschte aus und saß nun zwischen den Würmern. Das verhalf mir wieder zu klaren Gedanken. Während meiner Fernsehguckerei hatte ich den Teller falschherum gehalten, also mit dem Boden nach oben. So befanden sich die meisten Fadennudeln an meinen Beinen und der Rest auf dem Küchenboden.

Im Fernsehen lief zwar mittlerweile etwas ganz anderes, aber ich musste immer noch an die Leute des Naturvolkes denken. Die jedenfalls waren satt, ich nicht.

4. Rolladen, Rotkohl und Klöße – normalerweise ein Superessen

Ich kaufte erst einmal alles, was man dafür so benötigt und ein paar Rolladen mehr. Ich brauchte zwar nur eine, aber das war zu uneffektiv und den Rest konnte man ja für später einfrieren.

So bestückte ich meine Rolladen mit Senf, Speck, Gurke und Zwiebeln. Jetzt kam der schwierigste Teil, aus den ausgebreiteten Fleischfladen die Rolladen zu formen.

So wickelte ich sie zusammen, nahm ein Stück Strick, band ihn mittig um die erste Rollade und machte einen festen Knoten, also immer schön dem Kochbuch folgend. Doch Oh weh, Gurken, Speck und Zwiebeln schnippten an beiden Rolladenenden heraus und lagen nun daneben auf dem Tisch. Also entfernte ich den Strick, wickelte die Rollade wieder auf und verstaute alle Zutaten erneut in der Rollade. Ich machte wieder einen Knoten in den Strick, zog aber dieses Mal alles nicht so fest. Natürlich hielt so noch nichts richtig zusammen. Also wickelte ich weiter, von rechts nach links um die Rollade, dann weiter von links nach rechts, ein paar mal von vorn nach hinten und von oben nach unten. Jetzt war alles perfekt verpackt. Ich verfuhr mit den anderen Rolladen ebenso und der restliche Teil der Zubereitung war kein Problem mehr.

Jetzt kam das laut Verpackung fertig gewürzte Rotkraut an die Reihe. Doch irgendwie fehlte Essig. Also kippte ich einen Esslöffel Essig-Essenz dran und jetzt sah es auch richtig schön rot aus. Allerdings war es krachsauer. Ein paar Löffel Zucker schafften Abhilfe und das Kraut sah schön blau aus. Den Namen Blaukraut hatte ich zwar schon gehört, aber ich wollte ja zu meinen Rolladen Rotkraut essen. Ausserdem schmeckte das nunmehr zuckersüße Zeug überhaupt nicht. Die erneute Zugabe von Essig färbte es zwar wieder schön rot, aber jetzt war es völlig ungenießbar. In Anbetracht meiner damaligen Kochkünste hatte ich von allen Zutaten reichlich eingekauft und so setzte ich einen zweiten Topf mit

Rotkraut an und dieses Mal klappte es mit etwas Vorsicht beim Würzen.

Nun brauchte ich noch die Klöße. Auf der Packung stand zwar man solle sie in heißem Wasser nur ziehen lassen, also nicht kochen, aber die Dinger waren mir einfach zu fest und ich dachte, „ein bischen kochen kann sicher nicht schaden." Jetzt klingelte das Telefon. Als ich zu meinen Klößen zurück kam, waren aber keine mehr da, nur eine Art Kartoffelsuppe. Also begann ich von vorn (wie bereits erwähnt hatte ich ja ausreichend eingekauft).

Ich nahm noch einen Topf und erhitzte neue Klöße.

Inzwischen hatten die Rolladen eine schöne dunkelbraune Farbe angenommen, eigentlich eher schwarzbraun. Ich schabte sie mit dem Gurkenschäler etwas ab und legte die Rolladen in einen weiteren Topf. Ich nahm noch einen Topf und kippte die mit schwarzen Sprenkeln versehene Soße durch ein Sieb dort hinein. Jetzt war endlich alles fertig.

Allerdings fingen die neuen Klöße gerade wieder an zu kochen. Ganz schnell nahm ich den letzten Topf den ich hatte, versah ihn mit heißem Wasser und gab die Klöße dazu, die schon wieder etwas kleiner geworden waren. Endlich war mein Essen fertig und nach einigen Umräumarbeiten im Chaos fand ich tatsächlich auf dem Küchentisch ein Eckchen Platz, wo ich essen konnte.

Nun war allerdings die Rollade, die ich auf meinem Teller kredenzt hatte immer noch gut verpackt.

Ich schnappte mir das Ende des Stricks, zog daran, die Rollade drehte sich und ich begann sie abzuwickeln. Zuerst tat ich das im Sitzen, dann stand ich mit dem Fadenende in der Hand auf und begab mich zur Küchentür in Richtung Flur, wobei sich die Rollade immer weiter schön abwickelte. Ich ging über den Flur, die Treppe hoch zur oberen Etage und als ich dann die Bodentreppe emporstieg ging plötzlich nichts mehr. Ich legte das Ende des Fadens auf die Treppenstufe, ging zurück zur Küche und schaute, was nun wieder los war. Die Rollade befand sich aber nicht mehr auf dem Teller, sondern hing an der Türklinke der Küchentür. Ach ja, fiel es mir wieder ein, ich hatte ja zu Beginn meiner Arbeiten um die Rollade einen Knoten gemacht. Ich überlegte wie es nun weiterging und hatte einen Geistesblitz. Ich nahm die Schere und schnitt den Faden einfach ab. Jetzt brauchte ich den Strick nur noch zurück zu ziehen, ohne mich wieder auf den Boden zu begeben und konnte endlich mein Essen genießen.

Den Rest des Tages verbrachte ich damit, meine 7 Töpfe und die Pfanne zu reinigen. Das bischen Wischerei vom Boden über Treppenhaus und Flur bis in die Küche schaffte ich dann am Abend auch noch.

So hatte ich wieder mal einen ausgelasteten Tag hinter mich gebracht.

5. Die verflixte Zerstreutheit

Es war wieder mal Sonntag, und wie schon in der Bibel zu lesen ist „... aber am siebenten Tage sollst du ruhen, ..."(2. Mose 23,12 - Lutherbibel), freute ich mich auf einen leider verregneten Sonntag und nahm mir vor, bibelgerecht zu handeln. Natürlich ging auch das Ausruhen erst einmal auf den Magen. Deshalb lagen die fertigen Sonntagsklöße bereit und warteten nur noch auf das Garen im heißen Wasser. Auch der Sonntagsbraten war fertig. Ich stand am Herd und mir gingen da so einige Gedanken durch den Kopf:

So z. B. Albert Einstein mit seiner Relativitätstheorie, wie schnell doch die Zeit verging, wenn man im Stress ist und wie langsam, wenn man sich nur ausruhte oder der Physiker Isaak Newton, der von dieser Relativität der Zeit noch nichts wusste. Ach ja, wie glücklich musste der darüber wohl am Ende des 17. Jahrhundert gewesen sein. Dabei erinnerte ich mich an eine Anekdote über ihn. Ähnlich wie ich stand er am Herd, wollte sich Eier kochen, und dachte über Gott und die Welt nach. Nur eine halbe Stunde später fragte er sich: „Warum habe ich ein Ei in meiner Hand und meine Taschenuhr kocht im Wasser?"

Ich grinste vor mich hin und dachte: „Welch eine Zerstreutheit. Na das kann dir ja wohl nicht passieren".

Während ich so über einige physikalische Probleme nachdachte, nahm ich eine Kelle und kostete die Bratensoße. Diese mag ich so richtig schön dick, so dass der Löffel darin steht. Das war zwar schon fast der Fall, aber eine Weile würde sie noch brauchen. Also keine Zeit verschwenden, denn in der oberen Etage stand noch ein Fenster auf, das ich schließen wollte. Ich begab mich nach oben, schloss das Fenster und wunderte mich, warum ich denn eine leere Kelle in der Hand hatte. Wieder unten angekommen, kostete ich nochmals von der Soße und begab mich dann ins Wohnzimmer, um dort nach den Rechten zu sehen. Noch eine kurze Runde durch das Schlafzimmer zwecks Inspektion und zurück zur Küche. „Aber warum hatte ich nur wieder die halbvolle Kelle mitgeschleppt, von der ich die Soße gekostet hatte", fragte ich mich? Und warum war die eigentlich inzwischen ganz leer? Ich schaute mir das Ding genauer an und oh je, ich hatte die Schöpfkelle mit der Kloßkelle verwechselt und die hatte natürlich Löcher, damit das Wasser ablaufen kann. Mit der dicken Soße passierte natürlich das Gleiche, nur viel langsamer. Ich sah zum Boden und musste feststellen, dass ich eine schöne Soßenspur dahin gelegt hatte, überall wo ich entlang gegangen bin, natürlich auch in der oberen Etage, wo ich das Fenster geschlossen hatte. Ich schaute nochmal in die Küche und stellte fest, dass die Klöße sicher noch eine Weile brauchten und Gott sei es gedankt diesmal auch nicht kochten. Die Heizplatte mit dem Braten und der Soße konnte ich ja erst mal ausstellen. So begab ich mich mit Wischeimer und Lappen in die obere Etage, um dort zu beginnen, meine Soßenspur zu entfernen. Als ich mit meiner Reinigung wieder unten im Schlafzimmer angekommen war, wunderte ich mich darüber, dass von der Soßenspur ein immer eigenartiger werdender Geruch ausging. Kniender Weise mit dem Wischeimer und Lappen wieder in der Küche angekommen, musste ich feststellen, dass der Geruch nicht von der Soßenspur kam, sondern von der Pfanne mit Braten und Soße. Ganz offensichtlich hatte ich beim Ausstellen die falsche Heizplatte erwischt, nämlich die mit den Klößen. In der Pfanne mit der Soße und dem Braten befand sich jetzt eine teerartige, klebrige Masse. Die Klöße jedenfalls waren diesmal in Ordnung und schwammen lustig im Wasser. Doch was wollte ich mit Klößen ohne Braten und Soße? Also war wieder einmal alles nicht gerade zu meiner Zufriedenheit gelaufen, aber der Magen knurrte.

„Ist einem vor Hunger richtig schlecht, kommt auch die mieseste Mahlzeit gerade recht", sagte ich mir.

Ich erinnerte mich an das misslungene erste Ergebnis der Kloßkocherei bei meinem kürzlichen Rolladenessen. Den Herd drehte ich volle Pulle auf und kochte die Klöße bis sie zur Suppe geworden waren. Ich holte zwei Bockwürste aus dem Gefrierschrank, zerklopfte die gefrorenen Dinger mit dem Hammer, gab das Zeug an den dickflüssigen Kloßbrei, dazu noch eine gewaltige Portion Majoran und fertig war meine Kartoffelsuppe mit Würstchen.

Die Pfanne allerdings landete in der Mülltonne, da ich keinen Bock darauf hatte, mit deren Inhalt meinen Hauseingang heute noch neu zu teeren. Denn wie gesagt, „am 7. Tag da sollst du ruhen".

V In der Schweiz ist alles anders

© MKoch

Als mir mein in der Schweiz arbeitender Sohn offerierte, er würde für ganz dorthin auswandern, nahm ich das am Anfang nicht ganz so für ernst. Jetzt lebt er schon eine ganze Weile dort und ein Besuch meinerseits ist schon lange überfällig. Also ging ich es an und machte mich auf den Weg Natürlich gab es bzgl. des Fahrverhaltens einige nützliche Hinweise seitens meines Sohnes, die ich glücklicherweise auch beherzigte. Aber sie waren wohl doch nicht ganz vollständig. Denn in der Schweiz ist eben alles ganz anders und insbesondere im Verkehr. Aber nicht nur das, es gab auch noch einige andere Überraschungen.

1. Die blauen und die grünen Schilder

Wegen der höllischen Bußgelder bei Geschwindigkeitsüberschrei-
tung achtete ich gleich hinter dem Grenzübergang darauf, diese
keinesfalls zu überschreiten. Glücklicherweise kam bald ein blaues
Schild. Also befand ich mich auf der Autobahn und ich donnerte mit
dort erlaubten 120 Sachen los. Das klappte aber nicht lange, denn
auf einmal hatte ich Gegenverkehr, Fußgänger überquerten die
Straße, Straßenkreuzungen und dann sogar ein bunt bepflanzter
Kreisverkehr, an dem sich aber kein Verkehrsschild befand. „Das
soll eine Autobahn sein?", fragte ich mich. Und obwohl eigentlich
keine Gewitter angesagt waren, gab es bei blauem Himmel eine
Art Wetterleuchten, (man sagt ja, dass dieses auftritt, wenn sich
das Wetter ändert). Jedenfalls hat es in der folgenden Stunde 3–4
mal geblitzt.
Während ich so meinen Gedanken über das Wetter machte, kam
auf einmal eine langgezogene Kurve und ein grünes Schild, wobei
ich gedankenverloren nicht las, was darauf stand. Ich dachte, das
müssen die hiesigen Ortsschilder sein und ging auf die Klötzer, um
die erlaubten 50 km/h nicht zu überschreiten. Plötzlich wurde die
Straße zweispurig und ich dachte „Donnerwetter haben die Ortsdurchfahrten". Da mir das Navi sagte „folgen Sie dem Straßenverlauf und halten Sie sich links", wechselte ich auf die linke Spur und
achtete weiterhin peinlich genau darauf, die 50 km/h innerhalb von
Ortschaften nicht zu überschreiten.
Doch was war nun wieder los? Von hinten bekam ich Lichthupe.
Auf der rechten Spur überholte mich ein Raser. Dann kam dort
noch einer, der wischte sich offenbar den Schweiß von der Stirn,
obwohl es doch gar nicht so warm war. Ein Dritter fummelte mit
dem Zeigefinger an seiner Stirn rum und letztendlich schimpfte
ein mich rechts Überholender wie ein Rohrspatz mit den Händen
fuchtelnd auf mich ein. Dabei wurde die Schlange hinter mir immer
länger. Also fuhr ich sicherheitshalber noch etwas langsamer. Als

ein regelrechtes Hupkonzert losging, verringerte ich meine Geschwindigkeit bis auf 30 km/h. Vielleicht hatte ich was übersehen und war in einer Tempo-30-Zone, kommt ja in geschlossenen Ortschaften vor, aber auf einer zweispurigen Straße? Jetzt meldete sich das Navi „halten Sie sich rechts und nehmen Sie die nächste Ausfahrt".

Da dämmerte mir etwas. Ich nahm die Ausfahrt und nach kurzer Zeit kam wieder ein blaues Schild. Ich hielt kurz an und resümierte: Ich war die ganze Zeit auf der Autobahn. Hier sind Autobahnschilder grün und Ortsdurchfahrten blau. Das soll nun einer wissen. Jetzt weiß ich es. Und dass es kein Wetterleuchten gab, wurde mir später zu Hause auch klar. Einen Schweizer Bußgeldkatalog benötigt man aber nicht, denn multipliziert man die deutschen Werte einfach mit 10, erhält man das fällige Bußgeld für Vergehen in der Schweiz, auch bei Geschwindigkeitsüberschreitungen nach den blauen Ortsschildern.

Also was sagt uns das in Bezug auf unsere deutschen Autobahnen:

Hat man ein Fahrzeug mit einem Schweizer Kennzeichen vor sich, ist insbesondere beim Auftauchen unserer blauen Autobahnschilder äußerste Vorsicht geboten. Der Fahrer könnte plötzlich eine Vollbremsung machen, weil er denkt er kommt in eine geschlossene Ortschaft!

In der Schweiz ist eben alles anders. Aber es kam auf der Weiterfahrt noch besser.

2. Das Problem mit der Vorfahrt

Vor Allem in Ortschaften, aber auch auf Landstraßen gelangt man ja immer wieder an irgendwelche Straßenkreuzungen und dort sollte es ja irgendwelche Vorfahrtsschilder geben. Da waren aber keine. Also, so sagte ich mir, gilt rechts vor links. Nun kam wieder so eine Kreuzung und eine hübsche Dame von links. Also fuhr ich, meines Erachtens vorfahrtgerecht zu. Sie aber auch und fast kam es zum Crash. Gut, dass ich kein Schweizer Deutsch verstehe denn so blieb mir unklar, was sie mit ihrem Palaver eigentlich von mir wollte. Wie Sex klang das jedenfalls nicht.

Ein paar Kreuzungen weiter war es dann umgekehrt. Einer kam von rechts. Also hielt ich an, um ihm die Vorfahrt zu gewähren. Er grüßte mich mit einer seitlichen Handbewegung. Ich grüßte zurück. Er grüßte wieder, diesmal energischer. Ich nickte mit dem Kopf und lächelte. Er nicht. Als er die Seitenscheibe herunterleierte und mir was zurief, verstand ich erst gar nichts. Er wiederholte seine Worte langsam und ich verstand: „Du bisch en grossä dubbel, fahre weitä, ich will endlich auch weitä", oder so ähnlich. Aha, dachte ich, das ist also Schweizer-Deutsch und ich habe Vorfahrt, aber warum?

Ich nahm mir vor, in jeder ähnlichen Folgesituation an der Kreuzung besser erst mal anzuhalten.

Beim nächsten Mal war es ein blank geputzter schöner Mercedes mit einer noch schöneren Dame am Steuer, der mir von rechts entgegen kam und anhielt. Ich dachte, na die machste jetzt mal an, hielt ebenfalls, stieg aus und ging auf sie zu. „Entschuldigen Sie bitte, ich bin neu hier, wer hat jetzt eigentlich Vorfahrt, können Sie mir helfen?"

Von wegen Mercedes, hübsche und gebildete Dame. Aber da ging was ab, verstanden habe ich nur „Hirni" und irgend was mit weißen Markierungen auf der Straße, dann donnerte die mit quietschenden Reifen los. Jedenfalls wusste ich nun eines: Des Rätsels Lösung ist die Fahrbahnmarkierung. Keine Vorfahrtsschilder aber eine gestrichelte Linie markiert Haupt- und Nebenstraße und Dreiecke quer zur Fahrbahn ersetzen das Stopschild. Nur was machen die bei verschneiten Straßen im Winter? Ich weiß es nicht. In der Schweiz ist eben alles anders.

3. Verkehrsampeln im Kanton Bern

Meinem Reiseziel nahe, gelangte ich endlich in den Kanton Bern. Auch hier erwartete mich eine verkehrstechnische Überraschung. Verkehrsampeln gab es hier viele. Aber die waren ja nicht rot-gelb-grün. Die waren rot-grün-grün. Was war denn hier nun wieder los? Glücklicherweise gab es außer einigen Hubkonzerten an diesen komischen Ampeln keine weiteren Zwischenfälle. Die Beobachtung der anderen Fahrer vor mir lehrten mich: Rot bedeutet halt, also wie bei uns. Blinkt die mittlere grüne Lampe, entspricht das unserem gelb und ständiges Leuchten der unteren grünen Lampe entspricht unserem grün, also Zufahren. Ist das nicht logisch und ganz einfach?

Mich bringt das auf eine Idee, die ich den Behörden im Kanton Bern demnächst vielleicht unterbreiten werde. Momentan erspart man sich eine gelbe Lampe, also Kosten, indem man sie durch eine zweite grüne Lampe ersetzt. Eigentlich könnte man zwei Lampen der Ampel komplett einsparen, bräuchte also nur eine Lampe und keine drei. Dann könnte eine blinkende Lampe unserem gelb entsprechen, eine leuchtende Lampe rot und Lampe aus unserem grün. Da die Farbe dann keine Rolle mehr spielt, könnte man die Ampeln verschiedenfarbig und damit die Verkehrsregelung abwechslungsreicher gestalten. Das Ganze hätte nur den Nachteil, dass im Fall eines Ausfalls der Ampel alles zufahren würde und das ergäbe ein Chaos. Also wäre es besser, das Ganze umgekehrt zu machen, dann würde im Fall einer defekten Ampel alles warten bis die Ampel wieder repariert ist. Klingt das nicht sehr einfach und praktisch? Das wichtigste dabei aber wäre, in der Schweiz bleibt trotz der Änderung alles anders.

Jedenfalls bezeichne ich meine unfallfreie Ankunft bei meinem Sohn fast schon als ein Wunder. Aus Sicht der Schweizer war meine Fahrerei sicherlich auch recht verwunderlich.

4. Und manchmal grüßt das Murmeltier

Die meisten Menschen wohnen in der Schweiz zwar in den eher niedriger gelegenen Gegenden, so wie mein Sohn auch, aber Schweiz bedeutet nun einmal Alpen. Also auf ging's in die Berge. Die Straßen wurden immer enger, die Kurven immer gemeiner und die Bäume immer weniger. Bald gab es gar keine Bäume mehr. Dafür war alles um uns eine herrlich bunte Blumenwiese, durchsetzt mit rot blühenden Azalienbüschen und einer Menge bizarrer kratzdistelähnlicher stacheliger Gewächse. Dazwischen lagen kleinere Felsbrocken und ockerfarbene Steine, die sicher von den höheren Lagen heruntergepurzelt waren und die Dramaturgie dieser einzigartigen Wiesenlandschaft vollendeten.

„Hier ist Murmeltierregion" verkündete stolz mein Sohn, „oft kann man sie aus nächster Nähe anschauen, da sie nahe der Touristenwege an den Menschen gewöhnt sind", plapperte er weiter. Die Landschaft war zwar super, aber ein Murmeltier war hier keines.

So fuhren wir langsam weiter, immer schön zickzack bergauf. Auf einmal rief mein Sohn „halt an, da drüben hat sich was bewegt, da ist ein Murmeltier". Ich ging mitten in der Kurve auf die Klötzer und hielt an. Prompt kam mir ein Reisebus entgegen und der Fahrer zeigte mir einen Vogel, was er eigentlich gar nicht durfte. Ich fuhr noch weiter zur Seite, zirkelte das Auto direkt an den fast senkrecht abfallenden Abhang und wir stiegen notgedrungener Weise beide an der linken Seite aus.

„Da drüben ist es", flüsterte mein Sohn und wir schlichen auf die Wiese. Ich sah zwar immer noch nichts, aber der Tierfotograf in mir war geweckt und in Erwartung des Fotojagderfolges zückte ich klopfenden Herzens die Kamera.

Auf Geheiß meines Sohnes setzte ich mich auf einen der zahlreichen Steine und suchte nach dem Murmeltier. „Wo ist es", fragte ich. „Na direkt vor dir neben dem Azalienbusch", kam die Antwort. „Hier sind viele Azalienbüsche, ich sehe nichts". „Na der Busch neben dem großen Stein und dem Distelgestrüpp". Aber da waren viele Steine und distelähnliches Gestrüpp. Ich sah nichts. Doch dann ein schriller Pfiff, als wollte das Murmeltier sagen, „nun drück doch endlich auf den Auslöser, ich habe nicht ewig Zeit für dein blödes Fotoshooting". Aber so fix ging das nicht, auch wenn ich es nun endlich entdeckt hatte, musste ich ja erst die Kamera ausrichten. Das Murmeltier wechselte seinen Standort und saß nun hinter mir. Also rutschte ich auf meinem Stein in einer 180°-Drehung herum. Da gab es aber ein kleines Problem, das ich nicht bedachte. Bisher saß ich ja in Richtung Abhang und meine Füße zeigten nach unten. Nach der Drehung auf dem Stein befanden sich meine Füße aber nunmehr fast auf der Höhe meines Kopfes. Die Kamera hatte ich, um ein Superbild zu erwischen, auf „Serienaufnahme" eingestellt. Sie sollte also Fotos schießen, solange ich den Auslöser gedrückt halte.

Den Auslöser zu drücken schaffte ich gerade in dem Moment, als ich in Betracht der nun anders herum geratenen Hanglage, also der Füße in Kopfhöhe, das Gleichgewicht verlor und rückwärts kopfüber den Hang hinunter kullerte. Zum Liegen kam ich in einem stacheligen Gestrüpp.

Und das Murmeltier? Von wegen schlafen, das hockte ein paar Meter weiter auf meiner Kamera, der glücklicherweise nichts passiert war. Ich weiß nicht, ob Murmeltiere grinsen können. Ich hatte den Eindruck, dieses konnte es. Schließlich bestand auch aller Grund dazu, denn ich war mit meinem zerkratztem Gesicht sicherlich der erste Schweizer Indianer mit Kriegsbemalung.

Aber die Fotos hatten sich auf alle Fälle gelohnt. Die Bilder waren zwar nicht perfekt, der Murmeltiernachweis in meinem Urlaub war jedoch gelungen. Die Serienaufnahmen zeigten mehrmals einen verschwommenen Murmeltierschwanz, den blauen Himmel über dem Murmeltier und das Distelgestrüpp unter dem Murmeltier – also ein voller Erfolg.

5. Eine Rutschpartie am Gletscher und die physikalischen Gesetze

Und weiter gings von der Murmeltierwiese immer weiter bergauf. Bald waren wir an der Schneegrenze angekommen. Waren es in den Tälern noch satte 31 °C, so war es hier in den Sommerklamotten ganz schön frisch.

Einige asiatische Mädels, auch in Sommerklamotten, rutschten auf ihren blauen Plastikplanen im Schneeharsch den Hang hinunter und freuten sich dabei gar mächtig, ich mich bei dem Anblick natürlich auch. Aber lassen wir mal alle sexuellen Hintergedanken aus dem Spiel. Ich jedenfalls wollte meine männliche Überlegenheit beweisen und würde es den jungen Dingern schon zeigen. Eine Plastesupermarkttüte aus dem Kofferraum war schnell leer geräumt, aufgeschlitzt und somit als Rutschunterlage geeignet – meiner Meinung nach jedenfalls.

Also nahm ich das Ding und keuchte bergauf. Endlich gelangte ich nach etwa 30 m auf die Höhe, von der die Mädels los rutschten. Aber was soll es, männliche Stärke und Geschicklichkeit, sexuelle Überlegenheit sowie das Vertrauen in meine rutscherischen Fähigkeiten trieben mich noch weitere 30 m bergauf. Hier ragten zwar ein paar mit Moos und Gras bewachsene Steine aus dem Schnee, aber darin sah ich kein Problem, denn man brauchte ja nur drum herum zu rutschen.

Um die Aufmerksamkeit der sich mittlerweile versammelten Zuschauer – vor allem aber der exotischen, sexy Mädels zu erregen, raschelte ich noch einige Male provokativ mit meiner aufgeschlitzten Supermarkttüte, schob sie unter meinen Allerwertesten und rutschte los.

Schon bald kam der erste Stein in Sicht. Wie beim Schlittenfahren korrigierte ich meine Bahn mit den Füßen. Nur hatte meine Plastetüte ja keine Kuven. Physikalisch eigentlich ganz logisch, drehte ich mich um 90° und rumpelte seitwärts über den Stein, wobei die Hose und selbst die Unterhose am Hinterteil aufgeschlitzt wurde.

Es gelang mir, meine Querlage wieder zu korrigieren, aber die schon arg mitgenommene Plastetüte verrutschte dadurch auch noch nach unten. Nun ist ja dieser Harsch am Gletscherrand kein Pulverschnee. Mir fiel während meiner Weiterreise sogar ein kleines Gedicht ein:

„Oh dieser Harsch
ist kein Pulverschnee.
Mein armer A...,
er tut so weh."

Doch schon kam der nächste Stein. An ein Ausweichmanöver war nicht mehr zu denken und ich nahm den Stein frontal zwischen die Beine. Es tat höllisch weh und ich dachte überhaupt nicht mehr an die sexy Asiatinnen.

Natürlich kam jetzt wieder die Physik ins Spiel. Ich blieb mit meinem mittlerweile arg zerfetzten Plastebeutel an dem Stein hängen. Physikalisch korrekt wirkte aber die Fliehkraft auf Kopf und Oberkörper weiter, wodurch beides nach vorn schoss und ich landete folgerichtig auf dem Bauch. Inzwischen war ich auf der Höhe des Startpunktes der Mädels angekommen und es kamen glücklicherweise keine Steine mehr.

Ohne den zerfetzten Plastebeutel, der am letzten Stein hängengeblieben war, rutschte ich nun schön langsam auf dem Bauch die restlichen 30 m den Hang herunter, mit dem der Sonne entgegengestreckten, mittlerweile tomatenrot gefärbten blanken Hinterteil vorbei an den sexy Exoten. Ich verstand sogar ihre Sprache, denn ihr schallendes Gelächter glich dem von uns Deutschen aufs Haar.

Wieder am Parkplatz angekommen, begab ich mich im Krätschschritt zu meinem Auto. Die Farbe meines Hinterteils war mir mittlerweile egal, denn wegen der zahlreichen Schaulustigen war mein Kopf inzwischen genauso rot. Ich wurde mehrmals fotografiert und sogar gefilmt. Die Rückfahrt musste mein Sohn übernehmen. Ich kniete vor der Rückbank, denn an Sitzen war nicht zu denken. Nach zwei Tagen Essen im Stehen und Schlafen auf dem Bauch war wieder alles o.k., nur die Reste meiner Plastetüte und ein Teil meiner Beinkleider blieben in den Bergen.

VI Eine neue Errungenschaft – mein Navi

Nach einigen Irrfahrten ala Karte, Routenplaner und Kompass wurde mir klar: es musste ein Navi her.

Man unterhielt sich ja des Öfteren über Autos, unternommene Reisen oder auch andere meist dumme Autofahrer, die sich im Straßenverkehr so benehmen, als wüssten sie nicht, wohin sie wollen, weil sie ja kein Navi besaßen. Na ja und wenn ich dann sagte, ich fahre immer der Karte oder der Nase nach, erntete ich nur mitleidige Blicke und ich war raus aus dem Gespräch, weil ich ja kein Navi besaß.

Ich hatte ja schon einiges über diese Wunderdinger gehört, unter anderem auch, dass manche Navifans so betriebsblind oder naviblind geworden sind, dass sie aus 10 km Entfernung ohne Navi ihre eigene Wohnung nicht mehr finden.

Damit meine Irrfahrten ein Ende hatten und ich mitreden kann, brauchte ich eben auch so ein chipbeladenes Teil, das mir aus den unendlichen Weiten des Weltalls per Satellit sagte, wo es hier auf der Erde lang ging.

Die Recherche ergab eine Menge solcher Geräte, die außer der Navigation die unterschiedlichsten Dinge beherrschten, die mir allerdings in den meisten Fällen doch ziemlich sinnlos erschienen. Jedenfalls entschied ich mich für eines dieser Navis und probierte es zu Hause auch gleich aus – natürlich in meiner Wohnung.

Mit donnernder Stimme (habe ich später geändert) verkündete mir ein offensichtlich älterer und unfreundlicher Mann, dass er (das Navi) nicht wüsste wo ich mich befinde, da er kein GPS-Signal empfange. „Ist der aber blöde, kennt nicht mal mein Zuhause, wie will er dann das Zuhause von jemand anderem finden", sagte ich mir. Aber dann fiel mir ein, dass sich ja innerhalb meines Häuschens keine Straße befindet. Also ging ich auf die Straße und gab als Reiseziel den Nachbarort ein. Das klappte, und ich sah die Straße und den Nachbarort auf dem Navi. Meine Freude dauerte aber nur kurz, denn das Navi sagte: „bitte wenden". Ich wendete das Navi und schon stand alles auf dem Kopf. Doch gleich drehte sich alles um 180° und siehe da, die Ansicht war wieder o.k. Donnerwetter, dachte ich, das Ding ist ja superintelligent. Aber oh weh, die Stimme sagte wieder „bitte wenden". Nachdem sich das ein paar mal wiederholt hatte, begriff ich, das Ding ist ja noch viel superintelligenter – ich musste mich wenden, also in die entgegengesetzte Richtung fahren. Zu Fuß war das ja noch ganz einfach, wie ich später erfahren sollte, im Auto aber nicht.

Jedenfalls begriff ich das Teil jetzt einigermaßen, aber so richtig wahrscheinlich bis heute noch nicht.

Nachdem ich den Hinweisen folgend mein neues Gerät an den Computer angestöpselt hatte, um es im Verlauf von nur 4 h zu aktualisieren, sollte es eigentlich korrekt funktionieren und nach 3–4 weiteren Aktualisierungen in den Folgetagen tat es das endlich auch.

Hier alle meine „Navifahrten" aufzulisten, bei denen es irgendwelche Pannen gab, wäre zu langatmig und würde den Rahmen des Büchleins sprengen. Aber einige waren so kurios und zumindest im Nachhinein ganz lustig und unterhaltsam, dass ich sie zum Besten geben möchte.

1. Auf nach Cheb (Eger) zum großen Badesee in Tschechien

Warum nicht in der Tschechei dem Singleleben ein Ende bereiten? „Die Sterne von Eger", dort googelte ich einen schönen Badesee, Bikinimädels und einiges andere ging mir durch den Kopf.

Genau an diesen Badesee wollte ich mal hin. Selbst eine Anschrift mit Straße und Hausnummer wurde im Internet gefunden und es ging schnell, mein Navi mit den erforderlichen Informationen zu versorgen.

So machte ich mich auf den ca. 2 h langen Weg und gelangte ohne Probleme bei Asch in unser Nachbarland.

Nun war es gar nicht mehr weit. Die Straßen wurden schlechter, die Schlaglöcher nahmen zu, „also bin ich hier richtig", ging es mir durch den Kopf. Das Navi meldete sich und teilte mir mit: „In 300 m biegen Sie links ab", was ich dann auch tat. Die Straße wurde noch schlechter, keine Teerdecke mehr, nur noch Schlamm und große Steine. „Jetzt bist du bestimmt bald am See", dachte ich mir. Aber eigentlich waren es bis nach Cheb (Eger) ja noch 10 km? Irgendwie kam mir das komisch vor. Das Navi belehrte mich eines Besseren und meldete sich mit den Worten: „Sie haben links von Ihnen Ihr Ziel erreicht". Das Ziel bestand in einer Tränke und ein paar Kühen, die mich blöde angrinsten. „Soll das der Badesee sein"?

Am liebsten hätte ich das Navi in der Tränke versenkt. Aber was soll's, ich fuhr zurück zur holprigen Hauptstraße und immer der Nase nach bis nach Cheb, wo ich den See letztendlich fand, auch ohne Navi. Nur mit den Bikinischönheiten war es dennoch nichts. Offensichtlich war ich der einzige Badegast, denn es begann schon vor geraumer Zeit an in Strömen zu regnen. Der Wetterbericht den mir mein Navi für Cheb prophezeite, stimmte offensichtlich auch nicht.

2. Unterwegs zur Augenklinik nach Nürnberg

Was tut man nicht alles für die liebe Gesundheit. Ein Augencheck in einer Klinik im 300 km entfernten Nürnberg war fällig. Da ich noch nie in Nürnberg war, gab ich mein Ziel voller Zuversicht in mein Navi ein und machte mich auf den Weg.
Anfangs ging ja auch alles gut, doch dann kam die lakonische Ansage: „Nach 300 m fahren Sie auf die Autobahn." Da war aber keine Autobahn, nur eine mit Kopfsteinpflaster versehene Nebenstraße. Hatte ich ein Update verpasst, das ausgerechnet meine Strecke betraf? Wohl eher nicht, denn so schnell baut man keine neuen Autobahnauffahrten. Also nahm ich diese Nebenstraße, vielleicht kam ich ja doch auf die Autobahn. Denkste, eine Herde blökender Schafe versperrte mir die Weiterfahrt. Nachdem ich zurück auf der Hauptstraße war und das Navi mich ständig zum Umkehren aufforderte, gelangte ich nach ca. 2 km Wegstrecke doch noch zu einer Autobahnauffahrt in die richtige Richtung. Nun sagte das Navi erst mal gar nichts mehr, was nur bedeuten konnte, dass ich richtig war. Schließlich forderte es mich auf die Autobahn zu verlassen und geleitete mich fast zum Ziel. Zumindest meldete sich das Navi mit den Worten „Sie haben Ihr Ziel erreicht. Es befindet sich auf der anderen Straßenseite". Soweit, so gut, aber es gab keine Möglichkeit nach links abzubiegen, um dorthin zu gelangen, und auf meiner Straßenseite gab es keine Parkmöglichkeit. Also fuhr ich erst einmal weiter. „Irgendwann musste mich das Navi zurückschicken und dann war ich auf der richtigen Seite", dachte ich mir.

So durchfuhr ich eine Einbahnstraße, einen Kreisverkehr, dann noch einen und wieder eine Einbahnstraße. Nach weniger als einer halben Stunde hatte ich laut Navi mein Ziel wieder erreicht. Allerdings befand ich mich an der gleichen Stelle wie vorher.

Das Maß der Dinge war nun voll und ich wurde zum Verkehrssünder. Ich nutzte eine kleine Verkehrslücke, um über die Sperrlinie links abzubiegen, das darauf erfolgende Hupkonzert, ignorierte ich, kreuzte einen Radweg und gelangte mit quietschenden Reifen und ein paar rüpelhafter Gesten der Passanten auf dem Fußweg, einigermaßen sicher zur Klinik.

Nachdem in der Klinik alles zu meiner Zufriedenheit erledigt war, begab ich mich auf den Heimweg. Da ich ja wusste, wo ich hergekommen war, vergaß ich das Navi anzustellen. Allerdings dauerte es nicht lange und es war doch alles ganz anders, was den Straßenverlauf betrifft. Also drückte ich aufs Knöpfchen um mein Navi anzuknipsen und flott ging es weiter. Da mir die Gegend einigermaßen bekannt vorkam glaubte ich auf dem richtigen Weg zu sein. Was war das? Nach kurzer Fahrstrecke sagte mir das Navi wieder, „Sie haben Ihr Ziel erreicht" und tatsächlich stand ich wieder vor der Klinik und dieses mal sogar auf der richtigen Seite. Donnerwetter dachte ich, das Navi hat seinen Fehler erkannt und wieder gut gemacht. Welch eine Technik! Mein Vertrauen in das Navi war wieder voll hergestellt. Aber wie kam ich jetzt nach Hause? Da viel es mir wie Schuppen von den Augen. Ich hatte zwar das Navi wieder angestellt, aber meine Route nach Hause gar nicht eingegeben und so landete ich wieder an der Klinik.

3. In Erfurt hatte das Navi doch recht

Ich wollte meine Schwester in Erfurt besuchen. Die Strecke kannte ich zwar wie meine Westentasche, aber man weiß ja doch nie. Zumal ich mich in Erfurt ansonsten nur wenig auskannte, könnten einen ja Baustellen und Umleitungen ganz schön ins Schwitzen bringen. Also stellte ich sicherheitshalber mein Navi an. In Erfurt angekommen, schickte mich das Navi aber nicht wie ich es gewohnt war durch die schmale Nebenstraße kurz vorm Wohngebiet meiner Schwester, sondern sonst wo lang. „So ein Quatsch, wahrscheinlich spinnt das Ding wieder mal", dachte ich und fuhr auf der mir wohlbekannten Strecke weiter. In der schmalen Nebenstraße hantierten Bauleute mit Verkehrsschildern und sonstigen Utensilien, gingen aber beiseite und winkten mich durch. So kam ich denn auch ohne Probleme an und verbrachte den ganzen Tag bei meiner Schwester.

Am späten Abend begab ich mich auf den Heimweg, nicht ohne meinem Navi das Heimatziel einzugeben, welches mir aber prompt wieder eine andere Route wies, als die, die ich gewohnt war. Natürlich ignorierte ich diesen Unsinn, denn wer weiß, wo ich ansonsten in Erfurt überall herumkurven würde, um nach Hause zu gelangen. So kam ich denn wieder zu der schmalen Nebenstraße. Ich fuhr meinen Gedanken nachhängend, routinemäßig weiter, bis mich holprige Spuren von Kettenfahrzeugen und eine teilweise aufgerissene Teerdecke aus meinen Gedanken in die Realität zurück holten. Plötzlich hörten die Spuren auf, die Straße aber auch. Ein Kribbeln im Bauch verriet mir, dass es ganz steil bergab ging. Ich machte eine Vollbremsung, nahm einen Graben mit irgend welchen Plasteleitungen zwischen die Räder und kam vor einer senkrechten Mauer aus Steinen und Erdreich zum stehen, die etwa 1 m höher war, als mein Auto.

Dieses Mal hatte das Navi also doch recht. Welch ein fataler Fehler war mir da nur unterlaufen. Offensichtlich richtete man dort am Morgen eine Baustelle ein. Ein Sperrschild hatte ich wahrscheinlich übersehen. Ob das Navi die Baustelle kannte, oder alles nur ein blöder Zufall war, werde ich wahrscheinlich nie erfahren. Jedenfalls stand ich erst mal in einer Baugrube und nach vorn ging gar nichts, denn da war ja die senkrechte Wand. Rückwärts ging auch nichts, denn das war für mein Auto um einige Größenordnungen zu steil. Also wollte ich erst mal aus dem Auto raus. Das ging aber auch nicht, denn rechts und links ging es senkrecht nach oben und die Tür ließ sich nur 15 cm weit öffnen. Da passte ich nicht durch. Ich hatte keine Wahl und musste irgendwie Hilfe holen. Da fiel mir mein Handy ein. Das befand sich aber in meiner Tasche im Kofferraum und da kam ich nicht ran. Also was nun? Dreimal tief durchatmen und dann ganz laut um Hilfe schreien, war die einzige Lösung, die mir einfiel. Zumindest wurde mein Geschrei gehört, denn bald beugten sich einige Passanten über die Baugrube. Die lachten und schrien dann auch, aber nicht um Hilfe, sondern nur um weitere Passanten anzulocken. Es wurden immer mehr. Unter deren Gelächter bekam ich viele Ratschläge, wie z. B. „stell die Karre doch hochkant und fahr dann einfach weiter" oder „Red Bull verleiht Flügel". Ob sich jemand diese Flügel zu Herzen genommen hatte, weiß ich nicht. Jedenfalls kam kein Abschleppdienst oder Ähnliches, sondern gleich ein Hubschrauber, der mich unter Beifall der aus halb Erfurt versammelten Menschenmenge mit samt dem Auto aus meiner Notlage befreite. Und später kam noch etwas – eine Rechnung. Aber über Geld spricht man nicht. Das hat man oder auch nicht. Ich hatte es nicht.

4. Meine Fahrt zum Messegelände in Köln

Da gab es auf dem Messegelände in Köln eine Ausstellung, die mich sehr interessierte. Also schnappte ich mir mein Navi und düste nach Köln. Eigentlich gab es erst einmal überhaupt keine Probleme. Wahrscheinlich ist Köln so groß, dass es ein jeder findet, sogar mein Navi.

In Köln angekommen wurde es aber eng. Die Straßen wurden zwar breiter und es kamen ein oder auch zwei Spuren immer mal dazu, aber trotzdem wurde es eng in Anbetracht der vielen Autos die hier fuhren.

Das Navi jedenfalls sagte erst mal gar nichts. So blieb ich in der mittleren Spur und wartete darauf, dass es etwas sagte. Die linke Spur war ganz frei, aber das Navi sagte: „Halten Sie sich rechts". Leichter gesagt als getan, denn zwischen die rechts fahrenden Autos passte vielleicht ein Handtuch, aber nicht ich. Und prompt wies mich mein Navi an, rechts abzubiegen, was natürlich nicht ging, da ich ja immer noch auf der Mittelspur fuhr. Dann hatte ich es endlich geschafft und war auf der rechten Spur, denn ich dachte: „Wenn du schon mal verkehrt bist, kann es ja nur wieder nach rechts gehen". Aber da lag ich leider falsch, denn das Navi war der Meinung ich müsse an der nächsten Kreuzung links abbiegen. Da lagen aber nunmehr zwei Spuren dazwischen und mittlerweile war zwar meine Spur fast leer aber die anderen beiden regelrecht zugestopft.

Langsam platzte mir der Geduldsfaden. „Irgendwie musst du dich jetzt darüber drängen", dachte ich mir. Aber na ja, wenn man als Fußgänger mal richtig drängelt, kostet das schlimmsten Falls ein blaues Auge, aber im Auto? Andere sahen das offensichtlich anders und drängelten wild drauf los. Also begab ich mich ohne Rücksicht auf Verluste auf die linke Seite, natürlich nach Meinung meines Navis wieder zu spät. Als Nächstes kündigte mir das Navi an, im kommenden Kreisverkehr die erste Ausfahrt zu nehmen. Der Kreisverkehr war aber zweispurig und ich war ja links. Weil nun aber alle Fahrzeuge im Kreisverkehr einmal herausfahren wollten, mussten sie ja irgendwann alle nach rechts. Mir wurde Himmel, Angst und Bange in diesem Gedrängel. Aber „cool" wie ich nun mal bin, sagte ich mir, „kommt Zeit, kommt Rat". Nachdem ich nun den Kreisverkehr etwa 4–5 mal durchfahren hatte, gelangte ich über die rechte Spur an der richtigen Stelle heraus und stand kurze Zeit später vor dem Eingang zum Messegelände. Aber hier war weit und breit kein Hinweis auf die Ausstellung zu sehen. Also fragte ich jemanden, der offensichtlich hier dazu gehörte. Die Antwort: „Die Ausstellung befindet sich am anderen Ende des

Messegeländes. Entweder müssen Sie dorthin etwa 2 km zu Fuß gehen oder zu dem südlichen Eingang fahren". „Das begreife ich nicht", entgegnete ich, „Straße und Hausnummer stimmen doch"? „Es gibt hier 4 Eingänge die alle die gleiche Straße und Hausnummer tragen, obwohl sie in einiger Entfernung voneinander liegen", antwortete er. „Fahren Sie einfach immer der Straße lang und biegen am Ende rechts ab".

Ich tat es und kam ganz ohne Navi und trotz viel Verkehr an mein Ziel. Nun ging mir auch ein Licht auf. Da alle 4 Eingänge die gleiche Anschrift besaßen, schickte mich das Navi immer zu dem am nächsten gelegenen, und das war auf Grund meiner Herumkurverei immer wieder ein anderer.

Wäre da nicht der Verkehr, auf den ich achten musste, würde ich wahrscheinlich jetzt die gesamte Kölner Innenstadt kennen, dem Rhein und dem Kölner Dom jedenfalls bin ich öfters mal begegnet und ein jedes mal aus einer anderen Richtung.

Im Endeffekt war ich glücklich angekommen und die Heimreise gestaltete sich völlig unproblematisch, auch wenn ich eine ganz andere Strecke fuhr und eine halbe Stunde länger brauchte. So verhilft mir mein Navi vielleicht dazu, irgendwann ganz Deutschland kennenzulernen.

5. Eigentlich wollte ich gar nicht nach Zürich

Ich war wieder einmal auf dem Weg zu meinem Sohn in der Schweiz. Dieses Mal war ein Zwischenstopp am Bodensee geplant, was dank meines Navis bis dorthin auch wunderbar klappte.

Voller Zuversicht und Vertrauen zu meinem Navi ging ich die letzte Etappe vom Bodensee in Richtung Bern an. Schnell gelangte ich auf die Schweizer Autobahn. Abfahrten nach Zürich rauschten an mir vorbei und ich hing meinen Gedanken nach: „Wenn man so über die Schweiz nachdenkt, wird man immer wieder mit dem Namen dieser Stadt konfrontiert. Sicherlich ist es eine schöne Stadt", dachte ich mir, „und beim nächsten Schweizbesuch ist Zürich bestimmt einen Zwischenstopp wert".

Da riss mich das Navi aus meinen Gedanken. „Es gibt eine um eine halbe Stunde schnellere Strecke, wollen Sie diese nehmen?", orakelte es. Welch eine Frage, na klar wollte ich die schnellere Strecke nehmen! Ich drückte aufs Naviknöpfchen, nahm die schnellere Strecke, und die nächste Abfahrt ging's erst mal runter von der Autobahn. Mal links abbiegen, mal rechts durch eine Ortschaft hindurch und so ging es eine Weile weiter. „Da ist bestimmt was auf der Autobahn", dachte ich mir, „und sicher kommt bald wieder eine Auffahrt". Die kam aber nicht, dafür ein Ortseingangsschild und darauf stand ganz groß „Zürich". Anfangs ging das ja noch, aber dann wurde es immer lustiger. So viel Ampelkreuzungen hintereinander hatte ich mein Lebtag noch nicht gesehen. Das Navi kam nicht mit Quatschen nach und während ich zwischen Ampelrot, unerlaubten Fahrbahnwechseln, Ampelgrün mit Hupkonzert und der ständigen Quasselei des Navis hin und her kurvte, verlor ich völlig den Überblick. Letztendlich stand ich vor einem Supermarkt auf dessen Parkplatz. Ich schloss die Augen und zählte erst mal bis 3. Weiter kam ich mit Zählen auch gar nicht, denn mein Navi sagte mir, ich solle wenn möglich wenden. Das allerdings wusste ich selbst und schaltete das Ding erst mal aus.

Ich brauchte eine Pause und bekam auch langsam Hunger. Eigentlich wollte ich ja zum Abendessen schon lange bei meinem Sohn sein. Doch obwohl die Strecke laut Navi eine halbe Stunde schneller sein sollte, bambelte ich immer noch in Zürich rum und hatte noch knapp 2 h Fahrzeit vor mir.

Also schlenderte ich eben mal durch den Supermarkt. Eigentlich war das Angebot ähnlich wie in Deutschland. So landeten zwei Brötchen, etwas Wurst und eine Büchse Limo im Einkaufswagen. An der Kasse jedoch war es etwas anders als in Deutschland. Ich dachte ich schlage Purzelbäume, als mein 20,– Euro-Schein nicht ausreichte.

Nach diesem teuren Mahl ging es an die Weiterfahrt. Das Navi ließ ich besser erst einmal aus, denn es gab ja eine Menge Schilder die mir den Weg in Richtung Bern wiesen. So kam ich denn auch doch noch gut bei meinem Sohn an.

Wie immer in solchen Fällen, verging die Zeit wie mit Lichtgeschwindigkeit relativistisch schnell, und so entstand die Frage: „Navi auf dem Heimweg an oder aus?" „Sicher ist sicher", dachte ich mir und stellte das Ding doch wieder an.

Eines jedoch hatte ich mir fest vorgenommen: „Nie wieder eine halbe Stunde schneller und durch Zürich". Denn mein Bedarf an dieser sicherlich recht schönen Stadt war erst einmal gedeckt.

Ich weiß nicht, ob das Navi meine Gedanken lesen konnte, jedenfalls sagte es in der Nähe von Zürich gar nichts. Ich war erleichtert. Doch dann: Baustelle – Autobahn gesperrt – Umleitung. Da half kein Gejammer und kurz darauf grinste mich das Ortseingangsschild von Zürich wieder an.

Also Zähne zusammenbeißen und durch, durch das schöne Zürich. Die Straßen wurden enger, Baufahrzeuge kreuzten meinen Weg und mein frisch gewaschenes Auto wurde mit einem Mischmasch von Dreck, Sand und Zement eingepudert und paniert. So ging das ein Weilchen bis zum nächsten Umleitungsschild. Dort war aber kein Fernverkehr ausgeschildert. So hoffte ich auf die Hilfe meines Navis. Denn wozu hat man schließlich so ein Ding. Anfangs forderte es mich immer wieder zum Wenden auf, da es die Umleitung offensichtlich nicht kannte. Doch dann schickte es mich endlich weiter, mal nach links, mal nach rechts oder gerade aus bis ich wieder vor einem Schild mit der Aufschrift Umleitung ankam. Aber nicht nur das Schild, sondern das ganze Drumherum kam mir verdächtig bekannt vor. Natürlich, hier war ich schon einmal.

Ich biss wieder die Zähne zusammen, achtete nun ganz konzentriert auf mein Navi, um ja keinen Fehler zu machen, denn um einen Solchen konnte es sich meiner Meinung nach ja nur handeln. Doch – ups – ich landete wieder vor dem mir inzwischen vertrautem Umleitungsschild.

„Jetzt reicht's", sagte ich mir. Ich hielt an, Warnblinkanlage ein, Navi aus und erst einmal nachgedacht: „Also Deutschland liegt im Norden, die Autobahn dorthin verlief nach meiner Erinnerung in Richtung Konstanz nach Nordosten.

Die Sonne, die glücklicherweise während einer Regenpause einmal schien, stand jetzt zur Mittagszeit im Süden. Die hatte ich genau vor mir. Also befand ich mich auf dem Weg nach Italien. Dort wollte ich aber nicht hin.

So kurvte ich weiter, mehr auf die Sonne achtend, als auf den Straßenverkehr und die Unmenge an Fußgängern die mir über den Weg latschten, bis ich nach einigen widerwärtigen Einbahnstraßen, die mich immer wieder gen Süden manövrierten, die Sonne endlich schräg hinter mir hatte. Nach einer weiteren viertel Stunde kam dann das ersehnte Autobahnschild in meine Richtung.

„Na bitte, geht doch, auch ohne Navi", sagte ich mir.

Nachdem ich dem Navi aus der Patsche geholfen hatte, stellte ich es voller Mitleid wieder an und tatsächlich führte es mich ohne Probleme bis nach Hause. Nur bevor ich es, in der Garage angekommen, ausschaltete, orakelte es mir: „Wenn möglich bitte wenden".

VII Abenteuer Krankenhaus und die schwarze Katze

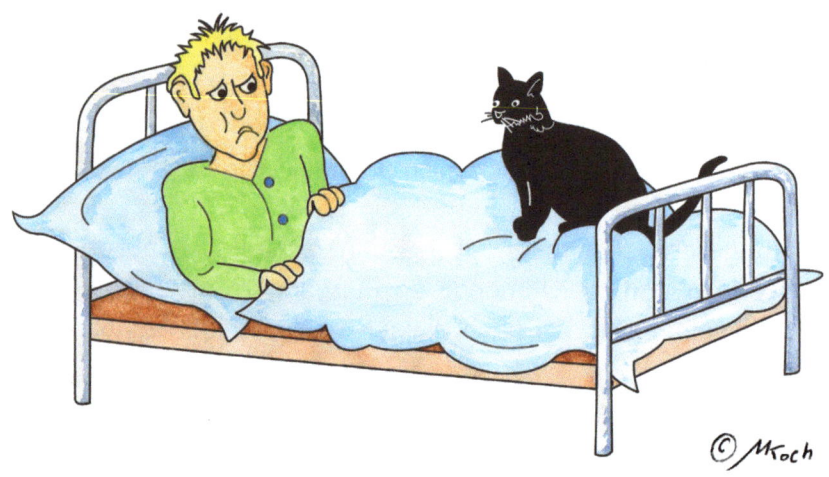

Glücklicherweise habe ich bisher nur wenig Zeit in eigener Sache stationär in einem Krankenhaus verbracht.

Beim ersten Mal handelte es sich um einen Armbruch. Da gibt es aber kaum etwas zu erzählen, denn eigentlich war alles in Ordnung. Hier vielleicht nur eine Kleinigkeit:

Am Morgen, eigentlich bevor man ausgeschlafen hat, kam immer eine Schwester, um meines Erachtens nach, überflüssigerweise Blutdruck und -zucker zu messen. Dabei landete eines morgens ein Wattebausch und etwas Zellstoff auf dem Fußboden. Ich bat sie darum, diese Dinge wieder aufzuheben. „Das ist Sache des Reinigungspersonals", entgegnete sie mir kess.

Nun war es ja so, dass sich – warum auch immer – die Krankenhausbetten per Knopfdruck nach oben verstellen ließen, bis fast unter die Decke. Wenn man also diesen Knopf betätigte, hob sich der obere Teil des Bettes und wer darin lag, gelangte in schwindelerregende Höhe. Wir waren drei lustige Kerle auf dem Zimmer und hatten das Ganze spaßeshalber schon einige Male durchexerziert.

Als nun der nächste Morgen graute und besagte Schwester bald erscheinen musste, leierte ich mein Bett ganz nach oben. Nun zerriss ich ein paar Tempotaschentücher und ließ die Schnipsel auf den Boden fallen. Die Schwester erschien mit ihren Messutensilien und fuhr erschrocken zusammen. „Was ist denn hier los?", schrie sie auf. „Ich komme erst wieder herunter, wenn der Boden sauber ist. Ansonsten hole ich mir bei diesem Dreck ja noch sonstwas am Leib!", schrie ich ebenfalls.

Aber zurück zu der eigentlichen Story über meinen zweiten Krankenhausaufenthalt und die schwarze Katze. Hier liegen die Dinge ganz anders und es gibt einiges zu erzählen.

1. Die Anfahrt

War ich längere Strecken zu Fuß unterwegs, wie z. B. beim Wandern, taten mir schon nach wenigen Kilometern die Beine weh.

Na ja der Jüngste war ich ja mittlerweile auch nicht mehr und so offerierte mir mein Hausarzt, ich solle meine Geh-Utensilien doch mal durchchecken lassen. Also konsultierte ich einen Facharzt, der mir dann auch prompt eine stationäre Abklärung im Krankenhaus empfahl. Nachdem der Termin feststand und der Zeitpunkt gekommen war, bewaffnete ich mich mit Zahnbürste, Schlafanzug sowie allem was so zu einem Krankenhausaufenthalt dazugehört. Ein Kumpel fuhr mich die 30 km zum Krankenhaus.

Gesprächsthemen auf der Fahrt waren natürlich Krankenhausgeschichten, die ich eigentlich überhaupt nicht hören wollte.

Abgelenkt von seinem Geplapper musste er eine Notbremsung machen, weil eine schwarze Katze die Fahrbahn kreuzte. Abge-

sehen davon, dass es fast zu einem weiteren Grund zum Krankenhausaufenthalt für uns beide gekommen wäre, änderte sich
glücklicherweise das Gesprächsthema. Auf Grund seines nunmehr einsetzenden spiritistischen Gequassels fragte ich ihn, ob
er denn abergläubisch wäre, was er natürlich verneinte. Allerdings
orakelte er mir, dass das Thema „schwarze Katze" parawissen-
schaftlich belegt und somit nicht von der Hand zu weisen sei. Meinerseits gab ich ihm zu verstehen, dass in meiner Nachbarschaft
die schwarze Katze „Mia" lebt. Unter mitleidigem Lächeln belehrte
er mich darüber, dass ein Unheil, hervorgerufen durch schwarze
Katzen nur fremde Exemplare beträfe und nicht solche Katzen,
die sich mit einem angefreundet hätten, was in Bezug auf Mia ja
offensichtlich der Fall war.

So kam ich denn, abgelenkt von dem Katzenabenteuer und dieser
Belehrung, im Krankenhaus an und verabschiedete mich danken-
der Weise von meinem Chauffeur. „So abergläubig bin ich ja wohl
nicht", belächelte ich in Gedanken meinen Kumpel und hakte das
Thema „schwarze Katze" auf dem Weg zur Aufnahme in der Klinik
einfach ab – dachte ich mir.

So, da hockte ich nun auf Zahnbürste, Schlafanzug und den anderen Sachen, alles schön verpackt in meiner Reisetasche und
wartete bis ich an der Reihe war.

2. Die Aufnahme

Als ich dann nur noch der Einzige im Wartezimmer war, hoffte ich
darauf, dass es nun endlich vorwärts ging, was dann nach einer
weiteren halben Stunde auch endlich geschah.

Beflissen durchwühlte die mir gegenüber thronende Person irgendwelche Papierbündel, quälte ihre Computertastatur mit langsamen,
aber dafür sehr lautem Gehämmer, um mir nach geraumer Zeit freudestrahlend und belehrenden Blickes mitzuteilen, dass ich heute ei-

nen Termin zur stationären Aufnahme hätte. Das wusste ich allerdings selbst, denn deswegen war ich ja schließlich hier. Nachdem sie endlich irgendwelchen weitereren Papierkrieg erledigt hatte, stellte sie mir ein paar blöde Fragen, deren Antworten ja alle bereits in meinen Unterlagen standen. Wie auch immer, doppelt hält besser und nach einiger Zeit wurde auch diese Fragetortur erfolgreich beendet. Die Dame schickte mich weiter zu einer anderen Zimmernummer, wo ich einigen Voruntersuchungen unterzogen werden sollte.

Also schleppte ich meine Reisetasche suchender Weise dorthin und kam nach einem knappen Kilometer über einige Umwege und Nachfragen auch tatsächlich dort an. „Glücklicherweise bin ich ja auch einigermaßen gut zu Fuß", dachte ich mir, „aber Moment mal, war ich nicht eigentlich deswegen hier?".

Aus meinen Gedanken gerissen, wurde ich eigentlich ganz schnell in einen Untersuchungsraum gerufen. Man offerierte mir, dass nun meine Gehleistungen auf einem Laufband getestet würden. Kurz darauf offerierte man mir weiter, dass das Laufband defekt gewesen wäre und die Monteure noch eine kurze Zeit damit zubringen müssten und so schickte man mich erst mal den Weg wieder zurück zum Ultraschall in ein anderes Zimmer. Diesmal kannte ich den Weg und erreichte mein Ziel schneller.

Während ich so wartete, wurde ich unfreiwilliger Mithörer eines Telefongesprächs, aus dem hervorging, dass das große Ultraschallgerät ja kaputt sei und man die Voruntersuchung an einem alten kleinen Gerät durchführen müsse. So rutschten die dann mit ihren Sensoren kreuz und quer an mir mehrmals rauf und runter und ich hatte das Gefühl, dass hier überhaupt nichts funktionierte. Man sagte mir nur, dass man alles später noch einmal bei der Behandlung präziser wiederholen würde. Spätestens jetzt dachte ich wieder an die schwarze Katze.

Ich schleppte immer noch meine Reisetasche und die Winterklamotten mit mir herum und endlich auch zu dem Raum mit dem Laufband.

Schon etwas frustriert, aber immer noch recht gut gelaunt fragte ich schelmisch, ob ich denn die Reisetasche mit auf das Laufband nehmen solle, denn ich bin ja schon den halben Tag lang mit ihr gelaufen?

Spaß verstand man hier aber offensichtlich überhaupt nicht und so eckte ich das erste Mal unangenehm an, was mir später noch viel öfters passieren sollte. Ich stellte mich auf das Ding, welches leicht „bergauf" ging und lief los, im Schneckentempo. Kurze Zeit später sagte die mich beaufsichtigende Schwester: „Sie haben jetzt 100 m zurückgelegt, bitte sagen Sie, wenn nichts mehr geht". „Geht dieses Gerät auch etwas schneller?", antwortete ich. Sie stellte es etwas schneller und die schleichenden Bewegungen darauf wurden etwas weniger belastend. Kurz darauf kam wieder die Frage, ich solle doch sagen, wenn es nicht mehr geht und mich nicht zum Weiterlaufen zwingen. Mir war das zu blöd, ich sagte gar nichts und lief einfach weiter, bis das Ding auf einmal anhielt. „Die Maximalstrecke des Bandes wäre nun mit 500 m erreicht und ob ich denn weiterlaufen könnte?", wollte sie wissen. Wie schon gesagt, mir war das alles zu blöd, ich antwortete, „wenn es sein muss ja, aber nur mit meiner Reisetasche". Ich trat wieder ins Fettnäpfchen. In ihr Protokoll schrieb sie: „Laufstrecke weniger als 500 m". Mit meiner Bemerkung „das stimmt doch aber gar nicht", trat ich erneut ins Fettnäpfchen, erntete einen ganz bösen Blick und bevor ich vielleicht noch Schläge kassierte äußerte ich mich lieber gar nicht mehr und dachte nur: „Macht doch was ihr wollt". Das allerdings sind Gedankengänge, die man in einem Krankenhaus besser nicht haben sollte, kommt dann noch eine schwarze Katze ins Spiel, werden sie schnell zur Realität. So begab ich mich mit meiner Reisetasche und den Winterklamotten in den nächsten mir ziemlich ruppig zugewiesenen Raum, den ich glücklicher Weise nach einer „Laufbandstrecke" von ca. 50 m erreichte.

Hier erwartete mich eine mit langem lockigen Haar ausgestattete Augenweide, die mir auf Anhieb äußerst sympathisch war, eine frisch gebackene Assistenzärztin, wie sich später herausstellte. Obwohl sie eigentlich eher blond war, machte sie auf mich einen recht intelligenten Eindruck. Sie fragte mich, warum ich denn hier wäre. Ich vermied es – wegen der Sympathie – ein blödes Gesicht zu ziehen und sagte es ihr, trotz meiner Akte in ihren Händen. Darauf erklärte sie mir, welche Krankheiten ich alle haben könnte. Beeindruckt von ihren fürsorgelichen Eigenschaften hörte ich ihr anhimmelnder Weise zu und antwortete ihr letztendlich: „Wenn ich mich damit in Ihre Obhut begeben darf, mache ich mir über diese Krankheiten überhaupt keine Sorgen".

Um den recht angenehmen Unterhaltungszustand zu verlängern, suchte ich nach weiterem Gesprächsstoff und so fiel mir die am Eingang des Krankenhauses gelegene kleine Gaststätte ein. „Hier gibt es ja sogar Alkohol. Das hätte ich in einem Krankenhaus eigentlich nicht erwartet", äußerte ich mit großen Bedenken, nur um das Gespräch fortzusetzen. „Sind Sie Alkoholiker? Brauchen Sie Spirituosen und wie viel und welcher Art? Reicht Ihnen eine Flasche? Sie brauchen sich für ihre Alkoholkrankheit nicht zu schämen. Wir besorgen Ihnen was Sie brauchen." Sie griff zum Telefonhörer. „Um Himmels Willen nein, zu dieser Tageszeit Alkohol und so viel, was soll der Unsinn, wollen Sie mich umbringen?", entgegnete ich.

Ich dachte mir, dass es vielleicht besser wäre, mit der Anmache aufzuhören, bevor ich auch noch in der Psychiatrie lande, wo diese Dame oder Ärztin ihren Äußerungen nach offensichtlich herkam. So fielen mir nun doch Blondinenwitze ein aber auch die schwarze Katze. Vor mir stand aber immer noch die lockige Blondine. Sie teilte mir mit, sie würde sich jetzt erst mal um ein Bett für mich kümmern, damit ich endlich meine Sachen ablegen könne, was sie dann per Telefon auch eine ganze Weile lang tat.

Freudestrahlend teilte sie mir mit: „Eigentlich haben wir kein Bett für Sie mehr frei und wir müssten Sie vorerst mit einem neuen Termin wieder nach Hause schicken, aber ich habe eine Lösung gefunden". Sie nannte mir eine Stations- und Zimmernummer, ich schnappte wieder meine Reisetasche und die Winterklamotten und machte mich auf den Fußmarsch 2 Gebäude weiter, wo ich dann nach einigen Treppensteigen (Fahrstuhl war defekt, wegen der schwarzen Katze) endlich ans Ziel gelangte.

3. Mein (erstes) Krankenzimmer

So betrat ich denn das Zimmer. Da waren drei Betten und alle drei belegt. Ich stand eine Weile da und guckte wahrscheinlich ziemlich dumm. Also fragte man mich belustigt, „wen suchen Sie denn?". Ich antwortete, „niemanden, ich bin in dieses Zimmer eingewiesen". Jetzt guckten die dumm.

Es öffnete sich die Zimmertür, ein Krankenpfleger erschien mit einem weiterem Bett, rutschte alle drei bereits anwesenden Patienten mit ihren Betten etwas beiseite und dirigierte das zusätzliche Bett in eine so entstandene Nische. Wortlos verließ er das Zimmer. Ich setzte mich mit der Reisetasche und den Winterklamotten erst mal auf mein Bett und dachte wieder an die schwarze Katze. Jetzt guckten wir alle dumm.

„Wo wollen Sie denn mit Ihren Sachen hin?", fragte ängstlich der eine, „alle Schränke sind belegt und im Bad ist auch alles voll." Ich hängte meine Winterklamotten an einen Besucherkleiderhaken, die Waschsachen verblieben in der geöffneten Reisetasche, welche ich unter das Bett schob und alles Andere, was man ständig so braucht, landete ebenfalls dort auf dem Fußboden.

Ein weiterer Zimmermitbewohner, der offensichtlich Atmungsprobleme hatte, äußerte seine Bedenken: „Man bekommt ja schon zu dritt kaum Luft, was soll das erst mit vier Personen werden. Wollen die, dass wir alle ersticken, um uns los zu werden?". „Schließlich sind wir hier auf der Lungenstation", gab ihm der Dritte recht.

Ich erschrak und fragte mich was ja wohl da wieder schief gelaufen war, denn ich war doch wegen meiner Beine hier und an denen befand sich meinen medizinischen Kenntnissen nach ja wohl keine Lunge. Mir schwante etwas. Der fürsorglichen lockigen Blondine, die mir ein Bett besorgt hat, um mich nicht wieder nach Hause schicken zu müssen, hatte ich diesen „glücklichen Umstand" wohl zu verdanken.

Inzwischen ging wieder die Tür auf und mehrere sehr wichtig tuende Personen betraten unser Zimmer. Visite war angesagt. Die Truppe ging von Bett zu Bett, erkundigte sich nach dem Wohlbefinden und alle verließen wieder der Reihe nach den Raum, ohne mich überhaupt zu beachten. „Und was ist mit mir!", rief ich ihnen nach. Der Letzte drehte sich um und fragte mich wer ich wäre und was ich hier mache. Also schilderte ich ihm meine Situation. „Dafür sind wir nicht zuständig. Sicher kommt von Ihrer Station noch jemand vorbei." Es kam aber niemand von meiner Station. Es kam das Mittagessen und tatsächlich war auch für mich etwas dabei. Es gab Kartoffeln, eine flüssige Spinatbrühe und ungesalzenes Rührei. Ich beobachtete die Anderen, was sie mit dem Zeug anstellen würden. Der erste sagte, dass er selten so etwas gutes gegessen hätte, ließ aber am Ende die Hälfte stehen. Der Zweite äußerte sich gar nicht, hatte aber offensichtlich ein großes Problem damit, das Superessen herunter zu würgen. Der Dritte schimpfte wie ein Rohrspatz darüber, wie man einem Menschen so einen Fraß anbieten könne und schaufelte aber im Nu alles in sich hinein.

Ich aß gar nichts, ohne Kommentar. So verschieden sind eben die Geschmäcker.

Den Rest des Tages verbrachte ich mit Warten, aber nichts geschah. Die einzige Abwechslung war eine nette junge Frau, die sich nach unseren Wünschen zum Abendessen erkundigte. Ein Zimmermitbewohner gab zu bedenken, dass er zum Abendessen kaum Wurst, aber dafür viel Käse bekäme, und ihm etwas mehr Wurst lieber wäre, denn er könne den vielen Käse mittlerweile nicht mehr ersehen. Die „Essensdame" versicherte ihm, sie werde sich darum kümmern, dass er heute abend nur Wurst bekäme und keinen Käse. Sie war also wirklich sehr nett und einfühlsam, dachten wir wahrscheinlich alle.

Das Abendessen kam, wir alle hatten nur Wurst und keinen Käse. Er jedoch hatte nur Käse und keine Wurst. „So etwas nenne ich Informationsverlust. Hoffentlich ist das hier nur beim Essen so.", dachte ich mir und es fiel mir wieder die Schwarze Katze ein. Jedenfalls fanden wir das alle ganz lustig, nur er nicht. Ich bot ihm meine Wurst im Tausch gegen seinen Käse an und fragte allen Ernstes, ob ihm vor seiner Einweisung nicht eine schwarze Katze über den Weg gelaufen sei. Er jedoch guckte nur blöde, fühlte sich offensichtlich veralbert und lehnte mein Angebot kategorisch ab. So aß ich meine Wurst, musste lächeln und fragte mich: „Alles nur Käse, auch die schwarze Katze, oder was?"

Doch das Lachen sollte mir bald vergehen, und ich wusste immer noch nicht, wie es mit mir weiter ging.

Am nächsten Morgen kramte ich meine Waschsachen unter dem Bett hervor und musste erst einmal lange warten, denn ich war ja nun mal ein ungebetener Gast, auch was das Badezimmer betraf. So befand ich mich noch immer bei der Morgentoilette, als schon das Frühstück gereicht wurde. Erschrocken hörte ich einen Aufschrei. Als ich das Badezimmer verließ, erkannte ich die Ursache. Jetzt hatte man besagten Zimmermitbewohner auch noch die Marmelade wegrationalisiert und durch Käse ersetzt. Welch eine Fürsorge, wäre da nicht die idiotische Verwechslung, was den Käse betrifft.

Viel Zeit um darüber nachzudenken verblieb mir aber nicht, denn schon während des Frühstücks erschien so ein eifrig beflissener Typ und knallte mir ohne Kommentar ein OP-Hemd auf das Bett. Auf meine Frage nach dem Grund für diese Aktion antwortete er nur, ich solle mich gefälligst etwas beeilen, denn ich müsse ganz schnell zur Untersuchung. Also zog ich mich aus, das Ding ganz schnell über und wartete auf die Dinge, die da ganz schnell kommen sollten.

Die 2 Stunden die ich so wartete vergingen überhaupt nicht ganz schnell.

Dann endlich schnappte mich ein Pfleger mit samten Bett – meine Sachen blieben einsam auf dem Fußboden liegen – und ab ging's zur Untersuchung.

4. Die Untersuchung meiner Beine

Als erstes stellte man mir die Frage, welches Bein denn untersucht werden solle. Jetzt kam ich etwas ins Grübeln.

Bei der ambulanten Voruntersuchung vor 2 Wochen war man der Meinung, das linke Bein müsse untersucht werden. Gestern nach der ersten Voruntersuchung sagte man mir, dass mit dem kleinen Ultraschallgerät (das große war ja kaputt) darüber nicht entschieden werden könne. Auf Grund der zweiten Voruntersuchung waren beide Beine schlecht und im Ergebnis eines Arztgesprächs entschied man sich für das rechte Bein.

Was sollte ich nach diesem Durcheinander nun sagen?

Die Schwester war hübsch und sexy. So antwortete ich erst einmal belustigt: „ Wenn Sie die Untersuchung selbst durchführen, dann nehmen wir am besten das Teil in der Mitte." Die anderen Anwesenden fanden das sogar lustig, sie aber nicht und ich war wieder mal ins Fettnäpfchen getreten. Der Arzt jedenfalls entschied sich den Akten folgend, für das offensichtlich doch schlechtere linke Bein. So führte man mir vom oberen Ende des Beines aus eine Art Sonde oder so was Ähnliches ein, die bis in den Fuß reichte.

Details der Untersuchung möchte ich mir hier ersparen, denn da eigentlich alles glatt verlief, wäre das zu langweilig.

Zumindest „fast" verlief alles glatt. Ziemlich am Ende der Untersuchung teilte mir der Arzt mit, dass sich in der Ader ein Blutgerinsel gebildet hätte, welches er zwar weitgehendst entfernen konnte, bis auf einige Reste, die sich im Fuß abgesetzt hätten, wo er über die Sonde nicht ran kam und diese Gerinsel müssten natürlich weg. „Das ist alles kein Problem", sagte er, „wir lösen das chemisch auf. Gegen die starken Schmerzen die dabei auftreten, erhalten Sie Spritzen und Medikamente. Nur die Sonde muss bis zur erneuten Kontrolle morgen drin bleiben. Sie dürfen sich also die nächsten 24 h nicht bewegen."

So landete ich starr auf dem Rücken liegend auf der Intensivstation und dachte wieder an die schwarze Katze.

5. Auf der Intensivstation

Da lag ich nun und durfte mich nicht bewegen, denn das gäbe mit der zerbrechlichen Sonde im Bein eine Katastrophe. Was die Schmerzmittel betrafen, fragte ich mich, wie ich die 24 h ohne sie überhaupt hätte durchstehen können.

Da ich weder Uhr, noch Handy oder sonst etwas bei mir hatte, wurde das bewegungslose Liegen zur doppelten Qual. Dabei fiel mir ein, dass ich ja abends gegen 20.00 Uhr meinen Sohn anrufen wollte, damit der weiß wann er mich am nächsten Tag, wie geplant, abholen sollte. Nun ja daran war eh nicht zu denken. Aber er und meine Mutter würden sich sicherlich große Sorgen machen, wenn ich mich nicht meldete. Sie konnten mich ja auch nicht erreichen, denn das Handy bimmelte dann in der Winterjackentasche und ein Anruf auf der Krankenstation brächte auch nichts. Denn wer vermutete mich auf der Lungenstation oder hier auf der Intensivstation? Aber wie spät war es eigentlich. Ohne meine Uhr hatte ich das Zeitgefühl völlig verloren. So erklärte ich das Problem der Krankenschwester, die da immer mal ganz hektisch vorbei schoss. „Wo denken Sie denn hin, für so was habe ich keine Zeit. Sie werden doch wohl mal einen Tag einfach auf dem Rücken liegenbleiben können", fuhr sie mich an. Dann kam der Schichtwechsel und bei mir keimte neue Hoffnung. Jetzt kam so ein kleines knuddeliges Ding, mit Sicherheit kein Model, aber sehr sympathisch. Das erkannte ich sofort. Sie steckte mir ein zweites Kissen unter den Kopf. Jetzt sah ich erstmals den Raum, indem ich mich befand, und nicht nur die Decke. „Sie müssen doch Schmerzen haben", bemerkte sie. „Warum hat man Sie nur so hingelegt", und schob mir ein weiteres Kissen unter die Füße. „Jetzt wo die Füße höher liegen, sollte es mit den Schmerzen besser werden", sagte sie zu mir und tatsächlich, die Schmerzen waren fast wie weggeblasen.

Nun traute ich mich auch, Sie um meine Uhr und mein Handy aus besagtem Grund zu befragen. Sie versprach, sich darum zu kümmern. Es war rührend, mit welchem Aufwand sie das tat, denn das war gar nicht so einfach. Zuerst ging auf der Lungenstation niemand ans Telefon, dann wussten sie dort nicht, auf welchem Zimmer ich denn gewesen war, und zu guter Letzt sagte man meiner Krankenschwester, dass meine Sachen nicht mehr da waren, derweil ich ja nicht wieder auf diese Station zurück käme. Also rief meine fürsorgliche Krankenschwester auf der für mich in Frage kommenden Station an. Dort wusste man erst mal von gar nichts. Sie tätigte weitere Anrufe, wobei sie mich immer auf dem Laufenden hielt. So erfuhr ich, dass auf besagter Station Sachen abgegeben wurden, von denen niemand weiß, wem sie gehören. Kurze Zeit später erschien meine Krankenschwester bepackt wie ein Esel und brachte mir nicht nur die beiden Dinge, um die ich gebeten hatte, sondern mein gesamtes Gepäck. „Nur gut, dass ich Ihr Gepäck überhaupt gefunden habe", äußerte sie und verstaute alles im Unterbau meines Bettes.

Allerdings fehlte meine Winterjacke und in der befand sich mein Handy. Die Jacke aber war erst einmal unauffindbar.

Wer sich so um seine Patienten kümmert, gerät natürlich schnell in Stress, das merkte ich ihr an und ich war wahrscheinlich der

Hauptschuldige. Dennoch fragte ich sie, ob eine Möglichkeit bestünde, meinen Sohn über die Verzögerung und damit über den Stand der Dinge zu informieren. Sie antwortete mir, dass sie das Diensttelefon dafür nicht benutzen dürfe. Aber kurze Zeit später kam sie mit ihrem privaten Handy zurück und alle erforderlichen Informationen waren schnell erledigt.

Eines wurde mir jetzt klar: „ Es gibt nicht nur schwarze Katzen auf dieser Welt, sondern auch weiß gekleidete Engel".

Jedenfalls verging durch diese Aktionen auch die Zeit während ihrer Spätschicht wie im Flug. Wenn ich nur wüsste, wie ich mich bei ihr bedanken und ggf. revanchieren könnte. Nur leider gab es dafür keine Möglichkeit.

Dafür zog sich der Rest der Nacht, weiterhin auf dem Rücken liegend in qualvolle Länge.

Doch glücklicherweise war ich am nächsten Tag wahrscheinlich der erste Patient der an die Reihe kam.

Alles war in Ordnung, nur der Arzt fragte mich, warum ich mein ganzes Gepäck mit mir herumkutschierte und ob ich gar Angst vor Diebstahl hätte. „Das gerade nicht", antwortete ich, „aber als Obdachloser ist das nun mal so, denn ich habe hier kein Zimmer".

6. Mein zweites Zimmer und der Rest der Geschichte

So wurde ich denn, immer noch im OP-Hemd in meinem Bett liegend, aber diesmal mit all meinen Sachen – außer der Winterjacke und dem Handy – durch das halbe Krankenhaus gekutscht, und ich war gespannt, wo die Reise diesmal hinging.

„Wow!", sagte ich mir, denn am Ende der Reise landete ich auf der richtigen Station in einem Zweibettzimmer. Bald erschien auch eine nette Krankenschwester, die mir mitteilte, dass ich jetzt nur noch 6 Stunden liegen müsse, dann käme der Druckverband ab und ich könne mich wieder frei bewegen. Nach der verstrichenen

Zeit tat sich allerdings erst mal gar nichts. Auf meine Frage nach einer weiteren Stunde, wann ich denn diesen Bindenkrempel nun los werden würde, antwortete mir eine andere Schwester, ich solle mich gefälligst etwas gedulden, sie wäre gleich für mich da, denn sie hätte ja auch nur zwei Beine. Übel waren ja die zwei Beine nicht, nur eben etwas langsam und aus mehreren Gründen wünschte ich mir, sie hätte vier davon. Jedenfalls geduldete ich mich, denn ihr „gleich" dauerte noch einmal über eine Stunde. Dann endlich war ich das Zeug los. Am mittlerweile späten Abend, als ich wieder einigermaßen sicher gehen konnte, begab ich mich auf die Suche nach Jacke und Handy. Am Besucherkleiderhaken in meinem Ex-zimmer wurde ich fündig, denn die Jacke hing immer noch dort. So erlebte ich den ersten Tag im Krankenhaus, der einigermaßen normal verlief und in Gedanken streckte ich der schwarzen Katze die Zunge heraus.

Am nächsten Morgen erlebte ich eine Visite, die auch mich beach-tete. Einer der Ärzte (ich denke der Chef der Truppe) unterhielt sich freundlich mit mir, sagte, dass nun alles in Ordnung wäre, ich könne schon mal meine Sachen packen und wenn die Papiere fertig gestellt sind, könne ich nach Hause.

Also packte ich meine Sachen und machte mich reisefertig. Wäh-renddessen kam Besuch für meinen Zimmerkollegen an und die unterhielten sich natürlich rege. So erzählte die am Nachbarbett zu Besuch weilende Dame meinem Zimmerkollegen folgendes:

„Die haben jetzt in einem weiter weg gelegenen Krankenhaus, das zu dieser Unternehmensgruppe gehört, eine völlig neu ausgerüste-te Station für Herzkranke eingerichtet. Man erzählt sich, dass Pa-tienten die hier eigentlich wegen keiner Herzprobleme stationiert sind, dorthin zu weiteren Untersuchungen verlegt werden. Damit einem das nicht passiert, sollte man unbedingt dagegen protestie-ren und keinesfalls irgendwas in dieser Richtung unterschreiben."

„Welch ein Blödsinn", dachte ich mir, war aber doch irgendwie skeptisch zumal ich ja der schwarzen Katze die Zunge herausgestreckt hatte. „Nur gut, dass man mir meine Entlassung schon zugesichert hatte", dachte ich mir weiter.

So saß ich denn auf meinen gepackten Sachen und harrte wieder der Dinge, die da kommen würden.

Die Dinge kamen, allerdings anders, als ich erwartet hatte. „Wo ist der Herzpatient", hörte ich es vom Flur her rufen. Es erschien ein junger Arzt mit einem Packen Papier und einem OP-Hemd in der Hand. In gebrochenem Deutsch stammelte er mir den Text dieser Papiere vor und wenn er gar nicht weiter wusste, zeigte er auf irgendwelche Abbildungen mit einem Herzen und etwas drum rum. Das Einzigste was ich klar und deutlich verstand war: „Wir müssen Ihr Herz untersuchen. Bitte unterschreiben Sie hier, dass Sie über alle möglichen Komplikationen belehrt wurden. Ziehen Sie das OP-Hemd an und warten Sie bis Sie abgeholt werden".

Zuerst war ich ganz baff, mir trat der Angstschweiß auf die Stirn, ich dachte, dass die schwarze Katze ja doch noch da sei und sich jetzt auch noch rächte. Dann schrie ich ganz laut „Nein". „Ich rufe jetzt ein Taxi und verlasse umgehend das Krankenhaus". In seinem gebrochenem Deutsch erwiderte er, „nicht verbieten können, doch keine Papiere mit Krankheit dann Ihre Verantwortung wenn tot". „Immer noch besser, als vielleicht gleich tot", antwortete ich total verängstigt. Er ging, und kurz darauf, der Chef kam.

Er war ganz sachlich, erwähnte meinen explosiven Aufstand mit keiner Silbe und sagte: „Natürlich könnten Sie die Klinik ohne Entlassungspapiere auf eigene Verantwortung hin verlassen. Es wäre aber unvernünftig, denn Sie hatten ja im Bein ein Blutgerinsel und das kann vom Herzen kommen. Nur aus diesem Grund sollten wir das noch abklären. Durch ein Missverständnis der Kollegen wurde das übersehen, als wir Ihnen Ihre heutige Entlassung ankündigten".

Von Missverständnissen und schwarzen Katzen hatte ich zwar die Nase voll, aber das klang logisch und war verständliches Deutsch. Also schlüpfte ich doch wieder in das bereitliegende OP-Hemd.

Die Untersuchung verlief zwar unter Vollnarkose, aber dennoch war alles recht zügig überstanden. Die Herzchirurgin sagte mir, dass alles in Ordnung wäre und ab ging es wieder aufs Zimmer. An ein nach Hause kommen war an diesem Tag nicht mehr zu denken und so hoffte ich auf den nächsten Tag.

Der begann natürlich, abgesehen vom Frühstück, mit einer Visite. Es war eine Ärztin die das Wort führte. Diese Frau muss ich ganz einfach mal beschreiben, falls es überhaupt eine Frau war. Von der Körpergröße her, überragte sie die anderen 3 Ärzte und alles weitere anwesende Personal. Ihr durch eine dicke Hornbrille geleiteter stechender Blick ging mir durch und durch, bis in mein am Vortag gechecktes Herz, zum Glück aber nicht tiefer, also ohne Schmetterlinge im Bauch zu erzeugen, eher das Gegenteil. Auch die dicken schwarzen Augenbrauen, die in ihrem von schwarzem strähnigen Haaren umgebenen Gesicht thronten, verhießen nichts Gutes. Unheilvoll stand sie vor mir, so dass ich automatisch die Bettdecke ganz hoch über mein Gesicht zog. Mit theatralischer tiefen Stimme verkündete sie mir: „Sie waren gestern wegen Ihres Blutgerinsels zur Herzuntersuchung. Wenn dieses vom Herzen kommt, müssen wir Sie für Lebzeiten zum Bluter machen." „Aber die Herzchirurgin hat mir doch bereits gesagt, dass da alles in Ordnung ist, zweifeln Sie Ihre Meinung an?", antwortete ich. „Das steht nicht in meinem Ermessen, warten Sie bitte ab, bis der Befund vorliegt, dann sehen wir weiter", entgegnete sie. Nach diesen Worten verließ die ganze Truppe das Zimmer. Immer noch mit Schweißperlen im Gesicht wurde mir eines klar: „Das war sie, leibhaftig stand sie vor mir und beeinflusste weiter mein Schicksal, die schwarze Katze."

So wartete ich auf den Befund. Es kam aber keiner. Am frühen Nachmittag durchwanderte ich die Station auf der Suche nach einem Arzt. Ich fand auch einen und dieser sagte mir, dass der dafür zuständige Arzt momentan nicht hier wäre und er würde ihn sobald als möglich zu mir schicken.

Natürlich geschah nichts. So hing ich den Rest des Tages noch im Krankenhaus herum.

Am nächsten Morgen, die Visite kam, ich fragte nach dem Befund. „Was für ein Befund? Ach so, Sie bekommen noch am Vormittag bescheid."

Es kam das Mittagessen, aber kein Befund. Ich wanderte wieder los, sprach mit dem gleichen Arzt, wie am Vortag, das Spiel begann von Neuem und dann erschien vor mir die schwarze Katze (das war die bereits beschriebene Ärztin, die ich mittlerweile so getauft hatte). „Mit Ihrem Herzen das ist so nicht in Ordnung, wir müssen Sie leider noch hier behalten, Herr Müller". „Aber ich heiße doch gar nicht Müller!", schrie ich die schwarze Katze an. Daraufhin entschuldigte sie sich tatsächlich bei mir und verschwand mit den Worten „dann muss ich nochmal nach Ihrer Akte suchen".

Etwa eine Stunde später tauchte sie wieder auf, diesmal freudestrahlend (ja so was gibt es tatsächlich, und sie wirkte gleich um Einiges sympathischer).

„Ich habe Ihre Akte gefunden. Leider war sie heruntergefallen und dann zwischen anderen Papieren untergegangen. Aber glücklicherweise haben wir Sie ja auch noch im Computer. Entscheidend sind bei uns zwar die schriftlichen Unterlagen, aber manchmal ist so ein Computer doch auch ganz nützlich".

„Wow", dachte ich, „doppelte Buchführung".

Sie verließ das Zimmer und schlauer war ich auch nicht. Sie öffnete nochmals die Tür und äußerte ganz nebenbei: „Ach ja, bei Ihnen ist alles in Ordnung, melden Sie sich an der Aufnahme. Dort erhalten Sie Ihren Entlassungsbrief und können nach Hause".

Nach allem was passiert war, traute ich dem Frieden zwar nicht, meldete mich aber an der Aufnahme und tatsächlich, nach zwei Tagen sinnlosen Wartens konnte ich endlich nach Hause. Jetzt verstand ich auch warum die kein Bett für mich hatten, denn wenn das mit allen Patienten hier so läuft, müssen die ja total überbevölkert sein. Bei mir jedenfalls dauerte ein mit 3 Tagen veranschlagter

Krankenhausaufenthalt zur Untersuchung meines linken Beines letztendlich 10 Tage.

Ein Abholen durch meinen Sohn war zu diesem Zeitpunkt auch nicht mehr möglich.

Jedenfalls war ich froh, als ich mich endlich im Taxi auf dem Heimweg befand und meine Sachen, nebst Winterjacke und Handy bei mir hatte. Mein Herz schlug offensichtlich auch noch und die Beine waren auch beide noch dran.

Meine einzige Sorge auf dem Heimweg war das Auftauchen einer schwarzen Katze. Glücklicherweise kam keine.

Ansonsten hätte mich der Taxifahrer bestimmt unter irgend einem Vorwand wieder in das Krankenhaus zurückgebracht und alles hätte von vorn begonnen.

Ob ich abergläubig geworden bin? Ich weiß es nicht.

VIII Waldgeschichten, böse Jäger und mein Moped

Eine meiner größten Leidenschaften ist und bleibt nun mal der Wald und die Natur. In ländlicher Gegend aufgewachsen, als es noch keine Apps oder Computerspiele gab und der Fernseher Nebensache war, spielte sich das Freizeitleben soweit als möglich im Freien ab. Schließlich gab es da eine Unmenge interessanter Dinge immer wieder neu zu entdecken. Das fand auch in meinem Erwachsenendasein seine Fortsetzung. Zahlreiche Wildfrüchte wie Blaubeere, Preiselbeere, Hagebutte und co., oder die Mannigfaltigkeit der Pilze im Herbst und deren vielfältige Verarbeitungsmöglichkeiten haben es mir seither genauso angetan wie Tiere, Pflanzen und die grandiose Mittelgebirgslandschaft meiner Heimat. Kein Wunder, dass ich mich schon in frühen Jugendjahren der Landschaftsmalerei, der Natur-, Pflanzen- und Tierfotografie und später auch der Videofilmerei in diesen Richtungen verschrieb.

Die fortschreitende Hektik der modernen Zeit und die sich mit dem Alter immer schneller ermüdenden Beine, von denen ich leider außer den beiden angewachsenen keine weiteren als Ersatzteile habe, machen mein Simson-Enduro-Moped zu einem unerlässlichen Helfer, denn an dem Ding kann man relativ leicht alles Kaputte selbst ersetzen.

Nun bin ich ja aber nicht das einzige menschliche Individuum, das sich in der freien Natur und Wildnis herumtreibt.

Da gibt es Spaziergänger, Wanderer, Extremsportler, Motocrossfahrer quer durchs Gestrüpp, die Landwirtschaft, Monsterforstfahrzeuge, Förster, Holzdiebe, Jäger, Wilderer, Orchideenliebhaber, die alles zertrampeln, was keine Orchidee ist, Kräutersammler, Vogelsteller, Vogelschützer, Pilzfanatiker, die mit der Zigarette im Mund durch das Dickicht kriechen, Zigarrenrauchende Holzfäller, volltrunkene Passanten, die sich verlaufen haben, Hundeliebhaber die ihren Vierbeinern das Fell bürsten, all das einschließlich deren Exkremente, im Wald entsorgen und deren Lieblinge, im Wald losgelassen, alles was da „kreucht und fleucht" in helle Aufruhr versetzen, Müllentsorger, Naturschützer, die einen Sperling nicht von einer Kuh unterscheiden können, Kindermacher und Viele, Viele andere mehr.

Egal zu welcher Sorte ich nun gehöre, wahrscheinlich aber zu den Vielen, Vielen anderen, auf alle Fälle gibt es diesbezüglich eine Menge von Geschichten, von denen ich einige hier zum Besten geben möchte.

1. Ein Jäger, der eigentlich so nicht geweckt werden wollte

Es war noch in meinen jungen Jahren an einem herrlichen Sonntagnachmittag. Bewaffnet mit meiner Spiegelreflexkamera, einem Teleobjektiv Marke Eigenbau von knapp einem Meter Baulänge, den erforderlichen Stativen und dem Tarnnetz im Rucksack auf dem Rücken begab ich mich in die Natur.

Weil ich am späten Nachmittag zurück sein wollte und meine Armbanduhr den Geist aufgegeben hatte, verstaute ich auch noch einen Wecker im Rucksack.

So stromerte ich abseits der Waldwege durch ein liebliches Tal, das ich wie meine Westentasche kannte. Ich wollte einfach mal schauen, was da so kreucht und fleucht.

Noch am frühen Nachmittag kam mir mit geschulterter Flinte ein Jäger entgegen. „Was will denn der zu dieser Uhrzeit da und noch dazu bewaffnet?", ging es mir durch den Kopf. Man muss wissen, dass Tierfotografen nicht unbedingt die Lieblinge der Jäger sind.

Aber wie bereits erwähnt, es war am frühen Nachmittag, alles andere als die Zeit zur Ausübung des Jägerhandwerks. Doch prompt sprach mich der Typ an und fragte mich, was ich denn hier zu suchen hätte. Das allerdings war in Anbetracht meiner Teletute und der beiden Stative, die ich mit mir herumschleppte, eigentlich nicht zu übersehen. Er wies mich an, mich doch schleunigst aus diesem Gebiet zu entfernen, denn ich würde ja sämtliches Wild im Wald herumscheuchen. „Das tun Sie doch momentan auch. Außerdem ist hier kein Wald, sondern nur Wiese und die paar Häschen die hier herumtollen, kennen mich sicherlich besser als Sie und brauchen auch keine Angst vor mir zu haben", entgegnete ich, schüttelte mit dem Kopf und ging weiter. Ich war sauer über so viel Arroganz und Blödheit. So überlegte ich was nun zu tun wäre, aber noch fiel mir nichts ein, wie ich den Typen ärgern könnte.

Ich gelangte an eine Stelle, an der ich mir zwecks Fotografie schon vor längerer Zeit ein kleines Versteck eingerichtet hatte. Es war ein idyllisch gelegenes Örtchen an der Waldkante zu dem bereits erwähnten Tal. Vor mir befand sich eine Blumenwiese auf einem steil abfallendem Talhang, dann ein kleiner plätschernder Bach und nicht weitentfernt auf der Wiese des gegenüberliegenden Talhanges stand ein Hochsitz, wie ihn die Jäger benutzen, um den hiesigen Rehen den Garaus zu machen.

Ich jedenfalls setzte mich erst einmal auf das von mir eingerichtete Bänkchen, ließ die Seele baumeln und genoss den herrlichen Blick in die Natur. Ich saß noch nicht lange, da vernahm ich mit meinen in die Botanik lauschenden gespitzten Ohren ein Schnaufen und Keuchen. Am gegenüberliegenden Hang tauchte der Jäger wieder auf und begab sich, immer noch am schönsten Nachmittag, zu dem Hochsitz. Und tatsächlich erklomm der etwas beleibte Kumpan unbeholfen die Leiter zum Ansitz, wobei alles wackelte und schwankte. Ich nahm mein Fernrohr und schaute, was nun weiter passierte. Er wuchtete seinen Rucksack auf den Kanzelboden, entnahm ihm ein Paket, das er laut raschelnd auspackte und zum Vorschein kamen zwei dicke Brotstullen. Ich richtete den Feldstecher zur Seite, wo ein Häschen gerade die Beine unter die Arme nahm, um sich schleunigst zu entfernen. Ein lautes Scheppern und Zischen ließen mich zurück zum Hochsitz blicken. Die Erklärung lag in einer Flasche Wodka und dem Öffnen von einer Flasche Bier und das Ganze zu einer Zeit, wo Andere Kaffee trinken und Kuchen essen.

Nach einer Weile trat wieder Ruhe ein und ich genoss erst einmal weiter die grandiose Natur mit dem Gezwitscher der Vögel und dem Streit von zwei Eichhörnchen in einer alten Fichte neben mir. Selbst das gleichmäßige Schnarchen von der gegenüberliegenden Talseite störte sie eigentlich nicht. Mich aber schon, denn ich war immer noch sauer auf mein Gegenüber und überlegte immer noch krampfhaft, was denn nun zu tun wäre. Vergessen war, dass ich eigentlich am späten Nachmittag nach Hause wollte.

So kam dann der frühe Abend, also die Zeit, in der sich die Rehe auf den Weg zu ihrem Abendbrot machten, worauf natürlich der Jäger, jetzt wieder hellwach, gewartet hatte. Es dauerte nicht lange und zwei Rehe erschienen an der Waldkante am gegenüberliegendem Talhang, wo ja der Jäger saß. Ich konnte sie sehen, der Jäger aber noch nicht, weil sich zwischen ihm und den Rehen noch ein schmaler Waldstreifen befand. Allerdings liefen die Rehe grasend (oder wie der Jäger sagt äsend) in die Richtung des Jägers. Plötzlich wusste ich was zu tun sei, um ihn zu ärgern. Ich packte den anfangs erwähnten Wecker aus dem Rucksack aus und zog ihn bis zum Anschlag auf. Inzwischen hatten die Rehe den Waldstreifen durchquert und der Jäger legte seine Flinte an. Jetzt war mein Auftritt gekommen, laut schepperte mein Wecker los und die Rehe stoben davon.

„Entschuldigung", rief ich zu ihm hinüber, „ich dachte Sie schlafen noch, wollte Sie nur wecken, bevor Sie sich in der hereinbrechenden Dunkelheit noch selbst erschießen. Ich packte meine Sachen und ging nach Hause.

2. Ein junger Rehbock und die schlafenden Krähen

Wieder einmal war ich mit der Kamera und meinem Superteleobjektiv Marke Eigenbau unterwegs auf Fotosafari. Um mit dem Ding einigermaßen scharfe Aufnahmen zu machen, war es unerlässlich, auch noch ein gutes Stativ mit sich herumzuschleppen.

Es war im Frühjahr, wenn Rehe und Rehböcke oft den ganzen Tag über auf den Waldwiesen herumtrampeln, um durch das Naschen am frischen Grün das Nahrungsmango der vorangegangenen Winterzeit wieder auszugleichen. So war es denn auch kein Wunder, dass ein Rehbock am hellerlichtem Tage auf einmal wie hingezaubert auf einer Waldwiese vor mir stand. Ich nahm erst einmal mein Fernglas, um zu sehen, um was für einen Bock es sich handelte. Allein schon das ist kein leichtes Unterfangen. Solange das Tier friedlich grast, kann man sich bewegen, um eine günstige Beobachtungsposition einzunehmen. Doch sobald es den Kopf hebt, muss man in seiner Bewegung erstarren, selbst wenn man gerade auf einem Bein steht, um einen Schritt nach vorn zu tun – ein kräfte- und nervenzehrendes Unterfangen. Jedenfalls gelang es mir diesmal, mich flach auf den Boden zu legen, die Kamera am Gurt auf den Rücken geschwenkt, das Fernrohr an der Seite und das zusammengeklappte Stativ in der Hand.

Jetzt wurde es aber erst richtig kompliziert. Zum Fotografieren war der Bock noch zu weit entfernt. Ich musste mich noch etwas heranschleichen und dann ja auch noch die Montur in Fotoschussposition bringen.

Getarnt durch etwas Gestrüpp und hohes dürres Schmulengras vom Vorjahr arbeitete ich mich nur Zentimeter für Zentimeter vorwärts, denn es durfte sich ja kein Halm schnell bewegen oder gar irgend etwas rascheln. Das war ein hartes Geduldsspiel und ich musste mir schon nach nur wenigen Metern eine Verschnaufpause gönnen. Eigentlich war es fast schon ein Wunder, dass der Bock mich nicht mitbekommen hatte und schleunigst das Weite suchte. Ich schaute noch einmal durch mein Fernglas und erkannte den Grund dafür. Es handelte sich um einen ganz jungen Rehbock, einen sogenannten „Spießer", der geboren im Vorjahr, noch nicht einmal ein Jahr alt war. Sehen konnte man das an seinem Geweih, oder Gehörn, wie der Waidmann fälschlicherweise sagt. Bei einem sogenannten „Jährling" ist es noch nicht verzweigt, sondern besteht lediglich aus zwei Spießen. Er war also quasi noch ein Kind.

Für den Naturliebhaber ist diese Tatsache besonders interessant. Genau wie beim Menschen sind Kinder die Zukunft. Und genau wie beim Menschen haben Tierkinder ihre eigene trollige und faszinierende Verhaltensweise. Und wenn es noch etwas gibt, was für beide zutrifft, so ist es die Sorglosigkeit und die Neugier. Diese Sorglosigkeit des Rehbocks kam mir hier zur Hilfe. Wäre er auf eine andere Art Mensch getroffen, hätte ihm das vielleicht das Leben gekostet. Den Unterschied wird er nie lernen. Aber er wird ganz schnell lernen, dass alles was auf zwei Beinen geht, lebensgefährlich sein kann.

Doch zurück zum Rehbock. Langsam schlich ich mich nach diesen Gedankengängen weiter, den Bock möglichst immer im Auge behaltend, was wegen des Schmulengrases und dem Gestrüpp nicht ganz einfach war. Und tatsächlich war von dem Bock plötzlich nichts mehr zu sehen. Wie war das möglich? Hätte er mich mitbekommen, wäre er hochflüchtig abgesprungen, sagt man in der Jägersprache. Das hätte ich aber hören müssen, denn ich war ja von ihm mittlerweile keine 30 m mehr entfernt. Er musste noch ganz in der Nähe sein. Ganz vorsichtig suchte ich, nur den Kopf leicht gehoben, die Umgebung vor mir ab, aber vom Bock keine Spur.

Doch auf einmal knapp hinter mir ein mörderischer Schrei. Obwohl ich diesen Schrei nur allzugut kannte, war ich dermaßen erschrocken, dass ich meine Tarnung vergaß, aufsprang, mich umdrehte und einige Schritte zurück taumelte. Keine 5 m hinter mir stand der Bock und suchte nach meiner Aktion schleunigst das Weite.

Was war passiert? Jetzt bin ich den Lesern, die in Sachen Rehwild unbewandert sind, erst mal eine Erklärung schuldig:

Wenn ein Reh oder Rehbock eine Gefahr vermutet, aber nicht mitbekommt, um was es sich handelt, stößt er einen sehr lauten Schrei aus, der im entfernterem Sinne an das Bellen eines Hundes erinnert. Deshalb sagt man auch, der Rehbock bellt, oder in der Jägersprache, er „schreckt", denn damit will er tatsächlich erreichen, dass sich der vermeintliche Gefahrenverursacher erschreckt und sich dadurch zu erkennen gibt, oder aus dem Staub macht. Ersteres war ihm in meinem Fall voll gelungen. Wäre es ein älterer und damit erfahrener Bock gewesen, hätte er wahrscheinlich gleich das Weite gesucht. Der junge Bock hatte aber diese Erfahrungen noch nicht und um sich diese anzueignen, umging er mich, kam von hinten auf mich zu und bellte los um seine Neugier zu befriedigen. Nun sage einer noch „blöde Viecher". In diesem Moment war er mir wohl intelligenzmäßig haushoch überlegen. Jedenfalls gab es, wie so oft, wieder mal keinen Jagderfolg mit dem Fotoapparat. Mittlerweile begann es zu dunkeln und ich begab mich auf den Heimweg. Ich erklomm den gegenüberliegenden Berghang.

Das Vogelgezwitscher hörte auf und langsam trat Ruhe ein in der Dämmerung. So erreichte ich den Waldweg der mich nach Hause führen würde. Doch es dauerte nicht lange und ganz in der Nähe rechts von mir aus dem Fichtenwald ertönte wieder das Schrecken des Rehbockes. Der Stimme nach zu urteilen, war es auch ein ganz junger Bock. Ich konnte ihn in der fortgeschrittenen Dämmerung nicht sehen. Aber er musste mich doch auf dem lichten Waldweg mitbekommen und demzufolge das Weite suchen.

Da ich noch nicht weit gegangen war und in Anbetracht der hiesigen Wilddichte, konnte es sich nur um den Bock von vorhin handeln. Ich schüttelte nur den Kopf und ging unbeachtet des Rehbocks weiter. Er aber auch, immer schön neben mir her und schreckte wieder auf mich. „Ist das ein neugieriger Bursche, so was ist mir noch nicht passiert", dachte ich mir. Möglichst leise sein musste ich auf meinem Weg aber noch aus einem ganz anderen Grund. Ich kannte mich in dieser Gegend bestens aus und wusste, etwa 200 m vor mir befand sich rechts und links von mir der Schlafplatz einer kleineren Krähenkolonie und wenn die geweckt würden, ging ein mordsmäßiges Spektakel los. Das würde zwar sicherlich den Rehbock nicht in die Flucht schlagen, denn ich war ja der Störenfried und Eindringling im Wald, aber es musste ja dennoch nicht sein. Also näherte ich mich ganz leise der Krähenkolonie, immer noch in Begleitung des Rehbockes, an dessen Schrecken die Krähen eigentlich gewöhnt sein sollten. Das waren sie aber offensichtlich nicht, wenn der Bock direkt unter ihnen losbellte. So überschlugen sich die Ereignisse.

Direkt unter den Schlafbäumen der Krähen schreckte mich der Bock wieder einmal an. Die in ihrem Schlaf gestörten Krähen veranstalteten ein mörderisches Geschrei, worauf der Bock erneut schreckte, diesmal auf die Krähen. Ich drehte mich um, schaute nach dem Bock, dann nach oben zu den Krähen und ging ein paar Schritte rückwärts, um diese im Dunkeln besser erkennen zu können. Jetzt gab es ein schepperndes Geräusch. Die Krähen stoben mit lautem Flügelschlag auseinander. Der Bock bellte erneut, keine Ahnung auf wen, denn ich lag rücklings in einer großen Pfütze. Total durchnässt fragte ich mich, welcher Idiot den verrosteten Eimer mitten auf den Weg gelegt hatte. Ich richtete mich auf. Während ich im Schlamm sitzend meine Gliedmaßen und meine Ausrüstung inspizierte, beiden war glücklicherweise nichts passiert, dachte ich meinen Augen nicht zu trauen. Keine 5 m vor mir stand mitten auf dem Weg der Bock, schaute mich noch eine Weile blöde an, drehte sich um und entfernte sich ganz gemächlich, ohne auch nur einen Laut von sich zu geben.

3. Von einer Tannenmeise, die Fotograf werden möchte

Aber nicht nur junge Rehböcke sind neugierige Wesen. Da gibt es noch andere, die denen nicht nachstehen und diese in ihrer Neugier noch übertreffen.
Es war viele Jahre später. Mittlerweile verfügte ich über eine fast professionelle digitale Fotoausrüstung mit leistungsstarkem Teleobjektiv, denn der Wald und die Natur hatten es mir noch immer angetan. So saß ich denn auf einem der Hochsitze meines Sohnes, denn der ist leidenschaftlicher Jäger. Natürlich sprachen wir uns ab, wann wer diese Einrichtungen benutzte. Wie auch an diesem Tag, blieben mir die Stunden um die Mittagszeit. Allerdings konnte man da nicht auf den Anblick irgendwelchen Wildes hoffen, aber es gibt ja eine Menge anderer Dinge, die sich da abspielen.

Irgend etwas Interessantes gibt es immer zu sehen und eventuell auch zu fotografieren, wenn man nur genügend Zeit und Geduld mitbringt.

So saß ich denn ganz bequem auf dem Hochsitz. Die nach drei Richtungen ausgerichteten Fenster waren geöffnet und den umgehängten Fotoapparat legte ich auf dem Fensterbrett des einzigen Fensters auf, durch das ich wegen des Sonnenstandes fotografieren konnte. Damit vermied ich das lästige Stativ.

Eigentlich begann alles, wie so oft, ziemlich langweilig. Ich fotografierte ein Rotkehlchen, das unweit vor mir in den Fichten herumhüpfte. Allerdings erwies es sich nicht gerade als fotogen. Keine Ahnung, wo es sich so zerzaust wie es war, vorher herumgetrieben hatte. Wie man als Model vor der Kamera zu erscheinen hat, davon hatte es sicher noch nie etwas gehört. Während ich die Fotos wieder löschte, musste ich an die Model-Fotografen denken und beneidete sie. Die lichteten halb nackte hübsche Mädels ab, hatten damit ihre reine Freude und bekamen noch eine Menge Geld dafür. Ich armer Trottel hockte stundenlang auf meinem Hochsitz und fotografierte ein verlottertes Rotkehlchen, das sich wahrscheinlich gerade in der Mauser befand.

Na ja, sagte ich mir, das ist eben Hobby.

Nachdem ich so eine Weile meinen Gedanken nachhing, tat sich endlich wieder was. Ein ganzer Schwarm Tannenmeisen war es, dessen Mitglieder in einer unweit, leider im Schatten stehenden, alten Fichte herumtollten. Bald jedoch kamen sie auch zu meinem Hochsitz. Sie umflatterten ihn und trampelten auf dem Dach herum, was kaum zu überhören war, denn das Dach befand sich ja nicht weit über meinem Kopf. Das ging nun eine ganze Weile so. Endlich setzte sich eine Tannenmeise auf einen Ast in der Sonne und in der idealen Entfernung zum Fotoshooting. Ich brachte die Kamera in Schussposition, zielte und stellte scharf. Doch gerade als ich abdrücken wollte, hüpfte die Meise weiter und zwar direkt auf mich zu. Sie kam mir immer näher und ich nicht zum Fotografieren. Offensichtlich kannte ihre Neugier keine Grenzen. Sie hüpfte auf die vordere Kante der Sonnenblende meines Teleobjektivs, senkte den Kopf und blickte interessiert in die schwarze Öffnung. Ob sie dieses schwarze Loch für eine geeignete Bruthöhle hielt, oder was auch immer, ich weiß es nicht. Nachdem sie dann auch noch in die Sonnenblende flog und gegen das Objektiv stieß, suchte sie sichtlich irritiert das Weite.

Eines war klar, so gelingen keine Tieraufnahmen. Wieder einmal ging ich unverrichteter Dinge nach Hause.

4. Zwei Kontrahenten, Jäger und Pilzjäger

Wenn im August der Sommer in seine letzte Phase tritt, dann beginnt die Hauptsaison der Trophäenjäger, deren Herz der Anblick eines jeden gehörn- oder geweihtragenden Tieres im Wald höher schlagen lässt, eben die Hauptjagdzeit. Aber da gibt es noch Andere, die ihre Leidenschaft in die Wälder treibt. Es sind die Hobby-Mykologen, oder zu gut deutsch, die Pilzsammler. Auch sie haben jetzt Hochsaison. Kein noch so dichtes Dickicht am steilsten Berghang ist vor ihnen sicher, immer auf der Suche nach den begehrten Hütchenträgern. Und da sind noch die eigentlichen Bewohner der Wälder, wo sollen die nur hin? Flüchten sie vor den Pilzjägern, laufen sie den Trophäenjägern in die Arme und werden abgeknallt.

Die Trophäenjäger wiederum haben aber auch ein Problem. Steht endlich der langersehnte Hirsch in Schussweite, bahnt sich der Pilzjäger laut raschelnd seinen Weg durch das Gestrüpp und der Hirsch wartet nicht länger darauf, seinen Kopfschmuck dem Jäger zu überlassen. So befinden sich also die Pilzjäger und die anderen Jäger in ständigem Clinch. Und ausgerechnet dann tauche auch ich noch mit meinem Fotoapparat auf. Einerseits gibt es ja da die Pilze, die man fotografieren kann, und wenn man schön leise ist, steht manchmal ein von den anderen beiden Kontrahenten verscheuchtes Tier wie hingezaubert in Fotoreichweite direkt vor einem.

Doch eines schönen Tages war es kein Wild, das sich vor mir auf-
baute, sondern ein in dunklem Grün gekleideter Jagdmann. Warum fragte er mich, was ich hier abseits von den Wegen mitten
im Dickicht zu suchen hätte. Das geschulterte Fotostativ und die
Kamera mit der langen Teletute waren doch nicht zu übersehen.
Ich ließ die Moralpredigt und die Androhung einer meines Erachtens völlig haltlosen Anzeige, ohne Kommentar über mich ergehen. Dabei ging mir eines durch den Kopf. Rehe und Hirsche sind
nunmal farbenblind und besitzen nur ein schwarz-weiß-Sehen.
Warum kleiden sich Jäger nicht rot, für das Wild macht das keinen
Unterschied. Wir Menschen aber würden vor den Jägern gewarnt,
also ähnlich wie die Autofahrer vor den Straßenarbeitern in ihren
orangenen Anzügen. Ich fragte ihn danach und erlebte ein wort-
starkes Donnerwetter, wobei zahlreiche Beleidigungen nicht fehlten. Beleidigt wie ich war, sann ich auf moralische Rache und hatte
auch bald eine Idee.

Mir fiel die Bibel ein. Irgendwo hatte ich dort mal gelesen „am Anfang steht das Wort".

Am nächsten Morgen begab ich mich zu meinem Arbeitsplatz,
einem Büro in einem Betrieb mit mehreren 100 Mitarbeitern – und
viele von ihnen waren im Pilzfieber. Völlig begeistert berichtete
ich über massenhafte Steinpilz- und Pfifferlingsfunde. Natürlich
wollten meine Kollegen wissen, wo das gewesen sei. Pilzflecke
verrät man zwar nicht an Andere, aber ich machte da mal eine
Ausnahme und umriss so ziemlich genau das Revier des Jägers,
der mich am Vortag geärgert hatte. Das war das Wort, das am
Anfang stand. Wenn man nun möchte, dass dieses Wort ganz weit
verbreitet werden soll, gibt es einen kleinen Trick.

So sagte ich zu meinen Kollegen, sie sollen dieses Geheimnis auf
keinen Fall weiter erzählen, denn sonst finden wir ja dort keine Pilze
mehr. Jetzt ging der Tipp im Betrieb herum wie ein Lauffeuer.

Einen Tag später war ich natürlich neugierig und begab mich zum
Revier des besagten Jägers mit dem vermeintlichen Pilzsegen.

Oh, oh, schon an der Straßenseite zum angrenzenden Revier war auf über 100 m Länge alles mit Pkw's zugeparkt und dann erst die Autos auf dem breiten Forstweg, der durch das Revier führte. So wurde jeder Quadratzentimeter von den zahlreichen Pilzjägern ziemlich erfolglos durchgekämmt, denn es gab mehr Leute als Pilze. Den späteren Vorwürfen meiner Kollegen, wegen ihres misslungenen Pilzganges, konnte ich entgegenhalten, dass sie ihr Geheimnis nicht für sich behalten hatten. Mein eigentliches Ziel war erreicht. In diesem Jahr brauchte der Jäger sein Revier nicht mehr zu besuchen, denn die meisten Pilzsucher würden alle paar Tage zurückkehren, in der Hoffnung auf doch noch reiche Pilzernte.

5. Ein pilzesuchendes Wildschwein und meine Luftballons

Natürlich war ich nicht immer mit dem Fotoapparat unterwegs. Auch mich packte jedes Jahr das „Pilzfieber".
So zog ich denn eines schönen Tages wieder mal los, bewaffnet mit Spankorb und Taschenmesser. Mir war allerdings klar, dass ich selbst auf den von mir geheimgehaltenen Pilzflecken nicht der einzige Pilzsucher war. So ist es immer wieder ärgerlich, wenn Andere vor einem da waren, was man an den herumliegenden Pilzgeschnipsel und weiteren Indizien eindeutig erkennen kann. Umgekehrt ergeht es diesen Anderen natürlich genauso, zumindest wenn es sich um versierte Pilzprofis handelt.
Diesmal hatte ich Glück gehabt und schnell war mein Korb bis über die Hälfte gefüllt. Doch plötzlich begann etwas unweit vor mir zu grunzen. „Was ist denn das?", fragte ich mich. Ein Wildschwein konnte es nicht sein, denn die grunzen nicht so. Ein entlaufenes Hausschwein kam in dieser Gegend ja wohl gar nicht in Frage. „Vielleicht ist es doch eine schreckende Bache, die ihre Jungen verteidigen will", ging es mir durch den Kopf. Das klingt zumindest

ähnlich. Aber dann wäre sie ja auf mich zugelaufen, um mich zu vertreiben und ich hätte sie sehen müssen.

Mir war völlig unklar, was ich von der ganzen Sache halten solle und sehen konnte ich nichts, denn da war irgendwie ein Hügel zwischen mir und dem eigentümlichen Gegrunze. So ganz geheuer war mir die Sache überhaupt nicht. Mir gingen die verrücktesten Gedanken durch den Kopf und trieben mir zumindest einige Schweißperlen auf die Stirn. Also stieg ich auf die untersten Äste eines sich vor mir befindlichen Baumes, um zu sehen was da los war.

Nun sah ich das grunzende Etwas, das da im graublauen Arbeitskittel auf allen Vieren umherkroch. Natürlich kannte ich das vermeintliche Wildschwein. Es war Olaf aus dem Nachbarort. Eigentlich waren wir ganz gute Kumpels. So war es kein Wunder, dass er mir einen Schrecken einjagen wollte, was ihm zumindest teilweise auch gelungen war. „Na warte", dachte ich mir. In meiner linken Hosentasche befanden sich neben ein paar Bonbons auch zwei Luftballons, die eigentlich für meinen kleinen Enkel gedacht waren, bei dem ich nach meinem Pilzgang noch kurz vorbeischauen wollte. Vorsichtig blies ich die Dinger etwas auf, nahm mein Taschenmesser und bum, bum machte meine Doppelflinte.

Mit lautem Gebell begrüßte ich die beiden Schüsse, denn mein Sohn war Jäger, wir befanden uns in seinem Jagdrevier und er besaß einen großen Jagdhund. Das wusste natürlich auch das Wildschwein im graublaumem Kittel. Es machte einen mächtigen Satz und kullerte ein paar Meter den Abhang hinunter in einen Hagebuttenbusch.

„Seid ihr verrückt geworden", schrie Olaf zu mir herüber. Ich stieg vom Baum, ging auf ihn zu, half ihm aus dem Gestrüpp und antwortete: „Wieso? Ich bin ganz allein hier und wollte mit meinen Luftballons doch nur eine verrückt gewordene Wildschweinbache vertreiben. So was sollte man als Pilzsucher sicherheitshalber immer bei sich tragen". Ich wedelte mit den Luftballonresten und er schaute mich ziemlich blöde an. Ausreichend viel Pilze gefunden haben wir aber beide.

6. Ein Eimer mit Heidelbeeren und warum Schulwissen ganz schön vor die Badehose gehen kann

Endlich war da wieder mal ein kühler Sommertag und in den Wäldern waren gerade die Heidelbeeren reif. Die Pusselei beim Pflücken ist zwar recht mühsam, aber es gibt eine Vielzahl von Verwendungsmöglichkeiten für diese Leckerei. Das wissen auch eine Menge anderer Leute, die die Heidelbeersträucher der Wälder in der Umgebung von Ortschaften regelrecht abgrasen. Also ist es sinnvoll, sich etwas tiefer in den Wald hinein zu begeben. Dort kannte ich einige Stellen, wo man die Beeren pflücken kann, ohne dass es dabei zuging wie zur Kirmes auf dem Marktplatz. Um dahin zu gelangen bedurfte es allerdings meines Mopeds, immer den Hauptforstwegen entlang und um nicht allzuviel Unruhe im Wald zu stiften, den Rest dann eben zu Fuß. So stellte ich meinen 5 l-Eimer in die große Obstkiste, die auf dem Gepäckträger des Mopeds fest montiert war und düste los.

Nachdem ich mehrere Stellen abgeerntet hatte, war mein Eimer nach über 6 Stunden Pflückerei endlich gefüllt und ich begab mich zum Moped. Ich stellte den Eimer in die Obstkiste und damit er nicht umkippen konnte, klemmte ich noch meinen Sturzhelm daneben, den ich im Wald, wo ich langsam fuhr, meines Erachtens nach nicht brauchte.

Den gleichen Weg wieder zurückzufahren machte keinen Sinn, da ich von dem Ort, an dem ich inzwischen angelangt war, über einen schmalen Waldweg schneller wieder auf die geteerte Straße gelangte.

Als ich eine kurze Strecke wegen der Heidelbeeren schön langsam gefahren war, kam eine Kurve. „Seit wann liegt denn hier hinter der Kurve ein dünner Baumstamm quer über den Weg, das war doch letzte Woche noch nicht?", fragte ich mich.

Meine Gedanken überschlugen sich. Eine Totalbremsung ging wegen der Heidelbeeren nicht und ein langsames Bremsen reichte nicht aus, um vor dem Baumstamm zum Stehen zu kommen. Mir fielen die physikalischen Gesetze der Mechanik ein: „Wenn ich mich über den Lenker beuge, verlagere ich den Schwerpunkt des Mopeds nach vorn. Wenn ich dann im richtigen Moment den Lenker nach oben reiße, sollte sich durch die zusätzliche kinetische Energie das Kräftepolygon so verändern, dass der Geschwindigkeitsvektor schräg nach oben zeigt. Da es leicht bergab ging, sollte das bei genügend Schwung ausreichen, um den schmalen Stamm mit dem Moped sanft zu überspringen." So gab ich denn ordentlich Gas.

Aber wieso hatte ich denn nur die Wegsenke direkt vor dem Baumstamm übersehen? Jetzt drückte mich die Schwerkraft zunächst nach unten und ich hatte nicht mehr die Kraft, den Lenker nach oben zu reißen. Dummer Weise kam nun zur Baumstammblockade auch noch das Gesetz vom Drehmoment ins Spiel, so dass bei nach unten zeigendem Geschwindigkeitsvektor im vorderen Bereich, der Vektor im hinteren Bereich nach oben zeigte. Folgerichtig flog ich über den Mopedlenker und den Baumstamm.

Das Moped seinerseits vollführte ein Salto, landete aber glücklicherweise neben mir und nicht auf meinem Rücken, weil der Baumstamm etwas schräg über den Weg lag, was eine Änderung des Geschwindigkeitsvektors des Mopeds zur Folge hatte.

Den Kopf konnte ich bei meinem Flug gerade so noch nach oben halten. „Nur warum hatte ich auf einmal den Sturzhelm wieder auf. War das mein Schutzengel, der mich vor größerem Schaden bewahren wollte? Das passte nicht zur Physik, und was war das für eine dunkelrote Brühe, die da an meinem Kopf herunterlief, war das mein Blut?", durchfuhr es mich.

Aber nein, es war nicht der Sturzhelm, den ich auf dem Kopf hatte. Es war der Heidelbeereimer.

So war ich trotz der fehlerhaften Interpretation meines Schulwissens ganz gut über den Baumstamm gekommen.

Die Heimfahrt erinnerte mich allerdings mehr an den Ritt auf einem bockigen Esel, denn die Auswirkungen der Acht im Vorderrad meines Mopeds konnte ich auch mit meinen physikalischen Kenntnissen nicht ausgleichen.

7. Leckerer Mais, mein Moped, gefährliche Wildschweine und ich

Wieder einmal war ich bewaffnet mit der Kamera auf meinem Moped unterwegs in den Wald. Diesmal war das Ziel wieder das Jagdrevier meines Sohnes. Er hatte mich nämlich gebeten, die hiesigen Wildschweine mit Mais zu versorgen, denn der Mais ist ein wahrer Leckerbissen für diese Tiere. Bauern, deren Maisfelder in der Nähe der Waldränder liegen, können ein Lied davon singen, welche enormen Schäden von den Wildschweinen angerichtet werden. Dort bringt natürlich das Anlocken der Schweine mit Mais überhaupt nichts, in unseren Fichtenwäldern aber schon. Aus diesem Grund hatte mein Sohn zwei große fest verschlossene Fässer in seinem Jagdrevier deponiert und an einem Baum angekettet. „Warum sollte man die fest verschlossenen Fässer auch noch anketten?", wird sich der Leser fragen. Aber es ist tatsächlich passiert, dass die intelligenten Tiere auf den leckeren Mais so verrückt waren, dass sie die Fässer umstießen und so lange über Stock und Stein rollten, bis der Deckel davonflog oder die Plastefässer einen Riss oder ein Loch bekamen. Es soll vorgekommen sein, dass ein Fass total zerfetzt, einen halben Kilometer weiter weg lag und vom Mais fast kein Korn mehr übrig war.

Jedenfalls begab ich mich zu den Maisfässern, um einen großen Eimer mit Mais zu füllen und ihn mit dem Moped etwa 500 m weiter zu der Stelle zu befördern, wo ich ihn auskippen sollte. Natürlich, der Eimer stand noch zu Hause.

Mir blieb nichts anderes übrig, als den Mais mit den Händen in die Obstkiste zu schaufeln, die sich für Transportzwecke auf dem Gepäckträger des Mopeds befand. Um unnötigen Lärm im Wald zu vermeiden, fuhr ich mit dem Mais beladen, ganz langsam los.

Jetzt muss ich noch etwas erwähnen, was mir zu diesem Zeitpunkt nicht bewusst war: Die Kiste auf dem Moped hatte durch den Salto bei meiner Heidelbeertour (vgl. Kp. 8.6) etwas gelitten und in ihrem Boden befand sich ein Loch. Sehen konnte man es nicht, da in der Kiste zum allgemeinen Schutz noch ein Stück Auslegware lag. Jedenfalls sickerte der Mais durch das Loch und ich hinterließ eine Maisspur.

Während der Fahrt überlegte ich mir, ob ich nicht erst noch eine kleine Fotosafari unternehmen sollte.

Im hiesigen Terrain gab es zahlreiche Ameisenhügel – ein Leckerbissen für Schwarzspechte, auf die ich mit der Kamera schon lange scharf war. So fuhr ich noch ein Stück weiter, dabei natürlich wieder eine Maisspur hinterlassend. Ich stellte mein Moped ab und schlich zu Fuß weiter. Mein Blick war auf vermoderte Baumstümpfe gerichtet, weil diese oft von Ameisenhaufen umgeben sind. So übersah ich fast einige umherflatternde Spechte, die ich wahrscheinlich aufgescheucht hatte. Damit war es erst mal vorbei mit dem Fotografieren. Ohne mein Tarnnetz würde das wohl nun nichts mehr. Das lag aber wegen des Maises in der Mopedkiste, neben den Plastefässern. Also musste ich zurück, um das Netz zu holen, dabei immer eine schöne Maisspur hinterlassend, die ich aber wegen des Jagdfiebers zu den Spechten auch auf dem Rückweg überhaupt nicht wahrnahm. Mit dem Tarnnetz zurück, als ich das Moped abstellen wollte, entdeckte ich direkt neben mir einen großen Ameisenhaufen, an dem sich zwei Spechte zu schaffen machten, bei meinem Anblick aber natürlich davonflogen. „Vielleicht kommen die ja wieder", sagte ich mir. So wendete ich das Moped und schob es, über ein paar Äste holpernd, etwa 10 m zurück hinter eine Wegbiegung. Ich stülpte mir das Tarnnetz über und schlich wieder zum Ameisenhaufen. Nun sah ich, dass die Spechte dort schon wieder herumhüpften. So setzte ich mich auf den Boden, montierte leise und vorsichtig den Fotoapparat am Stativ und brachte ihn in Schussposition auf die Spechte. Dabei musste ich die Spechte immer im Auge behalten. So nahm ich überhaupt nicht wahr, dass sich rund um mich eine Menge Mais befand, denn ich hockte so ziemlich genau an der Stelle, an der ich vorher das Moped über die Äste buchsierte.

Noch bevor ich auf den Auslöser drücken konnte überschlugen sich wieder einmal die Ereignisse und es sage einer in der Ruhe des Waldes ist nichts los.

Da war ein Quieken und Schmatzen um mich herum. Irgend etwas war unter dem Teil des Netzes der bis zu einem Meter vor mir lag. Es geriet in Bewegung, zerrte an mir und ich verhedderte mich mit dem Fotoapparat darin. Die Schwarzspechte stoben davon, als ich versuchte mich aus meiner „verwickelten" Lage zu befreien. Rund um mich herum wimmelte es nur so von Wildschweinkindern, also Frischlingen, wie diese putzigen Dinger in der Fachsprache heißen. Die kleinsten waren etwas größer als eine Ratte, andere um einiges größer und wieder andere mehr als doppelt so groß. Da die Dinger nie ohne ihre Mutter unterwegs sind, mussten also wenigstens 3 Bachen in der Nähe sein und das kann äußerst gefährlich werden, da die ja ihre Jungen verteidigen, zumal wenn es sich um ältere und erfahrene Muttertiere handelt. In solch einem Fall sollte man versuchen, sich möglichst schnell von den Jungtieren zu entfernen.

Prompt tauchte an der Wegseite die erste Bache auf und kurz darauf dahinter eine Zweite. Ich hatte mich immer noch am hinteren Ende des Tarnnetzes verheddert und mindestens zwei Frischlinge am vorderen Ende. Ein Stück hinter mir ging es ganz steil bergan. Links von mir kamen die beiden Bachen schreckend (das klingt fast wie Schweinegrunzen) auf mich zu. So blieb mir nur die rechte Seite und ich versuchte mich in dieser Richtung aus dem Netz zu befreien. Zu allem Übel tauchte dort noch eine dritte Bache auf und die war größer und demnach älter als die beiden anderen. Im Sturmschritt kam sie auf mich zu, hielt dann aber inne und beäugte verstört das Plasteblätterknäul mit den verwurschtelten Frischlingen und meiner Wenigkeit. Offenbar begriff sie überhaupt nichts, ich auch nicht. Endlich kam ich frei. Natürlich registrierten das auch die drei Bachen. Jetzt blieb nur noch ein Baum. Da war aber nur eine ziemlich ramponierte Fichte neben mir. Egal ich musste da hinauf. In meiner Verzweiflung gelang mir das tatsächlich. Nachdem sich auch die Frischlinge vom Tarnnetz befreit hatten, trat unter mir wieder Ruhe ein, nur die ältere Bache schreckte hin und wieder zu mir herauf. Aber die Schweine hauten trotz meiner Gegenwart auf dem Baum nicht ab, denn da war ja immer noch genug leckerer Mais. Herabsteigen konnte ich nicht, denn ausgerechnet unter dem Baum tummelten sich einige Frischlinge.

Nach einigen Minuten bekam ich endlich unerwartete Hilfe, nämlich von dem Baum. Die Äste der dürren Fichte, auf denen ich stand, begannen verdächtig zu knacken. Schließlich zerbrachen sie ganz. Ich konnte mich nicht mehr halten und rumpelte am Baumstamm herunter. Jetzt stoben alle Schweine nach links und rechts den Weg entlang auseinander, auch die Frischlinge.

Abgesehen von ein paar blauen Flecken und Kratzern war das Schweineproblem gelöst. Ich hatte zwar überhaupt keine Lust mehr, die Biester auch noch mit dem restlichen Mais zu füttern, aber schließlich hatte ich es meinem Sohn versprochen.

8. Die Ruhe im Wald und eine Belehrung für mich und mein Moped

Wieder einmal war ich mit der Kamera auf Fotosafari. Da es gerade Pilzzeit war, durfte natürlich auch die Ausrüstung zum Pilzesammeln nicht fehlen. Man konnte ja nicht wissen, ob sich auch dazu nicht eine gute Gelegenheit ergab.

Da die Entfernung zu meinem Zielgebiet zu groß war, um die Strecke zu Fuß zu bewältigen, ohne dass der halbe Tag schon durch die Wegstrecke flöten ging, kam mein Moped wieder einmal zum Einsatz. Dabei nutzte ich die Hauptforstwege, wo allein durch die Forstwirtschaft viel Betrieb herrschte. Die Tiere stört dieser Verkehr kaum – sie sind daran gewöhnt. Ganz anders sähe das allerdings aus, wenn man auf schmalen Waldwegen z. B. mit dem laut knatternden Moped durch die Botanik kurvte. Dass ich die Kamera dann auch gleich zu Hause lassen könnte, ist nur ein weiterer Grund, weswegen ein solches Verhalten für mich nicht in Frage käme.

Bewegt man sich langsam und leise auf solchen Wegen, stellt allein die Ruhe vor technischen Lärm und die natürliche Geräuschkulisse einen gewaltigen Erholungswert dar. Selbst wenn man kein einziges Foto schießt, gibt es immer wieder Neues zu erleben, sei es das Flügelklatschen einer auffliegenden Ringeltaube, das Trommeln des Schwarzspechtes, der Schrei des Mäusebussards, die Zuordnung des Gezwitschers der zahlreichen Singvogelarten, das plötzliche Gezeter eines Eichelhähers oder das gurrende Schimpfen eines erbosten Eichhörnchens.

So erlebte ich auch an diesem Tag auf meinem ersten Rundgang den Wald so wie ich ihn mag, auch ohne nur ein einziges Foto zu schießen. Zurückgekehrt zum Moped fuhr ich ein Stück weiter, um in der Nähe eines lockeren Fichtenbestandes erneut halt zu machen. Dieser Wald war lichtdurchflutet und eigentlich sollten hier verschiedene Pilzarten wachsen, die mitunter lohnenswerte Fotomotive ergeben könnten. Also begab ich mich mit Kamera und Pilzkorb bewaffnet, denn warum sollte man die fotografierten Pilze stehen lassen, auf „Pilzsafari". So gelangen mir tatsächlich ein paar gute Aufnahmen und eine Mahlzeit hatte ich auch. Was wollte ich also mehr und ich begab mich zurück zum Moped.

Dort angekommen erwartete mich allerdings eine Überraschung. Mein Moped war nicht das einzige technische Gerät, denn daneben stand ein grüner Jeep und wiederum daneben ein grün gekleideter wahrer Riese von einem Mann. Er hatte einen Zettel und einen Stift in der Hand, mit dem er etwas aufschrieb. Natürlich wusste ich, worum es ging. Dennoch fragte ich ihn naiv aber höflich, „kann ich Ihnen irgendwie helfen?". „Ich interessiere mich nicht für Sie, sondern nur für das Moped, das hier nichts zu suchen hat. Überall an der Straße stehen Sperrschilder mit dem Hinweis, frei für Forstwirtschaft. Können Sie nicht lesen, oder was?", antwortete der grüne Riese barsch. Mir passte der Ton nicht und mir platzte der Kragen. Obwohl ich wusste, dass er eigentlich recht hatte, provozierte ich ihn meinerseits, denn ein bischen Ahnung von der Rechtslage hatte ich auch und wusste auch bestens wo ich mich hier befand. So erwiderte ich, „Ihr Jeep sieht auch nicht gerade aus wie ein Forstfahrzeug und wenn ich da hineinschaue, erinnert mich das alles eher an eine Jagdausrüstung. Wir befinden uns hier im Staatsforst. Jagdpächter in diesem Revier können Sie ja wohl nicht sein. Das Verbotsschild gilt also auch für Sie. Dazu kommt die Waffe in Ihrem Fahrzeug. Diese hat in einem fremden Revier überhaupt nichts zu suchen. Ich denke, ich werde wegen der Waffe die zuständige Polizeidienststelle informieren. Würden Sie mir bitte Ihren Stift leihen, damit ich das Kennzeichen des Jeeps notieren kann?". Er lief erst rot, dann grün an und war somit in seiner grünen Kleidung bestens getarnt. „Sind Sie denn jetzt total verrückt geworden? Natürlich bin ich bevollmächtigt durch den Forstbetrieb und in dessen Auftrag hier tätig", konterte er. „Können Sie sich denn diesbezüglich ausweisen?", fragte ich – mir war klar dass er das natürlich nicht konnte. „Ich denke, dass ich das Ihnen gegenüber nicht nötig habe. Wer sind Sie überhaupt, dass Sie so große Töne spucken?", fragte er. „Wer will das denn wissen, in welcher Funktion und aus welchem Grund? Na ja, kann mir eigentlich egal sein. Also wenn Sie mich so fragen, ich besitze einen Gewerbeschein, der mich unter Anderem als Landschafts- und Naturfotograf ausweist. Zur Ausübung meines Gewerbes bin ich laut Gesetzgeber berechtigt hier zu sein, auch mit meinem Moped, solange ich die Rechte Dritter nicht wesentlich verletze. Im Gegensatz zu Ihnen kann ich mich mit einer Kopie des Gewerbescheines ausweisen," antwortete ich. (Allerdings war das gepokert, denn die Kopie lag zu Hause.) „Aber was bedeutet dann der gefüllte Pilzkorb. Ist das Ihr Fotogewerbe?", bemerkte er siegessicher. „Warum sollte ich sie stehen lassen, wenn ich schon mal hier bin. Schauen Sie hier die Fotos für einen Kalender im nächsten Jahr", sagte ich und hielt ihm die Digitalkamera hin mit einem herrlichen Fliegenpilz auf dem Display. „Den wollen Sie doch nicht etwa essen", lachte er. „Nein natürlich nicht, ich sagte Ihnen doch bereits, ich bin in erster Linie zum Fotografieren, also beruflich hier", antwortete ich. Langsam nahm das Gespräch wieder einen versöhnlichen Verlauf an, zumindest vorerst. Bald begann er aber wieder damit, mir eine Moralpredigt zu halten, wenn auch in gemäßigtem Ton.

„Die Sache mit dem Moped werde ich erst einmal durchgehen lassen.", sagte er und steckte Stift und Zettel weg. „So ganz recht haben Sie jedoch nicht, denn ohne Genehmigung vom zuständigen Forstamt haben Sie mit dem Moped hier dennoch nichts zu suchen.", bemerkte er in gewichtigem Ton, womit er genau genommen seinerseits richtig lag.

„Da wir Jagdgäste aus dem Nachbarkreis erwarten, ist es derzeit meine Hauptaufgabe für Ruhe hier im Revier zu sorgen. Unter Anderem werden sie den Hochsitz, den Sie oberhalb dieses schmalen Weges da drüben sehen können, benutzen. Deshalb ist es gerade hier wichtig, dass absolute Ruhe herrscht. Durch das Mopedgeknatter wird das Wild stark beunruhigt und vom gewohnten Wildwechsel vertrieben (durch den Jeep offensichtlich nicht). Ich möchte Sie also bitten den Wald hier auf dem schnellsten Weg zu verlassen. Wenn ich Sie wieder hier ohne ausdrückliche Genehmigung des zuständigen Forstamtes antreffe, werde ich entsprechende Maßnahmen ergreifen", triumphierte er nun wieder barscher.

Ich schaute den schmalen Weg entlang zum Hochsitz. Tief eingegrabene frische Reifenspuren sagten mir, dass hier alles Andere als Ruhe herrschte, auch ohne Moped. Und jetzt wurde es richtig laut hier. Etwa hundert Meter links von dem schmalen Weg begannen einige Motorsägen laut surrend mit ihrer Arbeit. Dann ein mörderischer Knall rechts neben dem schmalen Weg, als hätte eine Granate eingeschlagen und wir schreckten beide zusammen, bevor mehrere weitere solcher Schläge folgten. „Da werden nur die gefällten Holzstämme verladen, das geht vorüber", bemerkte der grün gekleidete Jägersmann. Na dann werde ich mich aus dem Staub machen, um Ihrer Anweisung Folge zu leisten und das Wild nicht weiter zu beunruhigen. Auf dem schnellsten Weg, ich kenne da nämlich eine Abkürzung", raunte ich ihm ganz leise zu. Ich schwang mich auf mein Moped und donnerte im ersten Gang mit Vollgas den schmalen Weg entlang am Hochsitz vorbei, was natürlich keine Abkürzung war.

9. Der Brunftschrei des Rothirsches und seine Folgen

Jedes Jahr im Herbst spielt sich nachts in unseren Wäldern das gleiche grandiose Schauspiel ab – die Brunft des Rotwildes. Liebestolle Rothirsche gehen auf ihre Rivalen los. Ihr Röhren, der Brunftschrei, ist meilenweit zu vernehmen.
Als naturbegeisterter Wälderbummler muss ich da natürlich dabei sein. Allerdings ist das nicht ganz ungefährlich. Nicht wegen der Hirsche – die sind harmlos – sondern wegen der Jäger, denn die haben jetzt Hochsaison. Trotz aller Vorschriften passieren immer wieder Jagdunfälle. Wenn man also diesen Leuten nicht unbedingt vor die Flinte laufen, oder sie auch nur verärgern möchte, gibt es einige Regeln zu beachten. Wenn dann alles geklärt ist, kann es losgehen mit dem Abenteuer.
Es war zu einer Zeit, als mein Sohn, später selbst begeisterter Jäger, noch ein Kind war. Das Interesse für Wald und Natur hat er nicht zuletzt von mir mit auf den Weg bekommen.

So kam es, nachdem ich mit den zuständigen Reviereignern eine Route abgesprochen hatte, dass ich ihm anbot, mich in das Rotwildrevier zu den schreienden Hirschen zu begleiten. Natürlich war er hocherfreut.

Begeisterung steckt bekanntlich an und so wollte seine Mutter natürlich auch dabei sein (damals war ich noch verheiratet, denn irgend wo musste mein Sohn ja herkommen).

Für mich hatte das Ganze noch einen weiteren Grund. In der damaligen Zeit war ich des Öfteren mit einem Diatonvortrag unterwegs und darin wollte ich unbedingt eine Tonbandaufnahme dieser Brunftschreie integrieren. Dazu musste ich zwar allein los, aber unser Familienausflug bot eine gute Gelegenheit, das Terrain und die Bewegung des Rotwildes zu erkunden.

So machten wir uns denn alle drei am späten Nachmittag auf den Weg. Nachdem wir das Auto am Waldrand geparkt hatten, ging es zu Fuß weiter und nach etwa einem km Wegstrecke gelangten wir zu einem offen gelegenem Plateau, und genau dort wollte ich mit den beiden hin. Hier war nicht zu erwarten, dass das Wild unseren Weg kreuzen würde, denn zu dritt hätten wir es ansonsten eh nur verscheucht. Aber es war ein idealer Platz, um dem zu lauschen, was da so vor sich ging. Auf der einen Seite war da das Höllental. Auf der anderen Seite ein Berggipfel von dem aus einige Rothirsche durch das Tal hinüber wechseln mussten, um zum Brunftplatz zu gelangen, wo sie unter ständigem Röhren ihre Kräfte messen würden.

Am intensivsten ist dieses Treiben in kalten und mondhellen Nächten.

In dieser Nacht war eigentlich alles ideal. Es war Vollmond und der Mond tauchte die Landschaft in ein fast taghelles silbernes Licht. Vom Höllental her stieg leichter Nebel auf. Dort formten sich schemenhafte elfenähnliche Fantasiegestalten. Auf der anderen Seite, dem nahen Berggipfel waren freistehende Fichten bereits mit Raureif überzogen. Trollen gleich machten sie den Eindruck eines

Hexenwaldes aus einem Märchenbuch perfekt. Gäbe es hier Erlen, wäre sicherlich auch der Erlkönig noch vorbeigekommen. Ich fand diese Beschaulichkeit faszinierend, mein Sohn wahrscheinlich auch, etwas weniger meine Frau.

In der Ferne waren auch die ersten Schreie der Hirsche zu hören und schnell kamen sie vom Berggipfel her näher. Wie erwartet ging es durch das Höllental in Richtung Brunftplatz. Die hervorragende Akustik dieses steil abfallenden Talgeländes verstärkte die Schreie so, als wären die Hirsche direkt neben uns.

Mein Sohn und ich waren begeistert von dem gesamten Szenarium. Meine Frau sah im Gesicht aus, als wäre sie in ein Mehlfass gefallen.

Jetzt schrie auch noch ein Mäusebussard, der schon länger über uns seine Kreise zog. Eigentlich gehörte er als tagaktives Tier nicht dorthin. Aber er war nicht der Einzige, der sich in der silberhellen Nacht herumtrieb.

Jedenfalls reichte es meiner Frau und obwohl ich um absolute Ruhe geboten hatte, äußerte sie lautstark, „Ich habe Angst und will nach Hause." Das hätte sie besser nicht tun sollen, denn jetzt ging ein richtiges Spektakel los.

Die liebestollen Hirsche störte ihr Ausruf überhaupt nicht, die röhrten vom Höllental herkommend schaurig weiter. Wohl aber einige Eichelhäher, auch „Waldpolizei" genannt, die mit ihrem Gezeter alles in der Umgebung vor uns Eindringlingen warnten. Das wiederum weckte ein offensichtlich nur etwa drei Meter entfernt schlafendes Eichhörnchen auf, das nunmehr erbost losgurgelte und uns dabei, ohne von uns gesehen zu werden aus Neugier noch entgegen kam. Jetzt musste mein Sohn auch noch über seine Mutter lachen, die sich inzwischen kreidebleich hinter dem Baumstumpf, auf dem sie vorher gesessen hatte verkroch. Dieses Lachen wiederum passte einem jungen Rehbock nicht, der auf der anderen Seite vom Höllental auf einer kleinen Lichtung erschien und mit seinem Hundegebell ähnlichen lauten Schrecken auf sich aufmerksam machte. Nun wurde auch noch eine Amsel mobil, die sich hinter dem Baumstumpf an dem sich meine Frau krampfhaft fest klammerte, mit lautem Gackern erbost bemerkbar machte. Das alles war ihr zuviel. Laut aufschreiend lief sie in der einzigen Richtung woher keine Stimmen ertönten davon. Aber in etwa 20 Metern Entfernung befand sich ein Trupp größerer Fichten, die einigen Krähen als Schlafplatz dienten. Wenn Krähen des Nachts geweckt werden, vollführen sie ein mordsmäßiges und schauderhaftes Gekreisch, das einem schon mal das Blut in den Adern erstarren lassen kann, zumal wenn man ohne Erfahrungen nicht weiß, was da abgeht und wer der Verursacher ist.

Meine Frau, die natürlich die Krähen aufgeweckt hatte war ziemlich am Ende, hockte wimmernd im Gras und wollte nur noch nach Hause.

So blieb uns denn nichts anderes übrig, als sie links und rechts „beschützend" zur Straße und in das Auto zurückzuführen.

Dort angekommen, äußerte mein Sohn schwärmerisch: „Dieses tolle Erlebnis haben wir nur meiner Mutter zu verdanken." Obwohl ihr der Schrecken noch tief im Nacken saß, konnte sie zumindest wieder lachen. „Nie wieder gehe ich nachts in den Wald". „Dann bringen wir eben die Tiere zu dir nach Hause", ulkte mein Sohn, und so ähnlich sollte es tatsächlich noch kommen.

Ich hatte ja immer noch die Tonbandaufnahme eines schreienden Hirsches geplant. So bewaffnete ich mich am nächsten Abend mit Videorecorder und Richtmikrofon.

„Ich konnte letzte Nacht kaum schlafen, denn mir saß immer noch dieses Waldspektakel in den Gliedern. Ich lasse die Schlafzimmertür auf, dann bekomme ich mit, wenn du gegen Mitternacht wieder nach Hause kommst", gab mir meine Frau mit auf den Weg.

Dieses Mal war ich wieder mit meinem Moped unterwegs. So musste ich nicht direkt an der Straße anhalten, sondern konnte noch ein Stück den Waldweg entlang fahren. Das dort abgestellte Moped störte das Wild nicht weiter. Das wusste ich aus Erfahrung. Bei unserem gestrigen Waldgang hatte ich mir einen starken

Hirsch besonders gemerkt. Mit tiefer sonorer Stimme überquerte er den Weg, den wir gekommen waren und wechselte vom Berggipfel herziehend in die seitliche Hanglage des Höllentals. Das würde er heute wieder tun. Da war ich mir ziemlich sicher. Außerdem wusste ich ja nun, wo er in etwa über den Weg wechseln würde. Also begab ich mich in die Nähe dieser Stelle und zwar so, dass mir der Wind in die Nase wehte. Damit war ich sicher, dass der Hirsch beim Anwechseln keine Witterung von mir bekam. Würde er ein Stück hinter mir über den Weg wechseln, hätte ich dagegen schlechte Karten.

Endlich nach etwa einer Stunde Wartezeit hörte ich das Schreien des Hirsches. Es war tatsächlich der starke Hirsch von gestern. Ich erkannte das sofort an seiner tiefen volltönenden lauten Stimme. Nur würde er um einiges weiter weg meinen Weg kreuzen. Ich musste mein Versteck verlassen und mich ganz vorsichtig noch etwa 50 m weiter begeben. Der liebestolle Schreihals war noch weit genug von mir entfernt, so dass das auch mühelos gelang. Doch jetzt brauchte ich schnellstens ein gutes Versteck. Ich hatte keine große Wahl. Vor mir befand sich am Wegesrand eine Felsnische. Dort entsprang eine der Vielzahl von Quellen, die den Bach im Höllental mit Wasser speisten. Die einzige Möglichkeit die mir blieb war, mich in das eiskalte, schon halb zugefrorene Quellwasser zu setzen. Das tat ich denn auch in fast letzter Minute, denn der Hirsch war nur noch etwa 50 Meter von mir entfernt. Ich stellte meinen umgehängten Recorder an, positionierte das Mikrofon, und mir gelangen tolle Aufnahmen, denn der Hirsch wechselte keine 10 Meter vor mir über den Weg.

Der Brunstschrei eines Rothirsches aus dieser kurzen Entfernung in freier Wildbahn und mitten in der Nacht, lässt selbst den erfahrendsten Wäldler das Blut in den Adern gefrieren. Das war aber nicht das Einzige, was gefroren war. Auch mein Hinterteil war am Boden festgefroren und das Aufstehen bereitete mir ziemliche Probleme. Als ich mich endlich wieder aufrecht auf meinen Hinterläufen befand, dachte ich, ich traue meinen Ohren nicht. Ein zweiter viel jüngerer Hirsch bewegte sich mit hellem Gekreisch in meine Richtung. Allerdings würde er hinter mir den Weg kreuzen und Witterung von mir bekommen. Genauso passierte es denn auch.

Normalerweise flüchtet Wild gegen den Wind. Das ging aber in dem Fall nicht, denn dort stand ja ich. Genau in Windrichtung flüchten wollte das Tier wohl auch nicht. So blieb ihm nichts anderes übrig, als in panischer Flucht den Weg entlang zu laufen. Dort befand sich aber mein Moped.

Ein lautes Scheppern sagte mir, dass ich mit meinen Gedanken wohl richtig lag. Und ein Moped ist nun mal kein Reisighaufen, den man als Hirsch einfach überrennen kann. Aber glücklicherweise war nichts weiter passiert, weder dem Hirsch, noch dem umgefallenem Moped. Nur von dem wenigen Benzin, das ich im Tank hatte, war fast nichts mehr übrig. So kam ich noch etwa zwei Kilometer und dann war Ruhe. „Wer sein Rad liebt, der schiebt", war nun die Devise. Aber was soll's, die restlichen knapp zehn Kilometer schaffe ich ja wohl auch noch. Es ging immer schön bergauf und bergab und bergab rollte das Ding ja mühelos. Nur leider ging es meistens bergauf. So war ich denn nach knapp drei Stunden im Morgengrauen endlich zu Hause angekommen.

Zuerst stolperte ich ins Badezimmer und stellte die fest gefrorene Hose in die Badewanne. Vor Kälte bibbernd begab ich mich in die Küche und zündete erst mal alle vier Flammen des Gasherdes an, denn das wärmte am schnellsten. Neugierig bis zum Abwinken positionierte ich den Recorder auf der Arbeitsfläche daneben und hörte mir bei vollaufgedrehter Lautstärke die Bandaufnahme an, ohne die Küchentür zu schließen. An die offene Schlafzimmertür im Obergeschoss dachte ich schon gar nicht mehr.

Laut erschallte der Brunftschrei des Hirsches vom Band und ich war begeistert.

Doch jetzt ertönte ein markerschütternder und von Todesangst geprägter Schrei aus dem Schlafzimmer. Ich war so erschrocken, dass wahrscheinlich mein Herz für einen Moment zum Stillstand kam. Reflexbedingt zuckte ich zusammen und geriet mit dem Unterarm in die Gasflamme. Jetzt war ich an der Reihe mit schreien. Ich zog den Arm zurück geriet ins Wanken und landete auf dem Fußboden.

Während ich mir den verbrannten Arm rieb, kam meine Frau vom Schlafzimmer her die Treppe heruntergestolpert. „Wo kommst du denn jetzt her? Ich hatte schon Alpträume, dein Rothirsch wäre in unserer Küche. Warum hast du den Gasherd angebrannt und warum sitzt du auf dem Fußboden? Du bist ja kreidebleich und dein Arm ist angeschwollen. Ist dir im Wald etwas passiert?" „Im Wald ging alles fast normal zu, erst hier geriet alles aus den Fugen", stammelte ich.

Und das Fazit dieser Geschichte:

Da sage noch einer, im nächtlichen Wald höre man schaurige Stimmen und es sei gruselig oder gar gefährlich. Es gibt wohl schlimmere Orte, wie ich jetzt aus Erfahrung weiß.

IX Einige Geschichten, die sich nicht in die vorherigen Kapitel einordnen lassen

Es gibt da noch einige weitere Geschichten zu den unterschiedlichsten Themenbereichen, die nicht unter einer gemeinsamen Kapitelüberschrift zusammengefasst werden können. Aber gerade einige dieser Geschichten trugen dazu bei, dieses Büchlein überhaupt zu schreiben.

Eines Abends saß ich nach getaner Heimwerkelei auf dem Balkon und schaute der untergehenden Sonne zu. Bei meinen Gedankengängen musste ich darüber lächeln, was heute wieder so schön schief gelaufen ist. Eigentlich wollte ich so etwas doch mal aufschreiben, kam es mir in den Sinn. So entstand nach kurzer Zeit mit einigen Geschichten dieses Kapitels der Kern meines Büchleins.

Natürlich musste oft etwas mehr „Action" her, um die jeweilige Story interessanter zu machen, denn so blöd wie manchmal hier dargestellt, bin ich wohl wirklich nicht, oder vielleicht doch?

Gerade jetzt während ich so schreibe, fallen mir noch zwei kleine Eulenspiegeleien aus meiner Jugendzeit ein, die keiner weiteren Ausschmückung bedürfen:

* * *

Nachdem ich das erste mal die alten Fenster meines Häuschens gestrichen hatte, musste ich die Flügel ja wieder einhängen. Jetzt ließen sich die Fenster aber nicht mehr schließen. Dafür gingen sie nach außen auf. Nun ja, ich hatte nur linke und rechte Fensterflügel verwechselt.

* * *

Als ich an einem Tag nach ziemlich viel Elektrobasteleien noch etwas Zeit hatte, überlegte ich mir, dass man ja aus einem übriggebliebenem Stück Kabel noch eine Verlängerungsschnur herstellen könne (in DDR-Zeiten war alles Mangelware und die Devise lautete „do it yourself"). „Ob der Stecker wohl auch leichtgängig in die Dose passt?", fragte ich mich. Das musste gleich ausprobiert werden. Um mich nicht im Kabel zu verheddern, nahm ich den Stecker in die eine Hand und das bereits abisolierte andere Ende in die andere. Noch einen kräftigen Schluck aus der DDR-Cola-

Flasche und rein mit dem Stecker in die Dose. So hoch bin ich noch nie gesprungen.

Heute muss ich an die Westwerbung denken. Wenn Red Bull Flügel verleiht, wurde dieses Gesöff von unserer DDR-Cola bei weitem übertroffen.

* * *

Auch wenn man sich mit solchen Storys ganz schön zum Affen machen kann, finde ich das ganz okay, zumindest wenn man über sich selbst lachen kann.

Weil ich nun nicht jeder Episode eine eigene Kapitelüberschrift verpassen möchte, habe ich im Folgenden mal alles in einem Kapitel zusammengefasst, was mir sonst noch so eingefallen ist.

1. Mein neues Haustier – Sumsi, die Stubenfliege

Wenn jemand behauptet, er hätte kein Haustier, so ist das zumindest in 90 Prozent aller Fälle erst einmal gelogen. Gehen wir mal rein logisch vor und stellen uns die Frage: „Was ist eigentlich ein Haustier?" Zum Ersten müssen wir es durchfüttern. Das tun wir bei unseren heimischen Fliegen zwar unbewusst, aber wir tun es. Zum Zweiten haben wir an dem Tierchen unsere Freude, aber mitunter kann es uns auch ganz schön ärgern. An unserer Stubenfliege haben wir zwar kaum Freude, aber ärgern kann sie uns schon. Die Haustiere sind unsere ständigen Begleiter und allgegenwärtig. Das ist unsere Stubenfliege auch. So hat fast ein jeder ein Haustier, wäre die richtige Schlussfolgerung.

Meine Stubenfliege allerdings war sicherlich ein ganz außergewöhnliches Haustier und sorgte für eine ziemliche Unordnung in meinem Leben.

Angefangen hat alles damit, dass sie mich beim Mittagsschlaf immer wieder extrem ärgerte. Zuerst überlegte ich, ob ich ihr nicht Stiefelchen an ihre sechs Beine verpassen könnte, damit es nicht so kribbelte, wenn sie liebevoll über meinen Kopf marschierte, denn sie war ja immerhin mein Haustier. Doch verwarf ich den Gedanken ganz schnell wieder, denn sicherlich landete ich in der Klapsmühle, wenn ich mit diesem Anliegen zum Schuster ging. In der Klappsmühle wäre ich aber beinahe doch gelandet, wie sich später herausstellen sollte.

Jedenfalls wurde Sumsi (so nannte ich sie mittlerweile) immer lästiger. Um dem Summen zu entgehen, stellte ich das Radio auf volle Lautstärke, aber das Summen an meinem Ohr übertönte auch das. Außerdem war bei diesem Krach an Mittagsschlaf nicht zu denken und die Nachbarn schauten mich blöde an.

So kam es, dass ich bei aller Tierliebe Mordgedanken hegte und daran ging, diese in die Tat umzusetzen.

Also nahm ich mir vor, der Fliege beim nächsten Mittagsschlaf eine Falle zu stellen. Mit weit von mir gestrecktem Arm lag ich auf der Couch, bereit jeden Moment kräftig zuzuschlagen, egal wohin sich die Fliege setzen würde und sie setzte sich auf meine Wange.

„Jetzt oder nie", sagte ich mir und schlug mit voller Wucht zu. Ich sah Sterne und schrie auf. Die Fliege schrie auch, so hörte sich jedenfalls ihr Summen an, allerdings nur weil sie inzwischen an meinem Ohr saß. An Mittagsschlaf war nicht mehr zu denken. Während ich meine blau angelaufene und geschwollene Wange kühlte, überlegte ich, welche Mordwaffe ich sinnvoller Weise einsetzen könnte und kaufte am nächsten Tag eine Fliegenklatsche. Siegesgewiss nahm ich das Ding zur Hand und begab mich zur Mittagsruhe. Auch die Fliege traf pünktlich ein und umsummte meinen Kopf. Ich wartete und wartete bis sie sich endlich setzen würde und ich mit der Fliegenklatsche dem Spuk ein Ende bereiten könnte. Endlich, als die Mittagspause fast zu Ende war, setzte sich die Fliege. Allerdings setzte sie sich auf die Fliegenklatsche. Wutentbrannt warf ich das Ding auf den Boden. Jetzt setzte sich die Fliege nicht mehr auf die Fliegenklatsche, sondern wieder auf mein Gesicht.

Ich überlegte, was ich nun noch tun könne. Dabei erinnerte ich mich an meine Kindheit. Da gab es früher so klebrige Dinger, die in langen Streifen herunter hingen. Es waren Fliegenfänger. Wenn eine Fliege an solch einen Streifen flog, klebte sie daran fest. Mir war klar, dass ich genau so etwas brauchte. Ich wurde fündig und kaufte gleich zehn von diesen Dingern. Jetzt musste ich sie nur noch an strategischen Punkten positionieren. Ich verteilte sie rund um die Couch, hängte sie an die Lampe und andere exponierte Stellen im Wohnzimmer.

„Alles ist nur eine Frage der Zeit", dachte ich mir. Doch es war eine lange Zeit, eine sehr lange Zeit. Die Fliege mied die Dinger wie die Pest. Sie setzte sich auf die Lampe und ich hatte den Eindruck, sie lachte. Ich weiß nicht, ob Fliegen lachen können und auch die Fliegensprache verstehe ich nicht. Aber jetzt war das Maß voll und ich bekam einen Wutanfall. So ergriff ich eine Walnuss, die in der Obstschale auf dem Tisch lag und schleuderte sie gegen die Fliege. Volltreffer, nicht die Fliege, die Lampe war es die knackste. Ich stieg auf einen Stuhl, um den Sprung im Lampenschirm zu begutachten. Jedenfalls fiel das Ding nicht auseinander. Etwas beruhigt stieg ich vom Stuhl. Aber auf dem Boden lag ja die Walnuss. Mit dem vom Stuhl mitgebrachten Schwung rollte ich mit dem linken Fuß über sie hinweg. Mit dem rechten Bein erwischte ich das Stuhlbein. Jetzt lagen wir alle drei auf dem Boden, unter meinem Gesäß die Walnuss, dann kam ich und über mir der Stuhl, nur die Fliege nicht. Die saß nunmehr wieder auf dem Lampenschirm und schaute seelenruhig zu. Noch etwas benommen erhob ich mich und taumelte prompt gegen einen Fliegenfänger, der da unweit von mir herunterhing. Mit dem Ding im Gesicht sah ich nicht mehr viel, landete am zweiten Fliegenfänger und streifte auf dem Weg zur Küche noch einen Dritten. Als ich endlich in der Küche ankam, war ich völlig eingekleistert und das Zeug wieder zu entfernen dauerte fast eine Stunde. So hatte ich genügend Zeit, über das Fliegenproblem neu nachzudenken. Irgendwie hatte ich meine Sumsi liebgewonnen und es gab ja eine Menge Vorkommnisse die uns beide verbanden. So beschloss ich, die Fliege doch nicht zu töten. Ich suchte mein altes Aquarium, versah es mit allen möglichen Fliegenleckereien und stellte es vor die Fliege auf den Wohnzimmertisch. Es dauerte nicht lange und Sumsi konnte den Leckereien nicht mehr wiederstehen. Jetzt noch schnell einen mit kleinen Löchern versehenen Deckel darauf und die Fliege befand sich in ihrem neuen Käfig.

Ich freute mich über mein Haustier, das mich ja jetzt nicht mehr ärgern konnte.

Aber es sollte bald zu neuem Ärger kommen, der die bisherigen Geschehnisse weit übertraf.

Ein paar Tage später läutete es. Ich öffnete die Tür und ein Vertreter trat herein. Ich mag diese Typen nicht und der wollte mir ausgerechnet Fliegenfänger verkaufen. Ich explodierte, haute ihm eine runter und knallte ihm die Haustür vor den Kopf, was ihm eine tolle Platzwunde verschaffte. Das stellte ich fest, als ich die Tür wieder öffnete. Nichts desto trotz schubste ich ihn noch die Treppe hinunter.

Am nächsten Tag klingelte es wieder. Ich öffnete die Tür und holte schon zum Schlag aus. Ich schlug aber nicht zu, denn es war die Polizei.

Der Fliegenfängertyp hatte Anzeige wegen Körperverletzung erstattet. Ich faselte was von Hausfriedensbruch. Der Polizist war aber der Meinung, dass hier eine völlig unangemessene Reaktion meinerseits vorlag. Ich erklärte ihm, dass ich nicht Herr meiner Sinne gewesen sei, entschuldigte mich höflich für mein Verhalten und schilderte ihm die ganze Fliegengeschichte bis hin zu der Lösung mit dem Aquarium. Ganz stolz konnte ich ihm berichten, dass Sumsi sich offensichtlich wohlfühle, denn sie hatte schon drei Junge bekommen. Der Polizist schaute mich ziemlich blöde an.

Na ja man sagt ja der Polizei in vielen Polizistenwitzen einen gewissen Dachschaden nach, was hier voll zutraf, denn ich denke er verstand überhaupt nichts.

Ich dagegen verstand nicht, warum mir kurze Zeit später ein gerichtlicher Bescheid zuging, mit der Aufforderung, mich durch einen Psychiater untersuchen zu lassen. Ich hatte doch keinen Dachschaden. Hätte ich die Fliege sexuell missbraucht oder gar umgebracht, so drohte mir vielleicht ein Jahr Bewährung, wie anderen Sexualtätern oder fahrlässigen Totschlägern auch, aber das war ja nicht der Fall und so konnte mir eigentlich nichts passieren. Also begab ich mich zum Psychiater. Das Aquarium, in dem sich mittlerweile viele Fliegen tummelten, nahm ich natürlich als Beweisstück mit in die Arztpraxis. Dort angekommen, schilderte ich dem Psychiater meinen Fall. Der wiegte bedenklich mit dem Kopf und bemerkte, dass ein solches Verhalten wie meines bei einer Störung durch viele Fliegen eventuell noch verständlich wäre. In meinem Fall, der ja den Umgang mit nur einer Fliege betrifft, sei eine psychiatrische Behandlung wohl unumgänglich. „Ich habe inzwischen viele Fliegen", antwortete ich und stellte triumphierend das Aquarium mit meinen inzwischen zahlreichen Fliegen auf den Tisch. Dabei rutschte mir allerdings der Deckel vom Aquarium und die Fliegen erfreuten sich ihrer neuen Freiheit. Alles andere als erfreut war der Psychiater. Er sprang unter den Tisch und rief erst einmal ganz laut um Hilfe und nach der Feuerwehr.

Ich flog raus und war meine Fliegen und das Aquarium los. Danach habe ich seit Jahren weder vom Psychiater noch vom Gericht wieder etwas gehört. Na ja, es heißt ja, dass Behörden sehr träge reagieren. Vielleicht bekomme ich ja eines Tages wenigstens mein Aquarium zurück, wenn auch ohne meine geliebte Sumsi.

2. Warum ich nur noch im Sitzen pinkle, was aber manchmal auch nicht hilft

– Am Montagmorgen, ich träume vom GV;
  Das Ding steht aufrecht, ich richte mich auch auf und es folgt

der Gang zur Toilette. Wohl gezielt wird das Becken angepeilt, doch der Strahl landet schräg gegenüber an der Wand.

Also Abwascheimer und wischen;

Frühstück eine halbe Stunde später;

– Am Dienstagmorgen, ich träume nicht vom GV.

Ich stehe auf und es folgt der Gang zur Toilette. Das Ding ist kaum zu finden und es reicht nicht bis zum Becken.

Also nasse Klamotten runter, in die Waschmaschine, neue Klamotten anziehen, Abwascheimer und wischen;

Doch was ist nun los. Ich muss schon wieder pinkeln! Das ganze beginnt von vorn.

Frühstück 2 Stunden später;

Also ist es wohl besser, sich zum Pinkeln zu setzen.

– Am Mittwochmorgen, ich träume von der Toilette und erinnere mich an Dienstag.

Ach ist das alles schön, denn da ich jetzt sitze, kann ja nichts schief gehen.

Ich werde wach und stelle fest: „Ich bin ja gar nicht auf der Toilette".

Also Bett abziehen, ab damit in die Waschmaschine und Bett neu beziehen;

Frühstück 3 Stunden später;

Was nun?

3. Das verflixte Rohr

Endlich wieder mal ‚ne feste Freundin. Da kommt Hoffnung auf, Zukunftspläne und so. Dabei ist es ja auch völlig in Ordnung, wenn sie in meinem trauten Heim ein paar Veränderungen wünscht, wie z. B. letztens bei Ikea: „Schatz schau mal, welch wunderschöne

Kommode. So was fehlt noch in deinem Schlafzimmer", rief sie voller Begeisterung. Beim Anblick dieses Vehikels packte mich das kalte Grausen und ich gab zu bedenken, „aber passt die denn überhaupt noch rein?" Das kriegen wir schon hin, bitte, bitte kaufe sie mir", war ihre Antwort.

Also was soll's, in der unteren Etage dazu noch eine Wäscheleine gekauft, vier Sesselrollen und ab ging's mit ihrem Smart mit der Kommode hinten dran in Richtung Häuschen und Schlafzimmer. Schnell war das Vehikel ins Obergeschoss geschleppt und ihrer Meinung entsprechend, ein passender Platz gefunden. Aber so passend wie sie sich das vorstellte, war es aber nun auch wieder nicht. Es fehlten einfach 10 cm.

„Was ist denn dort in der Zimmerecke unter der Verkleidung?" fragte sie. „Och, da ist nur eine stillgelegte Wasserleitung, denn da wo die Kommode hin soll, war früher mal ein Waschbecken."

„Na prima, dann passt's doch. Dann kannst du mir gleich eine Kostprobe deiner handwerklichen Fähigkeiten geben, die du in deiner Heiratsanzeige so gepriesen hast", rief sie. „Betätige dich eben als Klempner, hau die alte Leitung raus und tapeziere alles neu, dann haben wir die 10 cm, die wir für die Kommode brauchen", plapperte sie zwanglos weiter. Na da hatte ich mir ja was eingebrockt. Wer ahnt denn bei dieser lächerlichen Anzeige gleich so was. Doch was soll's, irgendwie musste ich das Kind nun schaukeln.

Also frisch ans Werk und an die Gipskartonverkleidung. Nach zwei abgebrochenen Schraubenziehern wurde diese letztlich nach nur 3 Tagen mit einem großen Hammer besiegt und außer ein paar faustgroße Löcher im Mauerwerk entstanden auch keine nennenswerten Schäden.

Staunend stand ich nun vor den beiden Leitungen, denn da war nicht eine, sondern gleich zwei!

Na klar – so mein Geistesblitz: „Wenn Wasser durch eine Leitung nach oben gelangt, muss es ja wohl durch die zweite wieder nach unten."

Was ist hier nun zu tun, überlegte ich. Die Leitungen glatt am Fußboden abzuschneiden ging nicht, denn da kam man in der Ecke nicht ran. Also müssen die kompletten Leitungen raus, bis runter in den Keller. Dazwischen befand sich aber das Erdgeschoss, wo die Leitungen ebenfalls mit Gipskarton verkleidet waren. Na ja jetzt hatte ich ja Erfahrung mit deren Entfernung, die Arbeit war in nur zwei Tagen erledigt und auch waren da weniger Löcher im Mauerwerk.

Allerdings hatte ich nunmehr 2 Zimmer neu zu renovieren.

Ich wandte mich wieder meinen Rohrleitungen zu.

Die Leitung die offensichtlich das Abwasser nach unten führte, war hier im Erdgeschoss ineinander gesteckt. Für mich ein klarer Ansatzpunkt, denn wenn ich hier die Verbindung löse, könnte ich ja das Rohr einfach nach unten durchziehen. Ich zog und zog und das ging anfangs ganz gut. Doch dann war plötzlich Schluss. Ein Stück Putz an der Decke brach heraus und dennoch ging es nicht weiter. Ich ging hoch ins Obergeschoss und da sah ich das Dilemma. Natürlich, das Rohr war oben ausgeweitet und passte nicht durch das Loch nach unten.

Das sollte aber kein Problem sein, sagte ich mir, dann schiebst du eben das Rohr von unten nach oben. Gesagt, getan, und es klappte ganz gut. Jetzt musste ich nur wieder nach oben, um das Rohr ganz heraus zu ziehen. Dort angekommen sah ich, dass das Rohr bereits bis zur Zimmerdecke reichte. Auch hier klaffte an der Decke ein Loch im Putz, durch das sich das Rohr in Richtung Hausboden gebohrt hatte, weil ja der Raum im Obergeschoss etwas niedriger war. Der Hausboden war aber noch niedriger! Die einfachste Lösung wäre ja nun, ein Loch zum Boden und in das Hausdach zu bohren, um das Rohr ganz nach oben ins Freie zu befördern. Da kamen mir aber doch gewisse Bedenken. Also das Ganze wieder zurück und ich war so schlau wie am Anfang der Aktion.

Nach dem Motto „kommt Zeit, kommt Rat", ließ ich alles einfach so an der Wand hängen und überschlief das Ganze erst ein paar Mal bis zum Wochenende. Da kam nämlich meine feste Freundin, die mir das alles eingebrockt hatte.

Als ich ihr meine bisherigen handwerklichen Fortschritte präsentierte, sprach sie: „Aber was riecht denn hier so? Hast du schlechte Luft gemacht?" Oh je, ging es mir durch den Kopf, der nun offenliegende untere Teil der Abwasserleitung führte ja irgendwie direkt in den Abwasserkanal.

Ein nasser Lappen in das Rohr gestopft, löste vorerst das Problem. Doch die Freundin nervte, „Schatz wie geht es nun aber weiter?" Ich kaufe nächste Woche noch etwas geeigneteres Werkzeug und dann ist das Abwasserrohr kein Problem mehr", log ich. „Na ja, dann kannst du dir ja inzwischen die andere Leitung vornehmen", erwiderte sie mit fachmännischem Blick.

Ich nickte nur mit dem Kopf und ging frisch ans Werk. Hier befand sich eine Verschraubung im Obergeschoss und eine im Erdgeschoss. Dadurch waren die Leitungsstücke kürzer und es bestand keine Gefahr, mit dem Rohrende wieder auf dem Hausboden zu landen. Es sollte also wirklich keine Probleme geben, frohlockte ich, denn jetzt konnte ich meine handwerklichen Fähigkeiten in ihrem Beisein unter Beweis stellen.

Also begab ich mich wieder nach oben, um dort die Leitung zu trennen. Das ging ja ganz leicht. Schnell war die Verschraubung fast gelöst. Doch dann ein Zischen und ein Knall, gefolgt von einem harten Schlag der Verschraubung gegen meinen Kopf und ich verlor das Bewustsein, welches ich wegen einer kalten Wasserdusche aber schnell wieder fand. In Anbetracht der sprudelnden Wassermassen hatte ich geistesgegenwärtig nur einen Gedanken – Abstellhahn!

Damit das Wasser im Raum blieb, schloss ich die Tür hinter mir und eilte in den Keller, wo ich den Abstellhahn auch gleich im Blick hatte. Ich drehte ihn zu und atmete auf. „Schatz, warum habe ich in der Küche kein Wasser mehr?", klang die liebliche Stimme meiner Freundin in meine Ohren.

Verzweiflung – denn oben plätscherte alles lustig weiter. Da musste also noch ein Hahn sein. Da war aber nicht nur noch einer, sondern drei! Was soll's, erst mal alle zudrehen. Und endlich, das Plätschern hörte auf. Doch es wurde langsam kalt im Haus, denn die Heizung ging irgendwie nicht mehr.

Das verstand ich nun überhaupt nicht. Offensichtlich hatte ich einen Hahn mit erwischt, der mit der Wasserleitung überhaupt nichts zu tun hatte, sondern irgendwie mit der Heizung. Aber welcher war das? Hier konnte nur gezieltes Ausprobieren helfen. Inzwischen sah ich aber nicht nur drei Hähne sondern fünf. Natürlich wusste ich nicht mehr, an welchen Hähnen ich überhaupt gedreht hatte. Irgendwann wurde es wieder schön warm, eigentlich viel zu warm, was mich stutzig machte. Jedoch wurde ich durch das Geplapper meiner Freundin aus der Küche abgelenkt, die dort immer noch kein Wasser hatte.

So begab ich mich erst mal wieder nach oben, um mich weiter mit der Leitung zu beschäftigen. Dort war meine Freundin aber schon vor mir angekommen, um zu sehen, was eigentlich los ist.

Als sie die Tür nach innen aufstieß, kam mein Ruf „Bitte nicht!" natürlich zu spät. Ich konnte mich vor den nach unten strömenden Fluten gerade noch auf die Seite retten. Aber sie wurde die gesamte Treppe hinab gespült bis vor die Kellertür. Dann gab es einen mörderischen Knall im Keller. Die Kellertür flog davon und begrub meine Freundin unter sich.

Aber wie so oft in meinem Leben, hatte ich riesiges Glück, weil die Wassermassen die Stichflamme aus dem Keller gleich wieder löschte und Luft bekam meine Freundin offensichtlich auch, denn sie bewegte sich noch.

Was ernstliches war ihr nicht passiert. Das sagte man mir jedenfalls in der Notaufnahme im Krankenhaus.

So nahm alles ein fast glückliches Ende.

Der zur Hilfe geholte Klempner hatte die Heizung schnell wieder in den Griff bekommen und auch die beiden Leitungsrohre entfernt.

Das komplette Kommodenproblem war auch gelöst, denn die war nunmehr unbrauchbar. Lediglich die Wiederherrichtung meines Häuschens bereitete mir noch etwas Kopfzerbrechen. Aber dafür hatte ich jetzt viel Zeit, denn natürlich war ich wieder Single.

4. Die Renovierung

Misserfolge, wie bei meinen Klempnerarbeiten, können eigentlich nur zu zwei Alternativen führen: Entweder man resigniert und überlässt alle weiteren Aktivitäten dem Fachmann, oder man lässt sich nicht entmutigen und nimmt die Herausforderung der nun erforderlichen weiteren handwerklichen Aufgaben an.

Denn jetzt musste das Häuschen erst mal wieder hergerichtet werden und das tat ich natürlich im Alleingang. Selbstbewusst plante ich die Dinge, die da nun folgen sollten. Zuerst mal mussten die entstandenen faustgroßen Löcher in den Wänden weg und das könnte am besten mit einer Maurerkelle und etwas mit Wasser angerührtem Putz gehen, den es im Baumarkt fix und fertig zu kaufen gab. Aber als ich die Kelle mit Schwung in Richtung des ersten Loches bewegte, rutschte der Putzklumpen rückwärts von der Kelle. Das ganze erinnerte mich an eine Kuh auf der Weide, die dort ihr Geschäft erledigte. Also was nun?

Ich formte einen „Putzkloß" und drückte ihn in das Loch in der Wand. Als ich los ließ, verrichtete aber die Kuh ihr Geschäft erneut. So kam ich nicht weiter. Ein anderes Material musste her und die Lösung hieß: Gips!

Da ich ja mit der Kelle zu schlechte Erfahrungen gemacht hatte, drückte ich einen Gipskloß in das Loch und hielt ihn so lange fest, bis der Gips hart war. Das sah erst mal ganz gut aus. Als ich aber meine Hand zurückzog, befand sich der Gipskloß an meiner Hand und das Loch war wieder da. Aber schon nachdem ich die

Hand eine halbe Stunde lang bewegte, hatte sich der Gips soweit gelöst, dass ich wieder zugreifen konnte. Beim nächsten Versuch machte ich die Hand richtig nass und alles klappte so gut, dass ich den Gips mit der nassen Hand auch einigermaßen glatt streichen konnte. Nachdem alle Löcher beseitigt waren, ähnelte die Wand zwar einem frisch gepflügtem Ackerfeld, aber den Rest würde bestimmt die Tapete bringen.

Also ab in den Baumarkt und mal nachgefragt, was man alles zum Tapezieren braucht und wie das dann alles funktioniert steht sicherlich jeweils in den Bedienungsanleitungen.

Eigentlich war alles eine klare Sache, nur als ich den netten Verkäufer fragte wie viel Tapete ich denn brauche, wollte er natürlich wissen, wie viel Quadratmeter ich tapezieren wolle, aber das wusste ich auch nicht auf Anhieb. Aber ich kannte ja die Zimmergröße. So begann ich in Gedanken zu rechnen. Die Wohnfläche beträgt in beiden Räumen je 20 m². Fußboden und Decke brauchte ich ja nicht zu tapezieren, verblieben die vier Wände, also 4x20 m². Das sind also 80 m² Tapete. Ich rechnete weiter: Auf einer Rolle sind 10 m und die Rolle ist 0,5 m breit. Das sind also 5 m². Also benötigte ich für einen Raum 16 Rollen Tapete. Da das aber wegen des Musters nicht aufgehen konnte, rechnete ich besser mit der anderthalbfachen Menge also 24 Rollen. So kaufte ich für zwei Räume 48 Rollen Tapete.

Der Verkäufer sagte nur: Alle Achtung, da haben Sie sich ja was vorgenommen, sind Sie sich bei der Menge auch wirklich sicher?". Nur lässig abwinkend antwortete ich: „Mathematik ist das halbe Leben, es wird schon reichen".

Bewaffnet mit Malerbürste, Tapeziertafel, mehreren Päckchen Tapetenleim und den 48 Tapetenrollen verließ ich den Baumarkt und wunderte mich, wieso mir mehrere Personen erstaunt und grinsend beim Verstauen meines Einkaufs zusahen.

Zu Hause angekommen, studierte ich erst mal alle Bedienungsanleitungen und Gebrauchsanweisungen. Zuerst sollte ich also den

Leim ansetzen, da der ja erst etwas quellen musste. So kippte ich alle Päckchen Tapetenleim in einen Eimer und gab die Wassermenge hinzu, wie sie auf einem der Päckchen draufstand. Außer ein paar Klumpen tat sich aber gar nichts. Offensichtlich, war die Gebrauchsanweisung Käse und ich musste nach eigenen Ermessen weiter handeln. Um das Pülverchen zu lösen, musste bald ein zweiter, dritter, vierter und fünfter Eimer her und endlich ergab sich eine dicke Pampe von klebrigen Tapetenleim. Als Nächstes kam die Tapeziertafel, oder Tapeziertisch, wie auf dem Etikett stand, an die Reihe, die ich fachgerecht entfalten und aufstellen musste. Unten hatte sie links und rechts je einen Bügel auf denen sie letztendlich steht und da waren noch zwei Verstrebungen, die das Ganze dann aufrecht zusammenhalten sollten. Also stellte ich den rechten Bügel auf, begab mich auf die linke Seite, tat dort das Gleiche, begab mich unter die Tafel und suchte nach der Verstrebung, die ich dann auch irgendwie erwischte. Als ich sie aber befestigen wollte fiel das Ganze wieder in sich zusammen und der linke Teil landete auf meinem Kopf. Sei es nun der Schlag auf mein Gehirnzentrum oder ein Geistesblitz, wie auch immer, ich rutschte etwas nach rechts, hielt mit dem Kopf die Tafel oben, befestigte die erste Verstrebung auf beiden Seiten, später noch die zweite und die Tafel stand. Im Nachhinein wurde mir allerdings klar, dass mein Geistesblitz doch nicht der Beste war. Hätte ich das Ding einfach auf die Seite gelegt und alles montiert, wäre es wahrscheinlich viel einfacher gewesen.

Jetzt kam der schwierigste Teil, das eigentliche Tapezieren.

Zuerst musste ich ja wohl ein Stück Tapete abschneiden, das der Höhe der Zimmerwand entsprach. Also legte ich die Rolle auf die Tapeziertafel und maß die Länge. Nur, als ich nach der Schere griff, rollte sich die Tapete von der flach liegenden Seite her wieder auf und es lagen nun zwei Rollen vor mir. Am besten, ich wickle die Tapetenrolle erst einmal ganz ab und beginne dann mit dem inneren Ende. Aber dieses wickelte sich noch viel schneller wieder auf und letztendlich lag das Ganze ziemlich durcheinander auf dem Fußboden.

Ich nahm eine neue Rolle.

Dieses mal legte ich die Schere auf das Ende, so dass sich nichts wieder aufrollen konnte.

Aber mit was sollte ich nun die Tapetenbahn abschneiden? Zum Glück hatte ich ja noch eine kleine Nagelschere. Und nach etwas gezirkelter Schnippelei hatte ich die Bahn von der Rolle getrennt.

Doch o weh, jetzt rollte sich die abgeschnittene Bahn von der abgeschnittenen Seite her schon wieder auf. Ich werde sie an beiden Seiten beschweren.

Nur mit was? Da fiel mir ein, dass ein guter Handwerker ja immer ein paar Flaschen Bier zur Hand hat und demzufolge war ich ein „sehr guter" Handwerker. So stellte ich jeweils eine Bierflasche auf jedes Ende der Bahn. Doch sollte ich Tollpatsch beim nächsten Versuch besser aufpassen und warum fiel ausgerechnet die halbvolle Flasche um und nicht die Leere? So schnitt ich denn eine zweite Bahn von der Rolle ab.

Jetzt ging es ans Einkleistern. Das klappte aber nicht, denn die Bürste steckte in der dicken Tapetenleimpampe fest. So suchte ich nach einem sechster Eimer und verdünnte den Leim noch einmal auf das Doppelte. Spätestens jetzt kam mir wieder die Mathematik in den Sinn und ob ich mich mit den Mengen nicht irgendwie verrechnet hatte?

Jedenfalls klappte es jetzt mit dem Einkleistern. Ich schnappte mir die eingekleisterte Bahn und begab mich auf die kleine Leiter an der Wand. Doch als ich endlich auf die Leiter gestiegen war, hatte ich auf einmal nur noch die beiden oberen Ecken der Tapetenbahn in der Hand und der Rest lag auf dem Fußboden.

Mit der nunmehr dritten Bahn der zweiten Tapetenrolle sollte alles besser funktionieren. Also nahm ich erst einmal nach alter Handwerkerweisheit eine Flasche Bier, hob den Tapetenleimeimer vom Stuhl, setzte mich und überlegte mir einen Plan zur weiteren logischen Vorgehensweise. Aber schon beim Aufstehen hatte ich das nächste Problem, denn der mit Tapetenleim versehene Stuhl klebte an mir. So verlor ich das Gleichgewicht, fiel mit dem Stuhl wieder zurück, kippte nach rückwärts um und landete mit dem Hinterkopf auf dem Tapetenleimeimer, der natürlich seinerseits auch umkippte. Der Leim ergoss sich auf meinen Kopf und ich ließ die noch halbvolle Bierflasche fallen, was das Schlimmste an diesem ganzen Malheur war. Halb blind durch den Tapetenleim versuchte ich mich aufzurichten, was auch nach wenigen Versuchen gelang. Aber nach dem ersten Schritt landete ich auf der nunmehr entstandenen Leimrutschbahn wieder auf dem Rücken, rutschte mit den Füßen zuerst an die nur angelehnte Zimmertür und lag nunmehr auf dem Flur, wo die anderen Tapetenleimeimer standen.

Glück gehabt, dachte ich mir, denn nur einer der restlichen Eimer fiel um.

Das Badezimmer befand sich glücklicherweise gleich nebenan. Ich rutschte dorthin und stellte durch eine aufwändige Säuberungsaktion erst mal meine Handlungsfähigkeit wieder her. So verbrachte ich den Rest des Abends und die Nacht mit Reinigungsarbeiten. Schon am frühen Morgen war die Ordnung und Sauberkeit in den inzwischen betroffenen vier Räumen wieder hergestellt, nur tapeziert war noch gar nichts.

Neuer Tag, neues Glück, und so ging ich frisch ans Werk, um meinen Plan vom Vortag zu verwirklichen.

Der Plan bestand darin, die eingekleisterte Bahn viel weiter unten anzufassen und das obere Ende mit der Leimschicht in meine Richtung umzuschlagen. Der erste Versuch ging schief, denn der umgeschlagene Tapetenteil klebte an meinem Bauch, den ich ja aber eigentlich gar nicht tapezieren wollte. Die nächste Bahn fasste ich wieder etwas weiter oben an und bekam sie endlich zumindest dort wo ich sie mit den Händen hielt, an die Wand. Zu meinem Glück stellte ich fest, dass sich die Bahn leicht an der

Wand verschieben ließ. Ich rutschte sie in die richtige Position und drückte den oberen Teil mit der Tapezierbürste an. Endlich scheinte alles zu funktionieren, dachte ich mir, während ich von der kleinen Leiter stieg und mich dem unteren Ende der Bahn widmete. Doch leider war auch das wieder ein Trugschluss. Als ich nämlich vor der Tapetenbahn kniete, um mich dem unteren Ende zu widmen, knisterte es oben verdächtig. Als ich nach oben schaute, sah ich noch, wie sich die Tapete dort wieder löste und noch bevor ich den Blick wenden konnte, hatte ich den oberen Teil der eingekleisterten Bahn im Gesicht. Nun war auch diese Bahn hinüber und ich saß erst mal im Dunkeln.

Ich blieb sitzen und sagte mir: „Jetzt reicht es" und beschloss, einen Fachmann zu konsultieren.

Mit den lehrreichen Hinweisen des Fachmannes gewappnet ging ich wieder ans Werk und die Tapeziererei klappte nun endlich ziemlich reibungslos. Nur die Ackerlandschaft, hervorgerufen durch meine vorangegangenen Gipsarbeiten, war nicht vollständig beseitigt. So klafften da doch noch ein paar offene Stellen, die ich aber einfach mit kleinen Tapetenstücken überklebte. Die noch vorhandenen Falten an den Wänden deklarierte ich als „künstlerische Freiheit" und vom Weiten gesehen war ich eigentlich mit dem Ergebnis ganz zufrieden. Nur die Mathematik machte mir Sorgen, denn ich hatte immer noch jede Menge Tapete und auch einige Eimer Tapetenkleister übrig.

5. Obstweinherstellung mit Folgen

Ein guter Obstwein ist ein ganz besonderes Tröpfchen. Da kann kein Traubenwein mithalten, egal ob er vom Rhein, der Mosel oder aus dem Frankenland kommt. Das Bukett der jeweils verwendeten Frucht verschafft dem Obstwein immer eine ureigene ganz besondere Note.

Es ist immer wieder ein besonderer Genuss, wenn man am Abend von dieser Leckerei mal 'ne halbe Flasche in sich rein gurgelt. So bin ich schon seit Jahren der Obstweinherstellung verfallen und besitze eine Menge Erfahrungen. Allerdings geht manchmal doch was schief.

Jedenfalls war es wieder mal so weit, den guten Brombeerwein vom Weinballon auf Flaschen zu füllen.

Den Laien unter den Lesern sei dazu erst mal folgendes gesagt: Man kann den Wein nicht einfach vom Ballon in die Flaschen kippen. Das wirbelt viel Luft auf und damit Sauerstoff. Letzterer muss aber im Wein unbedingt vermieden werden, denn ansonsten kommt es zur Essiggärung und aus dem guten Wein wird krachsaurer Essig.

Das ist reine Chemie.

Man muss den Wein „abziehen". Dazu stellt man den Weinballon zunächst z. B. auf einen Tisch. Die zu füllenden Weinflaschen stellt man tiefer, z. B. auf den Fußboden. Jetzt nimmt man einen ausreichend langen dünnen Plasteschlauch, steckt das eine Ende in den Weinballon und lässt das andere Ende über den Fußboden herunterhängen. Mit dem Wein passiert erst mal gar nichts, denn der Luftdruck im Schlauch verhindert das Auslaufen des Weines.

Das ist reine Physik.

Jetzt zieht man mit dem Mund am unteren Ende die Luft aus dem Schlauch und der Wein beginnt zu fließen, natürlich in den Mund. Nun drückt man das untere Ende des Schlauches zusammen, hält es über die erste Flasche und der Wein fließt blasenfrei in die Flasche. Das ist das Gesetz der verbundenen Gefäße, also immer noch reine Physik. Nur was wird mit dem Wein im Mund? Man könnte ihn natürlich ausspucken. Das wäre auch reine Physik. Man könnte ihn aber auch hinunterschlucken. Das wäre dann Biologie und zwar eine äußerst angenehme. So fällt die Wahl zwischen Physik und Biologie natürlich überhaupt nicht schwer.

Dummer Weise treten aber beim Weinabziehen manchmal noch andere physikalische Gesetze auf. Da wäre zum Beispiel neben der Schwerkraft des Schlauches noch sein Auftrieb im Weinballon. Dieser führt dazu, dass sich der Schlauch im Ballon nach oben bewegt bis kein Wein, sondern wieder Luft in den Schlauch gerät. Da nunmehr der obere Teil des Schlauches leichter ist, als der noch mit Wein gefüllte untere Teil des Schlauches, rutscht dieser wegen der Schwerkraft ganz aus dem Ballon und fällt auf den Fußboden. Jetzt liegt aber das andere Ende des noch mit Wein gefüllten Schlauches über der Flasche höher und der Wein im Schlauch läuft wieder wegen der Schwerkraft nach unten auf den Fußboden – alles reine Physik. Jetzt ist Eile geboten. Schnell steckt man sich das untere Schlauchende wieder in den Mund, schlägt der Physik ein Schnippchen und genießt den biologischen Effekt.

Da sich das Ganze während des Abfüllprozesses mehrmals wiederholt, fühlt man sich rein biologisch gesehen während des Weinabziehens immer besser.

So gesehen ist die Weinherstellung reine Naturwissenschaft.

Erfolgreich beendete ich meine Arbeit und die Weinflaschen landeten korrekt gelagert im Keller.

Allerdings musste ich feststellen, dass meine Beine über den positiven biologischen Effekt anders dachten und mir nicht mehr so richtig gehorchen wollten. Also setzte ich mich erst einmal und überlegte, was ich in meinem aufgeputschten Tatendrang an diesem angebrochenen Abend noch unternehmen konnte.

Jetzt fiel mir meine Freundin ein. Seit nunmehr schon einigen Wochen war ich nämlich wieder mal leiert. Na ja, wir waren zwar ziemlich am Anfang unserer erfolgversprechenden Beziehung, aber sie besaß schon einen Hausschlüssel und hatte für den nächsten Tag ihren Besuch angekündigt.

Da fiel mir ein, dass ich ja noch einen Ballon mit Heidelbeerwein hatte, der auch reif zum Abziehen war. Wenn ich diese Aufgabe noch in Angriff nehmen würde, könnte ich ja meiner Freundin von beiden Sorten eine Kostprobe zukommen lassen und so mit meinen Fähigkeiten bei ihr punkten.

Eigentlich fühlte ich mich noch ganz gut, sogar sehr gut. Sicherheitshalber schaute ich zur Zimmertür, um meinen Zustand zu testen. Glücklicherweise sah ich dort nur eine Tür, keine zwei. Also war mein Zustand noch o.k., auch wenn die Tür, vielleicht wegen des Windes, sich beträchtlich hin und her bewegte.

Nachdem ich alles für die weitere Weinabfüllung vorbereitet hatte, begab ich mich leichten Fußes in den Keller, um den Ballon mit dem Heidelbeerwein zu holen. Äußerst vorsichtig und doch leicht schwankend transportierte ich ihn die Kellertreppe hinauf. Im Flur angekommen schaute ich zum Kücheneingang. Dort war zwar nur die Fußbodenschwelle und kein Tigerfell, aber in meinem angedudeltem Zustand dachte ich an „Dinner for one" und musste lachen. Ich ging weiter, doch dann, oh je, Placeboeffekt! Ich stolperte über die Fußbodenschwelle, flog mit dem Ballon längsseits in die Küche, der mit lautem Knall zersprang.

Jetzt hatte ich ein echtes Problem, und das mittlerweile zu so später Stunde. Natürlich dachte ich in meinem angedudelten Zustand nicht an die eingesaute Küche, sondern an den schönen Wein und wenn ich schon mal auf dem Boden lag, so konnte ich ja wenigstens versuchen, den Wein der etwa 3 cm hoch auf dem Fußboden stand, aufzusaugen, was ich dann auch tat.

Dann kam mir noch der Gedanke, dass ich ja den restlichen Wein mit einem sauberen Tuch aufwischen, auswringen und trinken könne. Den Gedanken musste ich allerdings verwerfen, denn ich war wohl kaum noch in der Lage dazu. Allerdings entdeckte ich nun den Unterteil des Ballons, der auf Grund des dicken Glasbodens noch nicht zersprungen war und noch mindestens 1 bis 2 Liter Wein enthielt. Welch ein Labsal! Nur leider zerschnitt ich mir beim Weingenuss das Gesicht an den scharfkantigen Glasscherben, was ich aber kaum spürte. Schließlich war ich stark narkotisiert und wurde unendlich müde. Aufstehen konnte ich eh nicht mehr, so begab ich mich auf dem Heidelbeerwein durchdrängten Küchenboden in Morpheus Arme.

Geweckt wurde ich am nächsten Tag gegen 15 Uhr durch einen mörderischen Aufschrei. Er kam von meiner pünktlich zum Kaffeetrinken erschienen Freundin. Ich kam auf die Beine. Mit blutbeflecktem Gesicht, Scherben im Haar und überall besudelt mit lila Heidelbeerwein, bat ich sie, doch bitte nicht den Notarzt und die Kriminalpolizei anzurufen.

Mit dem Handy in der Hand stand sie kreidebleich vor mir und starrte mich an. Sie ließ das Handy fallen, dann ein erneuter Aufschrei, wie ich ihn noch nie gehört hatte. Ich dachte wieder an die Physik, an Otto Hahn, die Atombombe und freute mich über ein zweites Handy. Denn als sich der Atompilz vor meinem geistigen Auge verzogen hatte, war auch die Freundin weg. Ich habe sie nie wieder gesehen.

Da ich aber kein Kind von Traurigkeit bin, wusch ich mir in zweistündiger intensiven Arbeit den Dreck vom Körper und reinigte grob die Küche. Ich ging in den Keller und holte mir ein Fläschchen Brombeerwein. Langsam wurde ich wieder Herr der Lage. Mit Renovierung hatte ich ja schon einige Erfahrungen, die alte Küche war eh nicht mehr viel Wert und eine neue Freundin würde sich sicherlich auch wieder finden. So trank ich denn meinen Wein, legte mich frisch gesäubert in mein Bett und als ich am Folgetag wieder um 15 Uhr aufwachte, sah die Welt viel freundlicher aus.

6. Single sein ist gar nicht schwer, Knopf annäh'n dagegen sehr

Fix Umziehen für einen kurzen Abendspaziergang war angesagt. Doch ups, schon hing die Hose in den Kniekehlen. Den Knopf hatte ich glücklicherweise in der Hand. Na ja, die Reparatur dürfte ja wohl nicht schwer sein. Schließlich hat man das ja schon in der dritten

Klasse im Fach Nadelarbeit in der Schule gelernt. „Was Hänschen gelernt hat, kann Hans immer noch", sagte ich mir und grinste in Abwandlung des alten Sprichwortes selbstbewusst in mich hinein. Also frisch ans Werk. So kramte ich den mir von meiner Verflossenen hinterlassenen Nähkasten hervor. Nähkasten heißt das Ding wahrscheinlich, weil ich es das erste Mal aus der Nähe sah.

Nach einiger Wühlerei war dann auch eine Nadel mit einem großen Loch obendrin gefunden, aber die passte nicht durch die Löcher im Knopf. Immer zu Übertreibungen neigend, suchte ich eine ganz kleine Nadel. Jetzt passte aber die Wolle, die ich mir herausgesucht hatte nicht durch das Loch in der Nadel. So dauerte es noch eine ganze Weile, bis ich die richtige Kombination von Nadel und Faden, passend für die Löcher im Knopf, endlich gefunden hatte. Aber nun kam die erste größere Herausforderung, nämlich den Faden durch das Loch in der Nadel zu bringen. Es wollte und wollte einfach nicht gelingen. Ich feuchtete das Fadenende an, fettete es ein, sengte es mit dem Feuerzeug an, tauchte es in Geschirrspülmittel, schnitt das Ende immer wieder ab und beschmierte es mit Seife. Nichts half, der Faden wollte einfach nicht durch das Nadelöhr. Ich erinnerte mich an einen Ausspruch von Jesus aus der Bibel: „Denn eher kommt ein Kamel durch ein Nadelöhr, als ein Reicher in den Himmel". Reich bin ich nicht, also sollte ich den Faden in die Hand nehmen und mich selbst durch das Nadelöhr begeben? Ist aber ein Ding der Unmöglichkeit und vielleicht bin ich ja doch kein Kamel. Doch würde mir sicher noch was einfallen.

Eine Lupe musste her und die war schnell gefunden. Also Lupe in die eine Hand und den Faden in die Andere. Jetzt sah zwar alles riesengroß aus, aber wo nehme ich nur die dritte Hand für die Nadel her? Ich erinnerte mich an meinen Mund, den brauchte ich ja wohl nicht, denn gut Zureden half hier eh nicht weiter. Es gab nun drei Möglichkeiten: Faden, Lupe oder Nadel in den Mund. Am Ende hatte ich zwar ein Piercing in der Oberlippe, aber den Faden immer noch nicht durch die Nadel. Mit etwas schmerzverzerrtem

Gesicht entfernte ich die Nadel und mir fiel der Schraubstock in meiner kleinen Heimwerkerwerkstatt im Keller ein. Das war die Lösung! Bewaffnet mit Lupe, Faden und Nadel begab ich mich dorthin, spannte die Nadel in den Schraubstock, griff zu der Lupe und führte den Faden problemlos durch das Nadelöhr.

Ich ging wieder nach oben, um mit dem Knopfannähen zu beginnen. Doch wo war der Knopf? Ich hatte ihn doch die ganze Zeit in der Hand und ihn nur während der Einfädelversuche kurz beiseite gelegt? Erfolglos suchte ich alles ab. Da ich keinen anderen passenden Knopf zur Hand hatte, beschloss ich vorerst die Näherei aufzugeben. Ich nahm die Seife, die nach meinen Einfädelversuchen immer noch da lag, wusch mir die Hände, und was kam mir entgegengepurzelt, der an der Seife klebende Knopf. Also auf ein Neues und ich konnte endlich nach nur 2 h Vorbereitungen mit den eigentlichen Näharbeiten beginnen. Nur noch schnell einen Knoten am Ende des Fadens, damit der nicht durchrutscht (eigentlich 10 Knoten, da anfangs alle nebeneinander lagen und somit wirkungslos waren).

Jetzt rein mit der Nadel in die Hose, den Knopf und wieder zurück. Aber wieso war ich jetzt mit dem Faden auf einmal 1 cm neben dem Knopf? Aber Not macht erfinderisch und nach ein paar Kreuz- und Querstichen durch die Hose war der Faden wieder hinter dem Knopf und die Näherei ging erst mal flott weiter. Doch auf einmal war der Faden doppelt und wo kam plötzlich dieser Knoten her, so dass nichts mehr weiter ging? Es ergab sich ein lustiges Rosettenmuster aus Fadenschlingen. Doch Not macht bekanntlich erfinderisch und so zog ich diese Schlingen mit Nadel und Faden zurück durch die Knopflöcher und wickelte sie um den Knopf und siehe da das Werk war gelungen.

Ich schritt natürlich gleich zur Anprobe. Nun aber erlebte ich eine hundsgemeine Überraschung.

Ich hätte den Knopf an die Aussenseite der Hose nähen müssen und nicht an die Innenseite.

Resignieren hilft nichts, also Knopf abschneiden und das ganze Theater begann von vorn.

Mit dem Abendspaziergang war es natürlich schon lange vorbei, aber bis zur Morgendämmerung war noch etwas Zeit, also genehmigte ich mir erst mal ein Bier und zwei Gläschen Weinbrand und begann meine Arbeit erneut. Lag es nun am Alkohol oder meinen gewonnenen Erfahrungen, schon nach einer halben Stunde befand sich der Knopf korrekt an der Hose. Ich ersparte mir eine erneute Anprobe, denn was sollte jetzt noch schief gehen. Da ich durch meine Arbeit wieder putz munter war, wendete ich mich noch einmal der Weinbrandflasche zu, bis diese keinen Tropfen mehr hergab und ich endlich über die genügende Bettschwere verfügte.

So begab ich mich in der Morgendämmerung in mein Bett in Vorfreude auf den gerade beginnenden neuen Tag und meine selbst instand gesetzten Beinkleider.

Schon in der Mittagsstunde wachte ich noch leicht verkatert wieder auf, weil die Toilette nach mir rief. Also raus aus den Federn und rein in die neu hergerichtete Hose, wie immer mit dem linken Bein zuerst, was auch mühelos gelang. Doch mit dem rechten Bein klappte das nicht. Offensichtlich war die Hose dort zugenäht. Zuerst auf einem Bein hüpfend verlor ich dann das Gleichgewicht, landete auf dem Bauch und umarmte das Toilettenbecken, welches ich aber jetzt auch nicht mehr brauchte. Dafür brauchte ich jetzt meine sämtlichen Reinigungsutensilien. So war dieser Tag denn auch fast gelaufen. Nur schade, dass die Weinbrandflasche schon leer war.

7. Meine Dates in Erfurt

Irgendwie musste ich endlich das Singledasein beenden. Es ist einfach zu langweilig ständig allein herumzuhocken, ganz ohne die fortwährende Nörgelei einer Frau. So startete ich eine Generalkampagne und zog alle Register. Planung ist alles und so war mein Terminkalender für die kommenden Wochenenden voll ausgebucht. Ich weiß nicht mehr mit wieviel der verschiedensten Frauen ich mich zu dieser Zeit getroffen habe, jedenfalls waren es eine ganze Menge. Sicher mag der Eine oder die Andere meinen, dass das ziemlich stressig ist, und das ist es auch. Aber man lernt die verrücktesten Typen kennen. Zumindest einigen Damen ging es sicherlich umgekehrt genau so, als sie mich kennenlernten.

Na ja, dann war es wieder mal soweit. Irgendwann musste es doch mal funken. Alles war für den kommenden Sonntag bestens vorbereitet, denn wenn ich schon eine 50 km lange Anfahrt bis nach Erfurt hatte, war ein effektives Timing angesagt, was mir nicht schwer fiel, denn ich war nicht das erste mal mit diversen Schönheiten in Erfurt verabredet:

– Mittagessen und evt. kleiner Stadtbummel mit Veronika;

– Spaziergang und Kaffeetrinken mit Andrea im Steigerwald

– Abendessen in der gleichen Lokalität mit Uschi

Was folgte, war ein ziemlich peinlicher Tag, den ich wohl nie vergessen werde.

Von Veronika beim Mittagessen war ich eigentlich ziemlich angetan. Lediglich etwas konservativ und recht ernst wirkte sie auf mich. Aber das konnte man tolerieren, ich zumindest. Zu dem geplanten Stadtbummel kam es aber erst gar nicht. Gerade als wir uns dazu aufmachen wollten, tauchte eine andere Frau in der Gaststätte auf. Es war Gabi, an die ich mich von meinem letzten Erfurter Date her noch gut erinnerte. Sie war das krasse Gegenteil zu Veronika, immer lustig, kess und ziemlich flott. Postwendend drehte ich meinen wahrscheinlich hochroten Kopf zur Seite.

„Was ist denn da drüben?", wollte Veronika wissen. „Ich schau mir nur das Gemälde an der Wand an", entgegnete ich in der Hoffnung, dass mich Gabi nicht gesehen hatte. Doch dann kniffen mich zwei Hände in die Hüfte, wirbelten mich herum und ein lauter Schmatz, den kein Restaurantbesucher überhören konnte, landete auf meiner Wange. „Hallöchen, wieder mal ein Date in Erfurt? Na ich drücke dir die Daumen, dass es diesmal besser klappt als mit uns beiden", schrie Gabi schelmisch in die Lokalrunde.

So wie etwas von einer Entschuldigung stammelnd, wendete ich mich wieder Veronika zu, da war aber keine Veronika. Von ihr war nichts mehr zu sehen.

Na was soll's, ich schwatzte noch etwas mit Gabi und stürzte mich dann in das nächste Abenteuer.

Pünktlich wie es mein Zeitplan vorsah, traf ich zum Kaffeetrinken an verabredeter Stelle ein und Andrea ließ nicht lange auf sich warten. So gingen wir denn im Steigerwald ein Stück spazieren und unterhielten uns über Tod und Teufel.

Das heißt, ich sagte eigentlich gar nichts, denn ich kam nicht dazu, weil sie über Tod und Teufel redete und das immer wieder. Offensichtlich hatte sie eine CD verschluckt, von der sie mit Hilfe ihrer zahlreichen Haare auf den Zähnen ein ständiges Backup produzierte. Endlich saßen wir am Kaffeetisch. Die Kellnerin erschien und fragte zuerst die Dame höflich nach ihren Wünschen. Als Andrea mit ihrem umfangreichen Wunsch-Wirrwarr endlich fertig war, wendete sich die Kellnerin meiner Wenigkeit zu. „Und bei Ihnen ein Stück Käsekuchen und ein Kännchen Kaffee ohne Zucker wie immer?". Andrea schaute mich zuerst blöde an und ich hoffte sehnlichst, dass es das nun gewesen war, aber denkste!

„Hätte mir ja denken können, dass ich nicht deine erste Verabredung hier bin", entgegnete sie und sprudelte mit immer zahlreicher werdenden sinnlosen Worten weiter. Langsam wurde die Zeit knapp, denn ich hatte ja hier noch eine Verabredung zum Abendessen mit Uschi. Ich musste Andrea los werden und mir die Kellnerin wegen ihrer blöden Bemerkung mal vornehmen. Mit der Kellnerin das klappte dann auch, als Andrea mal kurz abwesend war, wobei ich nicht weiß ob es der Kaffee oder die CD war, die ihren Harntrieb auslöste. Jedenfalls sagte die Kellnerin, dass ihr Andrea bekannt wäre und sie wollte mir nur einen Gefallen tun, um sie schnell wieder los zu werden, was aber leider nicht funktionierte. Zurück vom Örtchen sprudelte Andrea lustig weiter und spulte ihre CD von vorn ab. Na ja, eine gute dreiviertel Stunde hatte ich ja noch. Ich langweilte mich und inspizierte alles was sich im Restaurant so tat.

Da öffnete sich die Tür und herein spazierte ein wahrhafter Engel. Das Alter passte und alles andere auf den ersten Blick zumindest auch. Obwohl sich mein Feuerzeug in der Jackentasche befand, sprang ein gewaltiger Funke zu ihr hinüber. Offensichtlich war ihr dieser Funke nicht entgangen, denn sie lächelte mit dem zauberhaftesten Lächeln zu mir herüber, es kam zu einem etwas länger währenden Blickkontakt und sie platzierte sich am Nebentisch. Natürlich war ich etwas irritiert, denn sie musste doch sehen, dass ich in Begleitung war. Wahrscheinlich war das aber alles auch nur Einbildung, denn die Schönheit beachtete mich überhaupt nicht mehr. Ich aber dachte, „zum Teufel mit Andrea und dieser Uschi". Aus meinen Gedanken gerissen durch Andreas Quasselei fiel mir ein, dass ich mir wegen Uschi etwas einfallen lassen müsse. Es blieb mir nichts anderes übrig, als Andrea reinen Wein einzuschenken und sie bitten zu gehen, mit dem Hinweis, dass ich mich bestimmt wieder bei ihr melden werde. Nach der Reaktion auf die Kellnergeschichte würde sie eventuell auch das tolerieren. Gesagt – getan. Und Andrea? „Natürlich kann ich das verstehen. Vielleicht ist meine Konkurrentin ja wieder ganz schnell weg. Ich werde hier noch ein Weilchen sitzen bleiben und keinen Mux von mir geben. Gehen kann ich ja dann immer noch", grinste sie mich an.

Also was blieb mir anderes übrig. Ich verabschiedete mich höflich von ihr und begab mich nach draußen, wo ich mit Uschi verabredet war. Es dauerte nicht lange und die Schönheit vom Nebentisch erschien in der Ausgangstür, offensichtlich um zu gehen, so dachte ich zumindest. Aber sie blieb stehen, ohne mich weiter zu beachten und schaute auf die Uhr.

So verging eine ganze Weile, ohne dass sich etwas tat. Eigentlich schade, dass diese Uschi jeden Moment auftauchen musste, dachte ich so bei mir, denn die Schönheit mir gegenüber scheint auf jemanden zu warten, der nicht kam. Eine Uschi kam aber auch nicht. Es verging noch eine Weile ohne jegliche Veränderung.

Da durchzuckte mich ein Gedankenblitz. Eigentlich ist es doch naheliegend, dass mein Gegenüber diese Uschi ist.

Ohne über die Folgen nachzudenken, sprach ich sie darauf an, und tatsächlich, es war Uschi.

„Sie saßen doch vorhin noch mit einer Frau am Nebentisch von mir", äußerte Sie sich verwundert. „Das verstehe ich nicht und ich denke schon, dass Sie mir eine Erklärung schuldig sind."

Ich fühlte mich, als hätte ich mit einem Schlag 40° Fiber und mein Kopf ähnelte sicherlich einer übergroßen Tomate.

Irgend so was hätte ich mir doch ausmalen können, bevor ich sie ansprach. Verstört stammelte ich ihr gegenüber ein ziemliches Durcheinander von einer Erklärung.

Nachdem sie die Situation endlich begriffen hatte, lachte sie hell auf. „Na ja, wenn du mich schon zum Abendessen eingeladen hast, gehen wir doch einfach wieder hinein. Natürlich kannst du ja deine Andrea nicht einfach allein lassen. Also machst du mich am besten mit ihr bekannt und wir setzen uns zu ihr an den Tisch. Auch so können wir uns ein bischen kennenlernen und vielleicht wird es ja ein ganz lustiger Abend", entgegnete sie verschmitzt.

Gesagt – getan und es dauerte nicht lange bis Andrea ihre CD von neuem abspulte, diesmal gegenüber von Uschi. Da nun Uschi auch nicht gerade auf den Mund gefallen war, entwickelte sich zwischen beiden schnell ein intensives Gespräch und ich war nur noch Zuhörer für den sich offensichtlich niemand mehr interessierte.

So ging der Abend dahin und ich zahlte mit wehmütigem Blick auf den Inhalt meiner Brieftasche die gesamte Zeche.

Andrea und Uschi tauschten Ihre Telefonnummern, verabredeten sich für das nächste Wochenende in einem Erfurter Cafe und wurden, wie ich später erfuhr, dicke Freundinnen. Und ich? Ich wälzte wieder Heiratsanzeigen, sortierte aber wohlweislich alle aus, die aus Erfurt stammten.

8. Warum ich eine zweite Toilette einbauen ließ

Party machen war angesagt. Mehrmals im Jahr traf ich mich mit meinem umfangreichen Freundeskreis, um eine Wochenendparty zu starten. Jedesmal war aus unserer buntgewürfelten Truppe ein anderer oder eine Andere an der Reihe. Dieses Wochenende traf es mich. Der Wettergott war uns gewogen, an diesem lauen Sommerabend. So saßen einige auf der Terrasse und diskutierten sich die Köpfe heiß, über Politik und noch mehr über deutsche Unpolitik. Andere lungerten in meinem kleinen Garten herum und wieder Andere belagerten schon seit geraumer Zeit das kalte Buffet auf der eigens dafür angemieteten Wiese meines Nachbarn.

Lag es nun an diesem Buffet oder an meinem selbst produzierten Obstwein – ich weiß es nicht – jedenfalls bekam ich ziemlich heftiges Bauchweh und begab mich zur Toilette. „Besetzt – natürlich, das war zu erwarten", dachte ich. Also begab ich mich wieder zu meinem Freundeskreis. Nach einer Weile startete ich den zweiten Versuch, jetzt schon ziemlich eiligen Schrittes – immer noch, oder schon wieder besetzt. Ich wartete weitere zehn Minuten und startete, jetzt schon im Laufschritt, zu besagtem Örtchen. Das war immer noch besetzt. „Beeilung bitte, ich habe Durchfall!", schrie ich verzweifelt. Gequält und mit gepresster Stimme kam die Antwort: „Hast du es guuuut!"

Ich bin mir nicht so sicher, ob ich es wirklich gut hatte. Jedenfalls brauchte ich kurz danach keine Toilette mehr. Aber um so dringender brauchte ich das Badezimmer. Das war aber verschlossen, weil sich ja darin die Toilette befand.

9.   Der Eierlikördieb

Es war zu der Zeit, als ich jedes 2. Wochenende bei meiner Freundin verbrachte. Ein Wochenende waren wir bei mir, das nächste dann bei ihr. Eigentlich war es ein recht abwechslungsreiches Leben und manchmal kam da auch noch etwas ungeplante Abwechslung dazu.

Nun ist es ja so, dass ein jeder Mensch sein kleines Laster hat. Dem einen ist es sein Bierchen, dem anderen eine dicke Zigarre. Wieder ein anderer liebt seine Sahnetorte am Nachmittag oder diverse Naschereien vom Morgen bis zum Schlafengehen und ein Vierter lebt nach dem Motto: „In der größten Not schmeckt die Wurst auch ohne Brot", wobei kein Weg am Kühlschrank vorbei führt.

Bei meiner Freundin war das sicherlich der Eierlikör. Mal etwas Eis mit Früchten und Eierlikör oder am Abend hin und wieder 1 bis 2 Schokobecher mit diesem Gesöff, das ich eigentlich auch ab und an ganz lecker fand. Natürlich bot sie mir bei solchen Gelegenheiten auch etwas davon an. Aber so machte das ja keinen Spaß. Viel interessanter fand ich es, heimlich von der Eierlikörflasche zu naschen. Wenn sie davon aber Wind bekäme, wäre sie sicherlich weniger begeistert. Das wiederum war für mich ein zusätzlicher Reiz, denn ich musste ja bei jeder Eierliköraktion darauf achten, keine Spuren zu hinterlassen. Eines Abends lief zu später Stunde noch ein Film im Fernsehen, der meine Freundin überhaupt nicht interessierte, mich aber schon. So ging sie denn zu Bett und bei mir wurde es wieder um einiges später. Die Reklame während des Filmes ging mir auf die Nerven und mir fiel die Eierlikörflasche ein. Diese stand in der Küche in einer Ecke zum angrenzenden Schlafzimmer, wobei die Schlafzimmertür nur angelehnt war. Also musste ich sehr, sehr leise sein. Ganz behutsam schnappte ich mir die Flasche, nahm sie mit ins Wohnzimmer, angelte ein Likörgläschen aus dem Schrank und genehmigte mir einen kleinen

Eierlikör, mehr ging nicht, denn sonst sah man ja der Flasche an, dass ihr Inhalt abgenommen hatte. Als die nächste Werbeunterbrechung im Fernsehen kam, nahm ich das leere Gläschen, begab mich damit aber nicht in die Küche, sondern ins Badezimmer, weil ja die Küchentür nur angelehnt war, reinigte sorgfältig das Glas und stellte es wieder in den Schrank. Ich griff die Eierlikörflasche und platzierte sie genau an der Stelle in der Küche, wo sie sich vorher befand.

Am nächsten Morgen am Frühstückstisch schenkte meine Freundin mit triumphierenden Blick den Kaffee ein. „Der Blick bedeutet nichts gutes", dachte ich mir. „Du hast von meinem Eierlikör genascht", sagte sie mehr oder weniger vorwurfsvoll zu mir. „Wie hast du denn das mitbekommen", entgegnete ich überrascht. „Ich habe doch gehört, wie du die Eierlikörflasche zurückgestellt hast." Leugnen war hier wohl zwecklos, denn wahrscheinlich war sie gerade im für mich falschesten Moment mal kurz aufgewacht.

Einen Tag später kam im Fernsehen der zweite Teil des Filmes. Als sie zu Bett ging, sagte sie noch, dass ich nicht wieder vom Eierlikör naschen solle, denn sie merke alles. Um nicht zu lügen, antwortete ich nicht. Diesmal sollte es besser laufen, nahm ich mir vor.

Als die Zeit gekommen war, lief ich in die Küche und griff nach der Eierlikörflasche. Das ging aber nicht ohne einen unüberhörbaren Schepperer ab. „Welcher Idiot hat denn nur die zwei leeren Bierflaschen neben den Eierlikör gestellt?", fragte ich mich – na ja, der Idiot war wohl ich.

Dann begann das gleiche Spiel wie am Vortag:
Gläschen angeln, Eierlikör trinken, im Badezimmer Gläschen reinigen und wieder im Schrank platzieren. Jetzt blieb mir nur noch das Problem, die Eierlikörflasche ohne das geringste Geräusch zurückzustellen. Ich entledigte mich meiner Hausschuhe, nahm die Eierlikörflasche, ging ganz leise zur Küche, begab mich dort auf die Knie und buxierte die Flasche ganz langsam, jedes Geräusch vermeidend, wieder auf ihren Platz zurück. Ich war ganz

stolz auf mich, denn alles gelang hervorragend. Ich schlich auf allen Vieren kriechend, zurück ins Wohnzimmer, begab mich auf die Couch und schaute weiter meinen Film an. Aber so spannend war der wohl auch wieder nicht, denn ich schlief vor dem Fernseher ein.

Als ich erwachte, begann es bereits zu dämmern.

Ohne weiteres Nachdenken machte ich mich bettfertig und begab mich schlaftrunken zur Nachtruhe.

Doch kaum hatte ich den Raum betreten war ich wieder hellwach, denn meine Freundin stieß einen herzzerreisenden Seufzer aus. Sie knipste die Nachttischlampe an und saß plötzlich im Bett. „Was ist denn mit dir los?. Du siehst ja aus als hättest du kein Auge zugemacht?", fragte ich sie. „Das habe ich auch nicht. Ich habe gehört, wie du die Eierlikörflasche genommen hast. Seitdem warte ich darauf, dass du sie endlich zurückstellst. Nun stelle sie doch endlich wieder an ihren Platz, damit ich einschlafen kann!"

10. Mein neues Grundstück für Radieschen und Gänseblümchen

Mein Urgroßvater war es, der sich zusammen mit seiner frisch gegründeten Familie den Traum von einem eigenem Häuschen verwirklichen wollte. Ein geeignetes Grundstück in seinem kleinen Wohnort war schnell gefunden. Alles verlief reibungslos. Bei der Planung des Häuschenbaus stellte sich jedoch heraus, dass es daneben einen schmalen öffentlichen Weg gab, der wegen eines engen Bogens um das Baugrundstück den Hausbau am vorgesehenen Ort unmöglich machte. Aber auch hier gab es eine schnelle und einfache Lösung. Der Weg wurde auf eine Länge von etwa 2 Metern um einen Meter seitlich verlegt. Unter der Parzellennummer des Weges wurde nun dieser käuflich erworbene Teil dem

Hausgrundstück hinzugefügt und in das Grundbuch eingetragen. Damit war zu Beginn des 20. Jahrhunderts alles unbürokratisch erledigt und der Hausbau konnte beginnen.

So lebten dann mein Urgroßvater und nach ihm auch mein Großvater mit ihren Familien glücklich im Einfamilienhäuschen.

Nach dem Ableben meines Großvaters war dann Schluss, Grundstück und Haus wurden verkauft. Auch das ging im mittlerweile real existierendem Sozialismus, also in der DDR unbürokratisch und zu aller Zufriedenheit über die Bühne. Nun sollte man meinen, alles wäre erledigt. Aber nicht doch, denn dann kam die „Wende", mit ihr der „Goldene Westen" und ein Bescheid vom Grundbuchamt. Das Parzellenstück mit dem 2 Meter langem Stück Weg wurde wegen Geringfügigkeit nicht mit in den damaligen Hausverkauf mit aufgenommen und gehörte immer noch uns. Genauer gesagt, da es ja inzwischen einige Todesfälle gab, einer Erbgemeinschaft von 27 Personen und ich war einer davon. Also begann ich erst einmal zu rechnen. Wie aus dem Schreiben zu entnehmen war, handelte es sich um eine Fläche von 3,93 m^2, das Ganze durch 27 und mir gehörten 0,1456 m^2. Wenn ich von einer quadratischen Fläche ausgehe, gehörte mir also ein Grundstück von ca. 38 X 38 cm.

Natürlich war ich ganz stolz auf meinen neuen Grundbesitz und in der BRD, der wir ja inzwischen angehörten, musste doch daraus etwas zu machen sein. So beschloss ich, mein neues Grundstück landwirtschaftlich zu nutzen und auf keinen Fall Anderen zu überlassen. Für ein kleines Radieschenbeet und vielleicht zur Zier noch drei Gänseblümchen rundherum würde es ja wohl reichen.

So stellte ich denn auch einen formlosen Antrag bei den zuständigen Behörden auf Herauslösung meines Grundstücks aus der Erbgemeinschaft zwecks landwirtschaftlicher Nutzung.

Als ich den Gedanken schon aufgegeben hatte, erhielt ich nach etwa einem dreiviertel Jahr Bearbeitungszeit eine Antwort auf mein Anliegen.

Dem behördlichen Schreiben war folgendes zu entnehmen:

Als erstes benötige ich einen Notarvertrag in dem alle Grundstücksmitbesitzer ihr Einverständnis durch ihre notariell beglaubigte Unterschrift geben müssten. Weiterhin müssen Genehmigungen des Landwirtschaftsamtes, des zuständigen Forstamtes, der Umweltschutzbehörde, eine Unbedenklichkeitserklärung wegen Museumsschutz sowie die Zustimmung der Gemeindeverwaltung wegen Vorkaufsrecht eingeholt werden. All das sei natürlich gebührenpflichtig. Resigniert gab ich mein Vorhaben auf, bezog meine Radieschen weiter aus dem Supermarkt und verzichtete auf die Gänseblümchen.

X Geschichten, die anderen passierten oder von denen ich gehört habe

Warum sollen sich alle nur über mich lustig machen. Das muss ja nicht sein. Nicht nur „Irren ist menschlich", die verrücktesten Episoden sind es auch. So habe ich hier ein paar Dinge aufgeschrieben, die anderen meines Bekanntenkreises passiert sind und solche die man sich immer wieder erzählt.

1. Eine sexy Wagendeichsel

Weil es vorkommen kann, dass Leser, die z. B. aus der Großstadt kommen, gar nicht wissen, was eine Wagendeichsel ist, sei das hier kurz erklärt. Ein jeder Wagen den Hunde, Kühe, Pferde oder auch Esel ziehen sollen, hat eine Deichsel, die mit den lenkbaren Vorderrädern des Wagens fest verbunden ist. Die Zugtiere werden an diese Deichsel angespannt. Bewegen sie sich nach links oder rechts, folgt die Deichsel und damit die Vorderräder dieser Bewegung und damit wird der Wagen lenkbar. Diese clevere Erfindung war schon in der Antike bekannt und hat sich bis heute kaum verändert.

Die Deichsel ist einfach ein sehr langes Rundholz, das sich nach vorn verjüngt, damit der Schwerpunkt des Ganzen in der Nähe der Vorderachse liegt. So hat denn auch ein größerer Schlitten, wie z. B. der des Weihnachtsmannes, eine Deichsel, damit der Schlitten lenkbar wird. In ländlichen Gegenden waren solche „Ziehschlitten" sehr verbreitet. Oft war diese Deichsel seitlich am Schlitten angebracht, weil er nur von einem Zugtier, meistens einem Pferd gezogen wurde. Der Ziehschlitten war das winterliche Transportmittel in schneesicheren Lagen schlechthin.

Die Geschichte, die ich erzählen möchte, habe ich von meinen Großeltern. Sie spielte sich also in einer Zeit ab, als es nur sehr wenige Autos gab. Straßen die mittels Streusalz schneefrei gemacht worden sind, gab es damals noch nicht. Auch das Streuen von Splittsteinen war wegen der immer noch verkehrenden Ziehschlitten undenkbar. Wer ein Auto besaß, benötigte schon gute Reifen, um in den Hanglagen unseres Thüringer Waldes auf der festgefahrenen Schneedecke vorwärts zu kommen.

Damit bieteten die Straßen, die in unserem Mittelgebirge meist ein ordentliches Gefälle haben, eine hervorragende Rodelbahn für die Kinder.

Wer das wollte, konnte mit dem Schlitten von der oberen Ortslage durch den gesamten Ort und bis zum nächsten Ort in ca. 5 km Entfernung ständig mit zünftigem Tempo bergab fahren. „Was waren das für Zeiten", geht es mir gerade durch den Kopf, mich an meine Kindheit erinnernd, wo das schon nicht mehr möglich war.

Wie auch immer, die Jugendzeit war und ist geprägt von Sturm, Drang, Lebensfreude und verrückten Ideen. Es ist also nicht verwunderlich, dass irgendjemand in der damaligen Zeit die verrückte Idee hatte, diese Rodelstrecke mit einem Ziehschlitten zu bewältigen. Sicherlich war es nicht leicht, mit solch einem Vehikel zu rodeln, man bedenke nur die Größe. Immerhin passten da locker zehn bis zwölf Teenies drauf, wenn sie sich halb übereinander setzten auch mehr.

So begab es sich, dass sich ein Typ aus dem bereits erwähnten unterem Ort in der Talsohle, ein tolles Abenteuer ausdachte. Als er mit anderen jungen Leuten zusammen saß, äußerte er: „Wie wäre es, wenn wir mit etwa zehn unserer männlichen und weiblichen Verehrern und Verehrerinnen eine Rodelpartie mit dem Ziehschlitten unternehmen würden. Wir wären genug Leute, um das Ding bis zur nächsten Ortschaft nach oben zu befördern. Dort machen wir es uns in einer Kneipe erst mal so richtig gemütlich und ab geht's dann mit dem Ziehschlitten bergab nach Hause. Das wird bestimmt ein mörderischer Spaß." Natürlich waren alle Anwesenden von der Idee begeistert.

Also wurde ein Ziehschlitten organisiert und am darauffolgendem Wochenende bergauf in die nächste Ortschaft befördert. Das war trotz der zahlreichen Beteiligten recht mühsam und machte ordentlich durstig. So ziemlich am oberen Ortsausgang, quasi am Startpunkt für den Heimweg befand sich ein kleines Hotel mit einer gemütlichen Gaststätte wo man seinen Durst stillen konnte.

Zu fortgeschrittener Stunde, es war gegen Mitternacht, begaben sich unsere Rodler zum Schlitten und fieberten schon leicht angeheitert dem Höhepunkt des Abends entgegen, der Heimfahrt. Vorn neben der Deichsel saß quasi der „Steuermann". Er musste den Schlitten mit den Haken der Füße und Gewichtsverlagerung der

Deichsel lenken. Ganz hinten saß der „Bremser". Seine Aufgabe war es, den Schlitten mit einer Stange und ebenfalls den Haken seiner Füße vor scharfen Kurven abzubremsen. Beide verständigten sich durch Zurufe, soweit diese bei dem Tumult auf dem Schlitten zu verstehen waren. Der Rest der Meute drängelte sich auf der Ladefläche des Schlittens, wobei sie wegen Platzmangels teilweise übereinander saßen, natürlich zum Vergnügen der anwesenden männlichen Personen.

Ab ging die ganze Fuhre auf die ca. 5 km lange Strecke. Weil nun der Bremser bei dem lauten Gekreische der „Fahrzeuginsassen" nicht immer die Hinweise des vorn sitzenden Steuermanns verstand, purzelten in den Kurven auch mal alle durcheinander. Eigentlich war es fast schon ein Wunder, dass die Fahrt dennoch problemlos verlief, zumindest fast bis zu ihrem Ende.

Auf den letzten 50 m war die Straße stark vereist, so dass das Bremsen nicht mehr recht funktionierte. Das sollte es aber, da sich die Straße am Ende der geplanten Strecke teilte. Das heißt, sie bog fast rechtwinklig nach rechts und nach links ab und in Geradeausrichtung befand sich ein schon etwas betagtes Wohnhaus, welches aus Fachwerk und Ziegelsteinen bestand. Es war natürlich alles andere als stabil. Vor dem Haus befand sich in Richtung Straße jede Menge Schnee, der sich durch die Räumung der Straße dort angesammelt hatte. Der Ziehschlitten wurde zwar langsamer, weil inzwischen kein Gefälle mehr vorhanden war, zum Stehen gebracht werden konnte er aber unter diesen Umständen nicht. So fuhr er mit noch einigem Schwung in die Schneewand vor dem Haus. Wer konnte, sprang vom Schlitten oder landete irgendwie im Pulverschnee.

Der Schlitten allerdings hatte noch genügend Schwung und so bohrte sich die Deichsel durch die Hauswand.

Das Haus bewohnte ein schon etwas betagtes Ehepaar, das sich natürlich schon längst zur Nachtruhe begeben hatte. Die Deichsel erwischte das Schlafzimmer der beiden Schlafenden und bewegte sich immer langsamer werdend genau zwischen die Ehebetten der beiden, bis sie in Höhe der Bettdecken zum stehen kam.

Auch im tiefsten Schlaf blieb das natürlich nicht unbemerkt. Der Rest der Geschichte wurde wahrscheinlich später von dem betroffenen Ehepaar in einer Kneipe zum Besten gegeben oder ist ganz einfach Legende.

Er zu ihr, noch immer im Halbschlaf: „Jetzt belästigen uns deine Verehrer schon mitten in der Nacht im Schlafzimmer. Der Spaß geht mir zu weit."

Sie zu ihm, auch noch im Halbschlaf: „Nun hör doch endlich auf mit diesem Unsinn. Nicht schon wieder, es klappt doch eh nicht mehr."

Er wird endlich richtig munter, knipst das Licht an und ruft: „Um Gottes Willen, das ist ja gar kein Verehrer, sondern eine Wagendeichsel, deren Ende da auf deinem Bauch liegt".

2. Eine Kuh, ein Ackerpflug und eine Ziege

Da gibt es immer wieder Geschichten, die einem als wahre Begebenheit zugetragen werden, von denen man aber nicht weiß, ob sie sich so oder ähnlich auch wirklich abgespielt haben. Ein gewisser Wahrheitsgehalt steckt in ihnen allemal. In der Hoffnung, dass ich niemanden auf den Schlips trete, hier vielleicht mal eine davon.

Es war Jagdzeit. Doch nicht nur Tiere, die in den Wald gehören sind dort zu finden. Es kommt leider immer wieder vor, dass Haustiere wie Hunde oder Katzen von den Besitzern ausgesetzt werden und dann in den Wäldern ein erbärmliches Leben führen, bis sie letztendlich eingehen. Ein jeder Jäger ist dazu angehalten, wenn er solchen armen Kreaturen begegnet, diese mit einem Schuss von ihren Qualen zu befreien. Sicherlich ist das eine vernünftige Lösung, aber nur wenn sie verantwortungsbewusst angewendet wird. Die Frage lautet: „Was ist streunend oder vielleicht doch nur ein ausgebüchstes Haustier?". Ein erfahrener Jäger erkennt das am Zustand des Tieres und wird sich außerdem dreimal überlegen, ob er abdrückt oder nicht. Manche Weidmänner sehen das aber offensichtlich anders und das Gesetz gibt ihnen meistens recht. Das führt zu Komplikationen.

Doch nun zurück zur eigentlichen Geschichte.

Wie so oft, wartete ein Waidmann auf das Erscheinen von Reh oder Hirsch. Vor ihm befand sich eine größere Waldwiese, welche die Tiere zur Äsung nutzten, oder aus der Jägersprache in triviales Deutsch übersetzt, sich dort den Bauch voll schlugen. Oft war sein Warten erfolglos. Doch dieses Mal ging es ganz schnell und das erste Tier verriet durch das Knacken von Zweigen seine Anwesenheit. Wild bewegt sich eigentlich fast lautlos, dieses Ding dagegen nicht und um der ganzen Sache noch ein's drauf zu setzen, betrat es mit einem weitschallendem „Muh" die Waldwiese und begann, sich dort satt zu fressen. Offensichtlich war die Kuh von der etwa einem km entfernten Weidefläche irgendwie ausgebüchst. Das wiederum gefiel natürlich dem Jäger überhaupt nicht, der ja schon seit Tagen vergeblich auf das Erscheinen von Wildtieren wartete. Erbost wie er denn war, gab es einen lauten Knall, ein letztes „Muh" und das erlegte Rindvieh brauchte kein Futter mehr. Ein streunendes Haustier hatte nun mal in seinem Jagdrevier nichts zu suchen, war die Argumentation des Jägers. Das landwirtschaftliche Unternehmen, dem die Kuh gehörte, sah das natürlich anders und der Fall kam vor Gericht, aber das Gesetz war auf der Seite des Jägers. Also beschlossen die Landwirte ihren eigenen Rachefeldzug und der sah dann so aus:

Zufälligerweise befand sich in der Nähe ein alter, verrosteter Ackerpflug, der dort natürlich auch nicht hingehörte. Schnell war er an den Rand der Waldwiese transportiert. Das Pflugschar als Kopf, die beiden Führungsholme am Ende des Pfluges als Geweih, noch ein bischen Dekoration in Form von etwas Gestrüpp und der grasende Hirsch war fertig. Am Abend versteckten sich die Landwirte im Gebüsch, warteten auf den Waidmann und der Dinge, die da kommen würden. So erschien dann auch der Jäger, bestieg seinen Hochsitz und erstarrte, da sich ja das langersehnte Wild schon am Rande der Waldwiese befand. Ohne erst einmal durch sein Fernrohr zu schauen, um zu sehen, was da eigentlich los ist, also das vermeintliche Wild „anzusprechen", wie es in der Jägersprache heißt, legte er vom Jagdfieber gepackt, seine Doppelflinte an und schoss. „Ping" machte der getroffene Ackerpflug. Er feuerte den zweiten Lauf ab und wieder machte es „Ping". Der vermeintliche Hirsch bewegte sich nicht von der Stelle. Er lud nach und feuerte noch einmal beide Läufe hintereinander ab, mit dem gleichen Ergebnis. Der vermeintliche Hirsch allerdings bewegte sich immer noch nicht. Offensichtlich wurde der Waidmann nun doch stutzig, stieg vom Hochsitz, lud noch einmal nach, denn der vermeintliche Hirsch musste ja zumindest angeschossen und damit gefährlich sein. Ängstlich stakste er zum Ackerpflug.

Laut schimpfend und mit dem immer noch geladenen Gewehr um sich fuchtelnd kehrte er zurück zum Hochsitz und seinen Sachen. Die Urheber in ihrem Versteck suchten schleunigst das Weite.

Natürlich verklagte nunmehr der Jäger die Übeltäter. Diesmal hatte er allerdings die schlechteren Karten. Denn vor Gericht ging es letztendlich darum: „Ein Jäger, der einen Ackerpflug nicht von einem Hirsch unterscheiden kann, kann das schon gar nicht in Bezug auf eine Kuh. Woher will er dann wissen, ob die Kuh nicht doch auf die Weide in der Nähe gehöre?".

Der arme Richter. Wie die Rechtsprechung ausgegangen ist, weiß ich leider nicht.

Aber noch ist die Geschichte nicht zu Ende, denn so wie sich das alles herumsprach, fanden sich schnell Nachahmer und es kam zu einer weiteren kleinen Episode.

Da gab es eine Stammtischrunde, in der unter Anderem auch die Kuh-Ackerpflug-Story zur Sprache kam. Der eigentliche Grund dafür war, dass in dieser Runde auch ein Jäger anwesend war. Des

Öfteren schon prahlte er mit seinen jägerischen Fähigkeiten und Erfolgen. Weil er nun stark beleibt war, kaum noch ohne Schnaufen einen Fuß vor den anderen setzen konnte und ohne seine starke Brille kaum sah, wo er eigentlich hintrat, klangen seine Geschichten wohl doch eher wie Jägerlatein.

So beteuerte er, in Form von umfangreichen fachlichen Erläuterungen, warum ihm so was wie mit dem Ackerpflug nie passieren könne. Natürlich führte das nur zu Sticheleien in der Runde, weiteren Beteuerungen des Waidmannes bezüglich seiner Unfehlbarkeit und letztendlich dazu, dass er gekränkt die Lokalität verließ. Die Sticheleien jedoch gingen weiter und dann hatte einer der Stammtischgäste eine grandiose Idee. Zu Hause hatte er eine Ziege, die eh keine Milch mehr gab, denn dafür war sie zu alt. Sie zu schlachten ergab deshalb auch keinen Sinn. Die Ziege sollte eingeschläfert werden. Man konnte sie ja aber auch erschießen lassen.

Als die Stammtischrunde wieder zusammen kam, war die Ackerpfluggeschichte zwar vergessen und man widmete sich anderen Themen, aber einer erwähnte, dass er einen starken Rehbock gesehen hätte und beschrieb ihn begeistert in den buntesten Farben. Der ebenfalls wieder anwesende besagte Jäger rutschte auf seinem Stuhl von der einen Seite auf die Andere und wollte natürlich unbedingt wissen, wo genau das gewesen wäre. Und wie es der Zufall will (oder auch nicht), war das natürlich genau gegenüber von einem seiner Hochsitze.

Am nächsten Tag fuhren seine Stammtischkumpels mit einem Jeep und der Ziege darauf zu dem benannten Ort und banden die Ziege an einen Baum. Natürlich waren sie am Abend wieder zur Stelle, um zu sehen, was denn nun passieren würde. Bald darauf erschien auch ihr erfahrener Jägerkumpel, begab sich schnaufend zu seinem Hochsitz, den er mühevoll erklomm und putzte dort zuerst seine Brille. Anschließend suchte er mit seinem Fernglas das Gelände ab und es passierte erst mal gar nichts. Ein eher verhaltenes „Mäh" änderte die Situation. Das Tier nunmehr entdeckt, legte er seinen Schießprügel an und schoss auf den vermeintlichen Rehbock, ohne vorher noch einmal durch sein Fernrohr zu schauen. Ein laut klagendes „Mäh" bestätigte seinen erfolgreichen Schuss und die Ziege gab ihren Geist auf. „Hallo Herr Ackerpflug", tönte es mit schallendem Gelächter hinter ihm aus dem Gebüsch. Seitdem hat der Weidmann ein Problem, denn überall wo er in seinem Bekanntenkreis auftaucht wird er mit einem „Mäh" begrüßt und seinen Spitznamen „Ziegenbock" hat er nun auch noch weg.

3. Blackies außergewöhnliche Liebesgeschichte

Da es sich hier um eine wirklich wahre Geschichte handelt, die meinem Kumpel in der Studienzeit tatsächlich widerfahren ist, habe ich ein Problem mit seinem Namen. Natürlich möchte ich niemanden zu nahe treten oder hier gar lächerlich machen, denn eigentlich könnte das alles jeden passieren, vorausgesetzt er ist männlichen Geschlechts und im passendem Alter. Also wähle ich hier einen Namen, der bestenfalls als Spitzname verbreitet sein dürfte. Sollte sich irgendein Blackie unter dem Leserkreis oder dessen Bekannten und Verwandten befinden, so kann das nur ein extrem dummer Zufall sein und keinesfalls meine Absicht. Also hier die Geschichte:

Wir alle, mein Freundeskreis und ich waren Studenten. Das Studium war die eine Sache. Aber wer da meint, wir waren nur der Wissenschaft verschrieben, der irrt. Wir hatten die gleichen Ideale, Träume und all den üblichen Unsinn im Kopf, wie unsere nichtstudierenden Altersgenossen auch. Besonders das weibliche Geschlecht hatte es uns natürlich angetan, dem einen mehr, dem anderen weniger, mir persönlich wohl etwas mehr.

Mein Studienkollege und Kumpel Blackie übertraf mich aber in Bezug auf Frauengeschichten bei weitem. Das allerdings sollte sich rächen, denn eines Tages passierte nämlich folgendes, was mein Freund Blackie meiner neuen Freundin und mir notgedrungen später erzählte.

Es war Spätherbst, ich denke so Anfang November und die Temperaturen erreichten gerade noch ein paar Grad über null. Es gab wieder einmal einen Tanzabend in unserer Mensa, also eine „Mädelbörse", wie wir das scherzhaft nannten. Nur ein romantisches Liebesabenteuer im Freien fiel bei dieser Kälte ja wohl aus. Allerdings war es in unseren Internaten kein Thema, dass alles mitunter etwas durcheinander pennte. Voraussetzung jedoch war, dass alles passte und jeder oder jede ein Bett fand, wo andere nicht gestört wurden und sie selbst auch nicht.

So kam es denn, dass Blackie seine aufgegabelte Schönheit in ihr Wohnheim begleitete, welches von dem unsrigen nur durch ein paar Fischteiche und eine Parklandschaft getrennt, entfernt lag. Es handelte sich dabei um ein kleines Hochhaus, das über sechs Etagen und natürlich einen Fahrstuhl verfügte. Den Fahrstuhl konnte man nach rechts oder links verlassen, wo sich jeweils an beiden Seiten die Zimmer befanden, die man aber nur an den Zimmernummern unterscheiden konnte. Natürlich wusste ja jeder Bewohner, wo er hingehörte. Blackie war aber kein Bewohner, und recht bald musste er wegen seines übermäßigen Alkoholgenusses schnell auf ein gewisses Örtchen. Nun waren aber die Etagen nach Jungen und Mädels unterteilt. Um die Mädels auf ihrer Etage nicht bei deren Geschäft zu stören, musste er zwangsläufiger Weise den Fahrstuhl benutzen, der sich glücklicherweise genau gegenüber der Zimmertür befand. Allerdings war er ja splitternackt, denn wer schleppt denn unter solchen Umständen noch sein Nachtgewand durch die Gegend, das in solch einem Fall eh nur stören würde?

Jedenfalls gelangte er sicher und auch gerade noch rechtzeitig zum richtigen Örtchen. In Anbetracht seines wackligen Zustandes setzte er sich besser an die dafür vorgesehene Stelle und schlief ein.

Als er einige Zeit später erwachte, begriff er erst mal überhaupt nichts. Langsam kam dann aber doch die Erinnerung zurück. Er begab sich zum Fahrstuhl und fuhr damit, glücklicherweise auch ganz richtig, wieder eine Etage nach oben. Nach einigen Überlegungen, wo er denn hergekommen sei, steuerte er zwar das Zimmer genau gegenüber des Fahrstuhls an, aber auf der falschen Seite.

Natürlich merkte er den kleinen Unterschied nicht. „Alles wieder richtig gefunden", frohlockte er, öffnete leise die Tür und begab sich in das vermeintliche Bett seiner neuen Freundin. Jetzt allerdings kam es zu einem Chaos. Er spürte nicht einen, sondern gleich zwei Körper im Bett, einen glatten weiblichen und einen offensichtlich behaarten Männlichen. Der behaarte Männliche wachte auf, knipste das Licht an, schaute eine Weile verdutzt abwechselnd zu Blackie und der Frau. Er schrie die Frau an „du Schlampe". Er zog sich an und verließ ohne weitere Worte den Raum.

Blackie, natürlich immer noch splitternackt, schaute zu der ihm völlig unbekannten Frau, die ihm unter Tränen eine überaus saftige Ohrfeige verpasste.

Blackie verstand überhaupt nichts und rannte erst einmal zurück zum Fahrstuhl. Doch der war nicht mehr da, also offensichtlich inzwischen auf einer anderen Etage. So lief er weiter zur Toilette. Sie befand sich, wie auf allen anderen Etagen, im Waschraum. Er überlegte krampfhaft, was in seiner heiklen Situation zu tun wäre. Viel Zeit hatte er nicht, denn es graute bereits der Morgen und prompt erschienen auch die ersten beiden weiblichen Frühaufsteher im Waschraum zu ihrer Morgentoilette. Blackie musste möglichst schnell in sein Wohnheim und dort in unser Zimmer, bevor der Morgentrubel unter den Studenten los ging. Zurück zur Freundin fand er den Weg nicht mehr, denn ihm war immer noch nicht klar, was er eigentlich falsch gemacht hatte. Unter dem Geschrei der beiden sich waschenden Schönheiten stürzte er wieder zum Fahrstuhl, der natürlich wieder nicht da war. So lief er nunmehr die Treppe hinunter, grüßte dabei ein paar Studenten, die schon unterwegs waren und die er aber glücklicherweise nicht kannte. Im Erdgeschoss angekommen, lief er zum Balkon, der direkt an die Parklandschaft grenzte. Er kletterte über das Balkongeländer und lief durch den schützenden Wald in Richtung zu unserem Internat. So gelangte er zu den bereits erwähnten Fischteichen. Den Weg über einen der Dämme konnte er aber nicht nehmen, denn dort diskutierten einige Studenten, die schon auf dem Weg zum Unterricht waren und die er gut kannte. Da sie noch viel Zeit hatten, rührten sie sich während ihrer Diskussion nicht von der Stelle. Blackie fasste einen tollkühnen Entschluss. Er musste durch das eisig kalte Wasser, welches glücklicherweise nicht sehr tief war. Bibbernd vor Kälte kam er am schlammigen gegenüberliegenden Ufer fast an. Doch dann stolperte er über einen morschen Ast im Wasser und fiel der Länge nach in den Schlamm. Er rappelte sich auf, natürlich waren die diskutierenden Studenten mittlerweile auch nicht mehr da, so dass der Weg über den Damm wieder frei gewesen wäre. Jedenfalls gelangte er ungesehen zu unserem Internat. Den Eingang konnte er aber nicht benutzen, denn vom Treppenhaus her klangen die Stimmen der Studenten, die sich inzwischen alle auf den Weg zum Unterricht begaben. Er war zwar nunmehr nicht mehr nackt, sondern von einer dicken Schlammschicht überzogen, aber er glich jetzt einem gefährlichen Monster. Erkannt hätte man ihn wahrscheinlich trotzdem. So lief er hinter das Gebäude, versteckte sich unter dem Balkon und wartete bis hoffentlich alle Studenten das Internat verlassen hatten. Steif vor Kälte kletterte er mühsam auf den Balkon, begab sich über die Treppe zum zweiten Stock und zu unserem Zimmer. Erst jetzt, an der Zimmertür, fiel ihm sein erbärmlicher Zustand auf und er ging zum Waschraum, wo er sich heiß und gründlich abduschte. Da er natürlich kein Handtuch hatte, lief er triefend vor Nässe zu unserem Zimmer zurück. Er trocknete sich ab und fiel todmüde in sein Bett, um endlich auch seinen Rausch auszuschlafen.

Ich machte mir derweilen keine Sorgen um Blackie, da es eigentlich nichts außergewöhnliches war, wenn jemand die Nacht woanders verbrachte.

Pünktlich um 14.00 Uhr zur letzten Vorlesung erschien Blackie, aber ohne Jacke, denn er hatte nur die eine, die ja noch bei der Freundin lag. „Muss ja ‘ne tolle Nacht für dich gewesen sein, dass du jetzt erst hier auftauchst. Hattest wohl nicht mal Zeit deine Jacke anzuziehen", fragte ich ihn. „Na ja, war wohl doch etwas heftig und ich musste meine Jacke in die Reinigung geben. Deswegen bin ich auch so spät dran. Nach der Vorlesung und den letzten beiden Seminarstunden nehme ich sie auf dem Heimweg wieder mit", antwortete er.

Natürlich war das nur eine Ausrede, denn tatsächlich begab sich Blackie nach dem Unterricht schnellstens zu dem anderen Internat, in der Hoffnung, seine gestrige Schönheit zu treffen und an seine Sachen zu gelangen. Das allerdings konnte nicht klappen, derweil seine Gespielin den ganzen Tag ein großes Paket offensichtlich durch den Unterricht schleppte und sich zusammen mit einer Freundin anschließend direkt auf den Weg zu unserem Internat machte.

Aber alles der Reihe nach, denn ich, inzwischen wieder im Internat angekommen, schimpfte zusammen mit den Anderen über den Dreck im Flur und auf der Treppe. Die Spur allerdings endete ja vor dem Zimmer, das Blackie und ich bewohnten. So musste ich mir einiges anhören und verstand nur Bahnhof. Also ging ich der Spur nach, landete im Waschraum, dann im Erdgeschoss und letztendlich dort auf dem Balkon.

Ich begriff rein gar nichts und wollte mich wieder auf mein Zimmer begeben, als mich eine hübsche, mir unbekannte Blondine im Treppenhaus ansprach und mich fragte, ob ich einen Blackie kenne. „Na klar", antwortete ich, „der wohnt mit mir zusammen auf einem Zimmer. Allerdings ist er unterwegs in die Reinigung, um seine Jacke zu holen." Jetzt lachte die ganz laut los und sah dabei noch hübscher aus, als sie das schon war. Natürlich verstand ich wieder mal rein gar nichts und schaute sie nur etwas dümmlich und fragend an. „Ich soll ihm von meiner Freundin, die unten auf mich wartet, dieses Paket übergeben. Können wir es auf das Zimmer bringen?", fragte sie, deutete auf einen Karton in der Flurecke und lachte wieder laut. Nichts war mir lieber, als mich mit diesem Wesen auf mein Zimmer zu begeben.

„Wie sieht es denn hier aus", stellte sie unterwegs fest. „Ich begreife das auch nicht, aber die Schlammspur endet vor unserer Zimmertür und ich habe Blackie in Verdacht". Allerdings kann ich mir keinen Reim darauf machen", antwortete ich.

„Irgendwie sollten wir der Sache auf die Schliche kommen. Wegen der Jacke zur Reinigung gegangen ist er jedenfalls nicht", antwortete sie schelmisch, zog Blackies Jacke aus dem Karton und anschließend seine gesamten Klamotten einschließlich Unterhemd und Unterhose.

So erfuhr ich den ersten Teil der Geschichte.

Wir packten alles wieder ein und als wir gerade dabei waren, uns etwas näher kennenzulernen, platzte zu meinem Leidwesen Blackie herein. „Na was geht denn hier ab, würdest du mir vielleicht deine so innig umschlungene neue Freundin vorstellen?", fragte er mich mit galander Gestik. „Es ist nicht ganz so, wie du denkst. Das ist die junge Dame von der Reinigung, die dir deine Jacke und noch ein paar andere Klamotten gebracht hat,", antwortete ich, während meine inzwischen neue Freundin Blackies Jacke erneut aus dem Karton fischte. Blackie sank kreidebleich auf sein Bett und dann erfuhren wir den Rest der Geschichte.

4. Unser „Zombi" – Witzbold oder Taugenichts?

Sei es nun Till Eulenspiegel in Ulm, der brave Soldat Schwejk, ein Hauptmann von Köpenick oder die sieben Schwaben – fast eine jede Stadt oder Gegend hat oder hatte ihren eigenen Witzbold oder Taugenichts.

So war es auch bei uns.

Wieder einmal möchte ich keinen Namen nennen. Es schickt sich einfach nicht. Er war eine recht unscheinbare Figur, schon mehr als schlank, wirkte kraftlos, war nicht sehr groß geraten und sein Gesichtsausdruck erinnerte an ein Alien von einer anderen Welt. Kein Wunder also, dass ihn Einige seiner Bekannten ironischerweise „Zombi" nannten. Weil sich dieser Spitzname nie durchgesetzt hat und ihn unter diesem Namen wohl niemand kennt, nenne ich ihn also „Zombi".

Zombi war ein Jahr jünger als ich. Leider ist er mit ein paar fünfzig Jahren viel zu früh verstorben und bestimmt hätte er noch für einige lustige Storys gesorgt, die uns Mitmenschen Lachtränen in die Augen getrieben hätten. Ein jeder in unserem kleinen Städtchen hatte ihn gekannt. Wahrscheinlich war er bekannter, als der öfters wechselnde Bürgermeister.

Schon in der Schulzeit entwickelte er seine ureigenen Talente. Es war in der zweiten Klasse. Der Lehrer, gekleidet in einen Anzug mit übergroßen Aufsatztaschen am Jackett, freute sich eines Tages enorm darüber, dass sich Zombi auch einmal auf seine Fragen zu Wort meldete. Sofort kam Zombi an die Reihe. Allerdings gab er keine Antwort, sondern stellte eine Gegenfrage: „Herr Lehrer, warum haben Sie so große Taschen? Wollen Sie uns alle dahinein stecken?" Der Lehrer explodierte und setzte Zombi mit den Worten vor die Tür, „du darfst erst wieder hereinkommen, wenn du bereit bist, dein Verhalten zu ändern". Zombi aber kam gar nicht wieder herein. Er lief nach Hause zu seinem Großvater. Dem erzählte er, dass der Lehrer ihn nicht leiden könne und ihm das Lernen im

Klassenzimmer verbiete. Zusammen mit dem Großvater kehrte er zurück zur Schule. Beide begaben sich zum Schuldirektor, der auf Grund der Anschuldigungen von Großvater und Enkel dem Lehrer einen Denkzettel verpasste. Das natürlich war für Zombi quasi ein Freibrief, um seinen Schabernack weiter zu betreiben und sich für den Unterricht überhaupt nicht mehr zu interessieren.

Wahrscheinlich stand auf jeden seiner Zeugnisse „versetzungsgefährdet", wie es damals so üblich war, wenn es mit der Benotung eng wurde. Doch schaffte er es bis zur 8. Klasse immer wieder, sich am Schuljahresende aus der Schlinge zu ziehen. Des Öfteren hatten sich seine Klassenkameraden gefragt, ob das einfach nur Glück in Dummheit ist, oder von einer gewissen Intelligenz zeugt.

In meiner Jugendzeit habe ich in einer eigentlich beliebten Rockband Gitarre gespielt. Eines Tages fragte mich Zombi, wie viel man denn für einen Auftritt bezahlen müsse. War das nun Dummheit oder ein Schuss gegen die musikalischen Fähigkeiten der Band? Bei Zombi konnte man das nicht einschätzen.

* * *

Kurz nach seinem Schulabschluss bemerkte er mir gegenüber: „Eigentlich habe ich gar keine Lust, eine Lehre zu beginnen. Ich gehe vielleicht besser in den Westen. Ich habe gehört, dass man dort nichts arbeiten muss, weil ja alles kostenlos ist. Denn alles finanziert sich durch Werbung". Ich hielt das Ganze nur wieder mal für eine Spinnerei von ihm. Aber kurze Zeit später setzte er sich tatsächlich in den Interzonenzug nach Hamburg, der zuerst von Leipzig nach Ostberlin fuhr. Er kam aber nur bis Berlin und wurde dort an die Polizei übergeben, weil er keine Fahrkarte hatte und auch kein Geld, um sich nachträglich eine zu kaufen. Auf die Frage der Bahnpolizei, wo er in Berlin hinwolle, antwortete er: „Ich will gar nicht nach Berlin, sondern nach Hamburg und ich denke im Westen braucht man keine Fahrkarte". Was sollten die Polizisten nun mit solch einem Menschen tun? An Geld hatte er keinen Pfennig bei sich, nur eine halbvolle Flasche Pfefferminzschnaps. Ein Fall von

Republikflucht lag eigentlich nicht vor. Ansonsten hätte man ihn ja erst mal einsperren können, also wohin mit ihm? So wurde er kostenlos die gesamte Strecke bis nach Hause im Polizeiauto zurück befördert, wo er sein großes Erlebnis allen seinen Bekannten mit den Worten, „das werde ich wieder versuchen", ausführlich erzählte. Niemand nahm ihn für voll und man traute ihm auch keine ernsthafte Republikflucht zu. Doch tatsächlich verging nicht allzuviel Zeit und er begab sich auf den Weg, um zu Fuß die Grenze zu überschreiten. Er wohnte zwar nicht allzuweit weg davon, aber da war ja erst einmal die sogenannte „Sperrzone" zu überwinden, um zur eigentlichen Grenze zu gelangen. Diese Sperrzone war ein Gebiet, das etwa 20 km vor der Grenze begann, nur mit Sondergenehmigung betreten werden durfte und streng bewacht wurde. Später äußerte Zombi einmal, man hätte ihm ein paar Schleichwege benannt, um in die Sperrzone und über die Grenze zu gelangen, worüber er aber nichts verraten würde, falls er es nochmal versuchen möchte. Bemerkt dazu sei noch, dass die innerdeutsche Grenze zu dieser Zeit bei Weitem noch nicht so ausgebaut war, wie in den letzten Jahren vor dem Mauerfall, so dass in unwegsamen Gelände ein Durchkommen durchaus möglich war.

Seinen erneuten Westgang jedenfalls schilderte uns Zombi später so: „Als ich an der Grenze angekommen war, musste ich pinkeln, weil ich ja die Flasche mit meinem selbstgemachten Pfefferminzschnaps schon halb ausgetrunken hatte. Dabei habe ich die Flasche neben mich gestellt und erst hinter der Grenze gemerkt, dass ich sie dort vergessen hatte. Was sollte ich ohne meinen Pfefferminzschnaps im Westen? Ich ging zurück und habe lange nach ihr gesucht. Als ich sie endlich gefunden hatte, hat man mich geschnappt. Glücklicherweise konnte ich wenigstens die Flasche noch schnell austrinken, bevor ich davon umfiel und man mich mitnahm."

Dieses Mal lag Republikflucht vor und Zombi landete in Dessau im Jugendknast. Als er wieder draußen war, erzählte er mir: „Am schlimmsten war, dass wir keine Frauen zu Gesicht bekamen.

Nun war da gegenüber von meinem Zellenfenster auf der anderen Straßenseite eine Kaufhalle. Wegen der Milchglasscheibe im Fenster konnte ich zwar kaum etwas sehen, aber ganz oben war ein Fleck, wo man hindurchsehen konnte. Oft bin ich auf den Stuhl gestiegen, um zu dieser Kaufhalle zu schauen. Davor befand sich nämlich die Skulptur einer nackten Frau. Die habe ich mir immer wieder betrachtet."

Da ich zu dieser Zeit arbeitsbedingt die Wochentage in Dessau verbrachte, bin ich dort mal vorbeigegangen und habe nach einer Skulptur vor der benannten Kaufhalle Ausschau gehalten. Sie existierte tatsächlich. Allerdings war es keine nackte Frau, sondern ein in Beton gegossener Elefant auf einem Spielplatz. Na ja, ich wollte Zombi nicht enttäuschen und so habe ich ihn in seinem Glauben belassen.

Viel später, als wir dann zur Bundesrepublik Deutschland gehörten, gab es für alle wegen Republikflucht eingesessenen DDR-Bürger eine schöne Entschädigungssumme, so auch für Zombi. Darüber äußerte er sich so: „Nur gut, dass ich die Pfefferminzflasche verloren hatte und im Knast gelandet bin. So viel Geld habe ich in meinem ganzen Leben noch nicht verdient."

Natürlich dauerte es nicht lange, bis alles ausgegeben war. Zombi sah das gelassen: „Mein Geld ist nicht weg, das haben jetzt nur Andere."

* * *

Um weiter über Zombi zu erzählen, kehren wir zurück zu der Zeit, als Zombi aus dem Jugendknast entlassen wurde.

Arbeitslose gab es in der damaligen DDR nicht. Ein jeder, ob er nun wollte oder nicht, musste arbeiten, ansonsten galt er als „asozial" und landete womöglich in einer Strafanstalt, wo man versuchte, diesen Menschen das Arbeiten beizubringen. Nur welche Firma stellte gern solche Leute ein? So wurde Zombi dazu verdonnert, in der Stadtverwaltung als eine Art Hausmeister zu arbeiten. Viel herausgekommen ist dabei allerdings nicht. Gab man ihm eine Hacke oder

Schaufel in die Hand, benutzte er diese lediglich dazu, um sich darauf zu stützen und sich etwas auszuruhen. Am Morgen ging gleich gar nichts, denn da musste er sich erstmal in eine abgelegene Ecke setzen, um seinen Rausch vom Vorabend auszuschlafen. War er dann endlich wach, war dennoch kaum etwas mit ihm anzufangen. Er machte einfach nur was er wollte und wenn das überhaupt irgend etwas war, dann nur Unsinn. Kein Wunder also, dass ihn eines Tages der Bürgermeister in sein Zimmer bestellte, um ihm eine gehörige Moralpredigt zu halten. Tiefste Reue zeigend bemerkte Zombi: „Gleich jetzt, wenn ich dein Zimmer verlasse, werde ich damit anfangen, mich mit sinnvollen Dingen zu beschäftigen. Also sage mir was ich tun soll." „Schau mal nach der Hintertür. Dort funktioniert das Schloss nicht richtig. Du weißt ja, dass wir diese Tür oft benutzen, um nicht irgendwelche Gegenstände erst die Treppe herauf befördern zu müssen. Auf keinen Fall aber darf dort jemand unbefugt hereingelangen", antwortete der Bürgermeister. Für Zombi war das überhaupt kein Problem, denn schnell war die Tür zugenagelt und Zombi konnte sich wieder wichtigeren Dingen zuwenden, wie z. B. seiner Pfefferminzschnapsflasche.

Nun aber noch einmal kurz zum Bürgermeister. Natürlich brauchte seine Frau nichts zu arbeiten. Dafür bereitete sie ihrem Mann jeden Tag eine warme Mahlzeit, der pünktlich zur Mittagspause sein Amt verließ und sich zum Essen nach Hause begab. Klappte das rein zeitlich mal nicht, so verständigte er seine Frau telefonisch. Kaum jemand besaß in der DDR ein privates Telefon, der Bürgermeister aber schon.

Es war kurz vor der Mittagspause, als der Bürgermeister Zombi erneut zu sich rief. „Was hast du denn da schon wieder angestellt. Die betroffenen Mitarbeiter beschweren sich, dass sie die Hintertür nicht mehr benutzen können. Nimm eine Zange, entferne schleunigst die Nägel und klopfe sie von mir aus sonst wohinein", wetterte er los. Zombi tat, wie ihm aufgetragen. Kurze Zeit später ertönten laute Hammerschläge an der Zimmertür des Bürgermeisters. „So jetzt kannst du mich nicht mehr in dein Zimmer holen, um mich zu beschimpfen. Denn wie du mir gesagt hast, klopfe ich die Nägel sonstwohin", rief Zombi durch die zugenagelte Bürgermeistertür. Der Bürgermeister tobte, „ich muss zum Mittagessen nach Hause zu meiner Frau". „Das erledige ich für dich", antwortete Zombi gelassen. „Bist du jetzt total verrückt geworden. Ich werde meine Frau anrufen und noch ein paar andere Leute", keuchte es wutentbrannt aus dem zugenagelten Raum. „Ich sehe aber gar keine Telefonleitung", gab Zombi zu bedenken. „Dann schau mal zur Decke, dann siehst du sie oben an der Wand", kam die Antwort. Zombi nicht faul, entnahm eine Zange aus seinem städtischen Werkzeugkoffer und zwickte die Leitung durch. „Ach ja, da war mal eine, jetzt nicht mehr. Ich gehe erst mal zum Mittagessen", entgegnete Zombi.

Er eilte zur Frau Bürgermeister, teilte ihr mit, dass ihr Mann verhindert sei, das Telefon nicht funktioniere und ihr Mann nicht zum Mittagessen kommen könne.

„Ah das duftet aber nach gutem Essen. Sie sind bestimmt eine hervorragende Köchin" bemerkte Zombi weiter. „Wenn mein Mann schon nicht kommen kann, wäre es ja schade um alles", antwortete sie. „Möchtest du denn etwas essen?" Natürlich mochte er und es blieb nicht mehr viel übrig.

Zombi begab sich zurück zu seiner Arbeitsstelle, wo der Bürgermeister nach lautem Geschrei inzwischen seitens der Arbeitskollegen aus seiner üblen Lage befreit worden war. „Du brauchst nicht mehr in die Mittagspause zu gehen. Vom Essen ist fast nichts mehr übrig, soll ich dir von deiner Frau ausrichten", sagte Zombi zu ihm.

* * *

Die Rechnung Zombis, dass er künftig zu Hause bleiben durfte, ging jedoch nicht auf. In der DDR gab es nunmal keine Arbeitslosen. So wurde ihm vom Bürgermeister eine hervorragende Beurteilung erstellt. Er wurde quasi aus Ermangelung von anfallenden Arbeiten hinweggelobt und woanders wieder eingestellt, wo er weiterhin seine Späße trieb.

Aber auch in seinem Heimatort sorgte Zombi mit seinem Blödsinn ständig für Aufregung und trieb seinen Unfug auf die Spitze.

Einmal sagte er mir in schon ziemlich benebeltem Zustand, „wenn ich nachher betrunken bin und mein Geld alle ist, werde ich dich bestimmt bitten, mir etwas zu borgen. Das solltest du aber nicht tun, denn du siehst das Geld ganz bestimmt nie wieder".

Geraume Zeit nach den Bürgermeisterereignissen fand ein kleines Ortsfest statt. Es waren einige Marktbuden da, der Grill brannte, ein paar Rummelattraktionen gab es auch und im Bierzelt wurde den Getränken kräftig zugesprochen. Hier durfte Zombi natürlich nicht fehlen. Auch wenn er kaum über finanzielle Mittel verfügte, so schaffte er es immer wieder, am Ende des Abends gesättigt und total vollgelaufen per Zickzackschritt den Heimweg anzutreten. Sein Einfallsreichtum dafür war grenzenlos. Dieses Mal spielte sich die folgende Geschichte ab.

Alles was im Bierzelt in den Körper hineinfloss, musste natürlich irgendwann auch wieder heraus. Dementsprechend war extra für diese Zwecke ein Toilettenhäuschen errichtet worden. Um die ganzen Geschäftchen einigermaßen überschaubar zu gestalten, war das Toilettenhäuschen abgeschlossen. Im Bedarfsfall konnte man sich den Schlüssel beim Veranstalter holen und gab ihn nach Vollendung des Geschäfts dort wieder ab. Ein entsprechender Hinweis für diese Handlungsweise war auf einem an der Tür hängendem Schild zu lesen.

Zombi war zu dieser Zeit wieder einmal bei der Gemeindeverwaltung angestellt, was natürlich alle wussten. So schnappte sich Zombi einen Gartenstuhl und stellte ihn erst mal vor das Toilettenhäuschen. Dann ging er zum Veranstalter und holte sich den Toilettenschlüssel. Er entfernte das Schild an der Toilettentür und setzte sich auf den Gartenstuhl. Es dauerte keine Minute und die ersten „Gäste" erschienen. Auf die fragenden Blicke wegen der verschlossenen Tür, winkte Zombi nur mit dem Schlüssel und sagte, „kostet eine Mark, ist von der Stadt so festgelegt". Der Eine zahlte anstandslos, die Andere regte sich mordsmäßig über die Stadt auf, aber was sollte es, der Toilettendrang war in jedem Fall stärker. So dauerte es nicht lange und Zombi hatte genügend Geld, um sich erst mal wieder seiner Lieblingsbeschäftigung, dem Trinken, zu widmen.

Nach gerade mal 30 min hängte er das Schild wieder auf und brachte den Toilettenschlüssel treu und brav wieder zurück zum Veranstalter.

Natürlich reichten seine Einnahmen nicht allzu lange. So startete er das ganze Ding etwa eine Stunde später noch einmal. Jetzt allerdings häufte sich der Unmut, zumal ja viele Bedürftige die Toilette nicht zum ersten Mal besuchten. Es war nur noch eine Frage der Zeit, bis man ihm auf die Schliche kam. Das war natürlich auch Zombi bewusst. Also gab er den Schlüssel erst gar nicht zurück und wartete einfach, bis jemand von der Veranstaltungsleitung kam, um ihn zur Rede zu stellen, was dann auch prompt passierte. Jetzt trieb es Zombi auf die Spitze. „Die Preise haben sich gerade geändert. Wenn ihr den Schlüssel zurück haben wollt, kostet das jetzt fünf Mark. Einsperren lassen könnt ihr mich wegen der paar Kröten nicht und Verprügeln bringt auch nichts, weil ich den Schlüssel inzwischen versteckt habe."

Der Veranstaltungsleiter kochte, während die Schlange der schimpfenden Bedürftigen am Häuschen immer länger wurde. Er hatte kaum eine Wahl. „Hier hast du fünf Mark und nun gib endlich den Schlüssel her, sonst ziehe ich dir die Ohren lang. Das Ganze hat für dich noch ein Nachspiel", donnerte er los.

Zombi interessierte das aber überhaupt nicht. Er steckte das Geld ein und mit ein paar Schritten brachte er sich erst mal in sichere Entfernung. Er hielt den Schlüssel hoch und sprach: „Ich habe ihn ja gar nicht versteckt. Hier ist er. Wer muss denn nun am Dringendsten. Angebot und Nachfrage regeln den Preis. Wenn das gute Stück so gefragt ist, werde ich es jetzt versteigern." Das schlug ja wohl dem Fass den Boden aus. Versammelt waren fast ausschließlich Männer, nur eine Frau und diese schrie, „hier hast du noch fünf Mark. Nun gib mir endlich den verdammten Schlüssel, du Taugenichts". „Ich bin ja kein Unmensch, sehen wir uns morgen, wenn ich wieder nüchtern bin?" Er kassierte noch fünf Mark und übergab ihr den Schlüssel. Alles Männliche verkrümelte sich in der Botanik, um die Überreste der reichlich genossenen alkoholischen Getränke in die freie Natur zu entsorgen. Am Toilettenhäuschen trat wieder Ruhe ein.

Zombi jedenfalls hatte es wieder einmal geschafft. Nach einer weiteren Stunde war er blitzeblau und das Geld wieder beim Veranstalter.

* * *

So kam dann die „Wende" und für uns Ossis änderte sich so ziemlich alles, nur für Zombi nicht. Aber noch vor der Einheit Deutschlands erfolgte im Sommer 1990 die Währungsunion. Jeder erwachsene DDR-Bürger durfte bis zu 6000,00 Ostmark seines Geldes in 6000,00 DM umtauschen. Wer mehr besaß, bekam dafür nur die Hälfte. Da jeder DDR-Bürger ein Konto hatte, erfolgte der Umtausch relativ problemlos. Völlig problemlos war dieser Umtausch für Zombi, denn er hatte auf seinem Konto nichts zum Umtauschen.

Einige Andere dagegen hatten mehr, als nur die Sechstausend.

So gab es da einen ehemaligen Offizier der NVA (die Abkürzung für „Nationale Volksarmee in der DDR"). Der hatte einen seinem beschränkten Intelligenzgrad entsprechenden genialen Einfall. Wenn er den Teil seines DDR-Geldes, der die Sechstausend überschritt, an Mittellose überwies und sich die Summe später zurückzahlen lassen würde, hatte er doppelt so viel an DM, als wenn er den Transfer über sein eigenes Konto abwickelte. Damit konnte er es sich leisten, für die Aktion eine attraktive „Transferprovision" zu zahlen. Jetzt brauchte er nur noch einen seiner Meinung nach einklagbaren Vertrag aufzusetzen, damit er sein Geld auch wieder bekam. So fand er denn auch zwei Leute, mit denen das wunderbar klappte. Ein Dritter jedoch war Zombi dem er 4000,00 DDR-Mark überweisen wollte. Zombi war aber mit dem Vertrag nicht ganz einverstanden. „In deinem Vertrag steht nur etwas von Mark. Es sind aber Ostmark, die ich von dir erhalte. Das musst du schon in diesen Schuldschein schreiben," bemerkte Zombi. Der Ex-Offizier machte sich keine großen Gedanken, denn er sah nur das Geld und schnell war der Vertrag geändert. Nachdem nun alle Umtauschaktionen durch die Banken abgeschlossen waren, forderte der NVA-Offizier sein Geld zurück. „Gleich morgen werde ich dir das Geld überweisen, das ich dir schulde. Schließlich bin ich ein Ehrenmann und du kannst dich immer auf mich verlassen, beteuerte Zombi. Er überwies aber nur 1800,00 DM. Auf die Frage, was das denn solle, antwortete Zombi, „du hast mir laut Schuldschein viertausend Ostmark geborgt. Der offizielle Umtauschkurs ist 1:2. Die vereinbarte Provision von 200,00 Mark habe ich abgezogen. Also erhältst du 1800,00 Westmark zurück". Das war korrekt und nichts dagegen zu machen. Der Offizier wurde nicht betrogen und hatte nur 200,00 DM Provision verloren, die im Vertrag als pauschal für Vertretertätigkeit getarnt war. Zombi dagegen, der ja 1:1 tauschen konnte, hatte insgesamt 2200,00 DM verdient. So war eben Zombi, immer ehrlich und fair, zumindest soweit sich das aus seiner Sicht machen ließe.

* * *

Dann kam die deutsche Wiedervereinigung und Zombi war wahrscheinlich der erste Arbeitslose in unserer Gegend.

Damit sich das wiedergeborene neue Deutschland nach außen hin nicht mit seinen extrem hohen Ostarbeitslosen blamierte, weil die Ex-DDR-Betriebe durch die Währungsunion alle in den Ruin getrieben wurden, um für eine symbolische müde Mark von dubiosen westlichen Großunternehmen geschluckt zu werden, erfand man die „Arbeitsbeschaffungsmaßnahme", kurz ABM genannt. Arbeitslose wurden darin integriert, um die statistischen Zahlen der Arbeitslosigkeit im Osten auf ein erträgliches Maß zu senken.

Zu seinem Leidwesen war auch die Zeit des Nichtstuns für Zombi nur von kurzer Dauer. Als ABM-Kraft landete er wieder in der Gemeindeverwaltung. Dieses Mal war er für die dort immer noch vorhandene marode DDR-Heizung verantwortlich, die zum Wochenbeginn hochgefahren, mit Brennstoff versorgt und beaufsichtigt werden musste. Eigentlich war man der Meinung, dass Zombi hier keinen größeren Schaden anrichten konnte. Aber Zombi richtete immer Schaden an.

Er hatte ja noch die 2200,00 DM. Nach seiner Philosophie mussten die sinnvoll ausgegeben werden und das möglichst schnell. So nahm er sich am Wochenende ein Taxi, düste nach München und suchte sich mit Hilfe des Taxifahrers ein gutes Hotel, in dem er sich einquartierte.

Am kommenden Montag herrschte in der Gemeindeverwaltung eisige Kälte, denn es war ja inzwischen Winter, aber der Heizer war nicht da. In den Heizungsraum kam man auch nicht so ohne weiteres, denn den einzigen Schlüssel hatte Zombi natürlich einstecken. Doch wo blieb denn nur Zombi?

Es war ein verhältnismäßig glücklicher Zufall, dass gerade an diesem Montag besagter Taxifahrer wegen eines Fahrauftrages in der Gemeinde erschien und das Dilemma mitbekam. „Zombi habe ich am Freitagnachmittag noch nach München zu einem Hotel gefahren. Ich weiß nicht, wo er das Geld her hat, aber er hat mich mit fürstlichem Trinkgeld bezahlt. Ist er noch nicht zurück?", sagte er zu den über Zombi debattierenden Gemeindemitgliedern.

Da er ja den Hotelnamen kannte, wo er Zombi abgesetzt hatte, war es kein Problem, dort am späten Vormittag anzurufen. So wurde Zombi aus dem Bett geklingelt, in dem er sich zu dieser fortgeschrittenen Stunde immer noch befand und telefonisch zur Rede gestellt. Natürlich hatte Zombi eine aus seiner Sicht vernünftige Erklärung parat. „Laut Gesetz steht mir ja Urlaub zu und das mit einem Urlaubsschein können wir ja regeln, wenn ich in ein paar Wochen wieder zurück bin. Ich wollte schon immer mal in das Hofbräuhaus. Außerdem gibt es eine Menge anderer schöner Kneipen hier, viele Spielautomaten und auch Mädchen kann man sich gegen Gebühren ausleihen. Vielleicht fahre ich auch noch ein Stück weiter in die Alpen. Ach ja, den Schlüssel bringe ich dann wieder mit zurück. Wenn ihr keinen Zweitschlüssel habt, könnt ihr ja die Tür eintreten. Das geht ganz leicht, weil ich es schon ein paar mal getan habe, als ich den Schlüssel zu Hause vergessen hatte. Ihr müsst euch aber beeilen, damit die Heizung nicht eingefriert. Ich lege jetzt besser auf, sonst wird es für die Stadt zu teuer."

Nach knapp 4 Wochen kam Zombi zurück. Die moderate Heizungsanlage existierte nicht mehr, weil sie eingefroren war.

Als man Zombi in die Arbeitslosigkeit entließ, bemerkte er, „hättet ihr mich nicht gehabt, wäre immer noch keine neue Heizung da". Auf die Frage, woher er denn das Geld für seine Urlaubsreise hatte, antwortete er, „einen Teil der für den Urlaub ausgegebenen 4000,00 DM hatte ich noch aus völlig legalen Geschäften. Daraufhin hat mir die Bank einen Dispokredit eingeräumt. Jetzt habe ich kein Konto bei der Bank mehr, sondern die Bank hat ein Konto bei mir. Weil ich mich als Bankier ganz wohl fühle, denke ich, dass das auch noch eine ganze Weile so bleibt". Es blieb so. Die Arbeitslosenzeit verging und Zombi wurde zum Hartz-4-Empfänger.

Zu mir sagte er: „Siehst du, als ich damals in den Westen wollte, weil man dort nichts arbeiten muss, hat mir niemand geglaubt. Ich habe aber Recht behalten. Jetzt arbeite ich gar nichts mehr, habe mehr Geld, als in der DDR beim Bürgermeister und wahrscheinlich auch mehr Geld als du."

* * *

So verbrachte Zombi sein restliches kurzes Leben zwar des Öfteren alkoholisiert, aber frei von jeglicher Arbeit und glücklich.

Mir stellt sich die Frage: „War Zombi nun Taugenichts, Witzbold oder gar ein intelligenter Lebenskünstler?" Vielleicht sollte man ihn sogar zum Ehrenbürger unserer Stadt ernennen, denn einen zweiten Zombi wird es sicher nie wieder geben.

XI Resümee

Damit bin ich erst mal am Ende angelangt mit dem was ich hier loswerden möchte. Wenn ich so über mein Büchlein nachdenke, komme ich ins Philosophieren. Glaubt man der Medizin, so bedeutet das in diesem Zusammenhang, wer lacht und die jeweilige verrückte Situation leichter nimmt als sie es vielleicht ist, bekommt wahrscheinlich keinen Blackout oder Herzinfarkt und lebt länger. Denn Lachen soll ja nunmal gesund sein.

Was erscheint einem im Umgang mit seinen Mitmenschen angenehmer, fröhlich lächelnde Frauen und Männer oder frustrierte Gesichter? Stress, Probleme und Sorgen im Alltag, die Aufregung über unfähige Politiker, sowie vieles mehr, ruft frustrierte Gesichter hervor. Aber wie sollte man das ändern? Hier liegt der Hase im Pfeffer. Auch ich schaffte es oft nicht, einfach bis drei zu zählen und dann wieder zu lächeln, was ja viel gesünder wäre, zumal die Verbesserung einer mießlichen Lage durch Frust eh nicht erreicht werden kann. Jedenfalls arbeite ich an diesem Problem.

Hier mal zwei Beispiele.

Und eine Stimme schrie aus dem Chaos, „lächele, denn es könnte schlimmer kommen." Ich lächelte und es kam schlimmer. Dennoch konnte ich immer noch lächeln – über den uralten Spruch.

Einmal bei einem doch recht ernstem Arztbesuch, als ich einen ziemlich niedergeschlagenen Eindruck machte, sagte der Arzt zu mir: „Sehen Sie das Ganze etwas optimistischer und schauen Sie nicht so deprimiert". Ich war mir meiner Mimik überhaupt nicht bewusst und so antwortete ich ihm: „Das ist nur äußerlich, innerlich lache ich mich über Sie halb kaputt".

Also, wenn es euch mal nicht so gut geht, weil euch das Leben böse Streiche spielt, egal in welcher Form, habe ich da eine Medizin: „Nehmt mein Büchlein zur Hand, sucht euch eine zu der Situation passende Geschichte heraus, lest diese und lacht oder belächelt das Ganze. Dann geht es euch ganz bestimmt bald wieder besser.

Ich meinerseits sehe mit Interesse dem entgegen, was das weitere Leben noch so alles an Peinlichkeiten, Kuriositäten und Frust zu bieten hat. Die Hauptsache ist, ich kann im Endeffekt immer wieder darüber lachen. Vielleicht reicht es ja irgendwann für ein zweites kleines Büchlein.